ONDERSTROOM

Ander werk van Arnaldur Indriðason

Winternacht (literaire thriller, 2007)
Het koningsboek (literaire thriller, 2008)
Onderkoeld (literaire thriller, 2009)

ARNALDUR INDRIÐASON

Onderstroom

Vertaald door Adriaan Faber

AMSTERDAM · ANTWERPEN

2010

Q is een imprint van Em. Querido's Uitgeverij BV, Amsterdam

Eerste, tweede, derde en vierde druk, 2010

Oorspronkelijke titel *Myrká*
Published by agreement with Forlagið, www.forlagid.is
Copyright © 2008 Arnaldur Indriðason
Copyright translation © 2010 Adriaan Faber /
Em. Querido's Uitgeverij BV, Singel 262, 1016 AC Amsterdam

Omslag Wil Immink
Omslagbeeld De negen muzen / Alexander Schwarz
Foto auteur Ralf Baumgarten

ISBN 978 90 214 3771 2 / NUR 305
www.uitgeverijQ.nl

Dit verhaal is verzonnen. Namen, personen en gebeurtenissen zijn volledig aan de fantasie van de schrijver ontsproten en elke overeenstemming met de werkelijkheid berust op louter toeval.

Aanspreekvormen

Hoewel het IJslands de beleefdheidsvorm 'u' wel kent, wordt deze zelden gebruikt. Iedereen, met uitzondering van de president en enkele hoge functionarissen, wordt met de voornaam of 'je' aangesproken. Daarom is in dit boek gekozen voor de laatste aanspreekvorm.

Uitspraak van þ, ð en æ

De IJslandse þ wordt ongeveer uitgesproken
als de Engelse stemloze th (bijvoorbeeld in *think*).
De IJslandse ð, die nooit aan het begin van een woord voorkomt,
is de stemhebbende variant: als in het Engelse *that*.
De IJslandse æ wordt uitgesproken als *ai*.

1

Hij trok een zwarte spijkerbroek aan, een wit shirt en een makkelijk jasje, stapte in het goede paar schoenen, dat hij al drie jaar had, en dacht aan de kroegen in het centrum die een van hen genoemd had.

Hij mixte twee behoorlijk stevige drankjes en dronk ze voor de tv, wachtend tot hij de stad in zou kunnen. Te vroeg weggaan wilde hij niet, want als hij lang op rustige plekken bleef rondslenteren zou iemand hem in het oog kunnen krijgen. Dat wilde hij vermijden. Het was heel belangrijk om in de menigte op te gaan, niemands aandacht te trekken, precies te zijn als alle andere bezoekers. Hij moest hoe dan ook voorkomen dat iemand zich hem later kon herinneren, hij mocht niet opvallen. Mocht iemand er toevallig naar vragen, dan had hij thuis de hele avond in z'n eentje naar de televisie zitten kijken. Als alles naar wens verliep zou niemand zich herinneren hem ergens te hebben gezien.

Toen het tijd was, dronk hij zijn glas leeg en ging naar buiten. Hij was een heel klein beetje aangeschoten. Hij woonde vlak bij het centrum en liep in het herfstduister naar de kroeg. Het wemelde al van de mensen in de stad, op zoek naar weekendvermaak. Bij de belangrijkste uitgaansgelegenheden hadden zich rijen gevormd. Portiers maakten zich breed. Mensen stonden tegen hen te foeteren omdat ze naar binnen wilden. Muziek drong naar buiten, de straat op. De etensgeuren van de restaurants mengden zich met de dranklucht van de kroegen. Sommige mensen waren al ver heen. Van dat soort moest hij niets hebben.

Hij kwam in redelijk korte tijd een kroeg binnen. Het was niet eens een van de populairste tenten, maar ze konden die avond nauwelijks nog mensen binnenlaten. Prima was dat. Hij was al direct begonnen rond te kijken naar meisjes of jonge vrouwen, op hun toer door de stad, liefst niet te ver boven de dertig, liefst niet helemaal broodnuchter. Een beetje vrolijk mochten ze wel zijn, al te dronken ook weer niet.

Hij zorgde ervoor niet op te vallen en klopte nog een keer op de zak van zijn jasje om zich ervan te vergewissen dat hij het bij zich had. Onderweg had hij al verschillende keren zachtjes op zijn zak geklopt en daarbij gedacht dat hij een van die zenuwlijders was die altijd en eeuwig moesten kijken of ze de deur wel achter zich op slot hadden gedaan, of ze soms hun sleutels niet waren vergeten, of het koffiezetapparaat wel echt uitgezet was, of de kookplaat niet nog aanstond. Zijn dwanggedachtes lieten hem nooit los; hij herinnerde zich er wel eens over gelezen te hebben in een populair lifestyleblad. In hetzelfde blad had een artikel gestaan over een andere tic van hem. Wel twintig keer per dag waste hij zijn handen.

De meeste bezoekers hadden een groot glas bier voor zich en hij bestelde er ook een. De barman besteedde nauwelijks aandacht aan hem en hij zorgde ervoor vlot te kunnen afrekenen. Hij had er geen enkele moeite mee in de menigte op te gaan. Voor het grootste deel waren het mensen van zijn leeftijd, die hun vrienden en collega's meegenomen hadden. De herrie werd gekmakend luid toen bezoekers van de kroeg probeerden het gebrul van een rapper te overstemmen. Hij keek rustig om zich heen en ontdekte een paar vriendinnengroepjes, en ook vrouwen die zo te zien samen met hun man waren, maar hij zag er niet een die zonder gezelschap op stap was. Hij had zijn glas nog niet eens leeg toen hij alweer naar buiten stapte.

In de derde kroeg zag hij een vrouw die hij kende. Hij schatte haar rond de dertig, en het leek erop dat ze alleen was. Ze zat aan een tafeltje in de rokershoek, met nog een heel stel anderen met wie ze beslist niets te maken had. Ze dronk een margarita en rookte in de tijd waarin hij haar vanuit de verte in het oog hield twee sigaretten. Er kwamen wel mensen naar haar toe, maar niemand van hen scheen plezier aan de ontmoeting te beleven. Twee mannen zeiden iets tegen haar, maar ze schudde nee, waarna ze weggingen. Een derde man ging bij haar staan alsof hij niet van plan was zich te laten wegsturen.

Ze had donker haar, een knap gezicht en ze was een heel klein beetje mollig. Ze was smaakvol gekleed in een rok en een poloshirt en had een mooie sjaal om haar schouders. Het shirt had de opdruk 'San Francisco', waarbij uit de F een bloempje stak.

Het lukte haar de man van zich af te schudden; het leek alsof hij haar nog iets toeschreeuwde. Hij gaf de vrouw de tijd om weer een beetje tot zichzelf te komen en liep toen op haar toe.

'Ben je er geweest?' vroeg hij.

De vrouw met het donkere haar keek op. Echt bekend kwam hij haar niet voor.

'In San Francisco?' zei hij en hij wees naar het shirt.

Ze keek omlaag naar haar borsten.

'O, bedoel je dát?' zei ze.

'Het is een verrukkelijke stad,' zei hij. 'Je zou er eens een keer naartoe moeten.'

Ze keek hem aan alsof ze twijfelde: zou ze tegen hem zeggen dat hij moest oplazeren, net als die andere? Toen leek ze zich te herinneren dat ze hem eerder gezien had.

'Er is zoveel te beleven daar,' zei hij. 'In Frisco. Een heleboel te zien.'

Ze glimlachte.

'Jij hier?' zei ze.

'Ja, leuk dat ik je zie. Ben je alleen?'

'Alleen? Ja.'

'Over Frisco gesproken, je moet er eens naartoe.'

'Ja, ik weet het, ik ben...'

Haar woorden verdronken in het lawaai. Hij streek met zijn hand over de zak van zijn jasje en boog zich naar haar toe.

'Het is een beetje duur om ernaartoe te vliegen,' zei hij. 'Maar, ik bedoel... ik ben er een keer geweest, het was geweldig. Verrukkelijke stad.'

Bepaalde woorden gebruikte hij met opzet. Ze keek naar hem op en hij verbeeldde zich dat ze op de vingers van haar ene hand aftelde hoeveel jongemannen ze in haar leven had ontmoet die een woord als 'verrukkelijk' gebruikten.

'Ik weet het, ik ben er geweest.'

'O ja? Mag ik bij je komen zitten?'

Ze aarzelde een moment en bood hem toen een stoel aan.

Niemand in de kroeg besteedde speciaal aandacht aan hen, en ook niet toen ze ruim een uur later samen vertrokken en langs rustige straten naar zijn huis gingen. Toen was de drug al begonnen te werken. Hij had haar nog een margarita aangeboden. Toen hij met haar derde drankje van de bar was teruggekomen, had hij de drug uit de zak van zijn jasje gehaald en in haar glas gedaan. Ze konden het goed met elkaar vinden en hij wist dat ze niet moeilijk zou doen.

Het nieuws bereikte de recherche twee dagen later. Het kwam binnen bij Elínborg, die het team opriep. Mensen van de verkeerspolitie hadden de straat in Þingholt al afgesloten toen Elínborg arriveerde en de mensen van

9

de technische recherche het erf opreden. Ze zag een vertegenwoordiger van de districtsarts uit zijn auto stappen. Voorlopig mochten alleen mensen van de technische recherche het appartement binnen om een begin te maken met hun onderzoek. Ze bevroren de locatie, zoals het personeel het zelf noemde.

Elínborg zette op een rijtje wat er moest gebeuren, terwijl ze geduldig wachtte op een teken van de technische recherche dat ze het appartement binnen kon gaan. Journalisten en verslaggevers hadden zich ter plaatse verzameld en ze volgde nauwlettend wat ze deden. Ze waren opdringerig, soms zelfs onbeschoft tegen de politiemensen, die hen verhinderden op het terrein te komen. Een paar kende ze van de televisie, een nogal kruiperige interviewer die onlangs verslaggever was geworden, en een man die politieke praatprogramma's presenteerde. Wat die bij de groep journalisten te zoeken had was haar niet duidelijk. Elínborg herinnerde zich de tijd dat ze net was begonnen, een van de nog weinige vrouwen bij de recherche. Toen waren de verslaggevers beleefder en ook veel bekwamer. Het best kon ze overweg met de persmensen. Vertegenwoordigers van de schrijvende pers gunden zich meer tijd, waren kalmer, niet zo opdringerig, en deden ook niet zo gewichtig als de lui die altijd met hun camera's vooraan stonden. En wat meer was: sommigen van hen konden nog schrijven ook.

Buren stonden met gekruiste armen in de herfstwind, buiten voor de ramen of in de deuropening. Aan hun gelaatsuitdrukking was te zien dat ze geen enkel idee hadden van wat er was gebeurd. Politiemensen waren begonnen hen te verhoren: of ze mogelijk iets ongewoons hadden opgemerkt in de straat, iets bijzonders rond het huis, of er naar hun weten mensen naar binnen waren gegaan.

Elínborg had ooit een huurwoning gehad in Þingholt. Dat was nog voor deze buurt populair werd. Ze had het naar haar zin gehad in deze oude woonwijk, die op de hellingen achter het laaggelegen centrum omhoog rees. De huizen stamden uit verschillende perioden en vertelden het verhaal van een hele eeuw bouwgeschiedenis van de stad, sommige als de armzalige onderkomens van proletariërs, andere als de grote behuizingen van ondernemers. De werkende en de hogere klassen hadden daar altijd in verdraagzaamheid en harmonie samengeleefd, totdat de buurt jonge mensen begon aan te trekken. Die woonden niet graag in de nieuwe wijken, die zich eindeloos ver in de richting van de hoogvlakten uitstrekten, en kozen ervoor zich vlak bij het hart van de stad te nestelen. Kunstenaars en mode-mensen van allerlei slag trokken in de huizen en de nieuwe en overmatig rijken kochten de oude paleizen van de kooplui. De appartementen droe-gen de postcode aan de muur, als een kenteken. 101 Reykjavík.

De chef van de technische recherche kwam de hoek van het huis om en sprak Elínborg aan. Hij vroeg haar voorzichtig te zijn en drukte haar op het hart dat ze niets mocht aanraken.

'Het ziet er niet bepaald prettig uit,' zei hij.

'Nee?'

'Het lijkt wel of je in een slachthuis bent.'

Het appartement had een eigen ingang aan de kant van de achtertuin. Vanaf de straat was die niet te zien. De woning lag op straathoogte en was vanuit de lager gelegen tuin via een betegelde trap te bereiken. Het eerste wat Elínborg zag toen ze binnenkwam was het lijk van een jonge man, dat in de kamer op de vloer lag, de broek op de enkels, en slechts gekleed in een bloederig poloshirt met de opdruk 'San Francisco'. Uit de F stak een bloempje.

2

Op weg naar huis ging Elínborg langs een supermarkt. In het algemeen nam ze voor het inkopen royaal de tijd, en ze meed de voordeelsupers, omdat die maar weinig keus boden en de kwaliteit er overeenkwam met de prijs. Maar nu had ze haast. Haar twee zonen hadden opgebeld om te vragen of ze zou koken, zoals ze beloofd had. Ze had dat bevestigd, maar er wel bij gezegd dat het nogal laat kon worden. Ze probeerde elke dag 's avonds warm te eten om een poosje met het hele gezin aan tafel te kunnen zitten, al duurde het dan ook niet langer dan een kwartier. Dan hadden de jongens het eten naar binnen gewerkt. Ze wist ook dat die twee als ze niet kookte duur junkfood zouden kopen van het kleine beetje geld dat ze in de zomervakantie hadden verdiend of dat ze van hun vader hadden gekregen. Teddi, haar man, automonteur van beroep, was als het op koken aankwam een volstrekt hopeloze figuur. Hij kon zoiets als havermoutpap klaarmaken en een ei bakken, maar daar hield het wel mee op. Bij het afruimen stak hij echter de handen uit de mouwen en in het huishouden deed hij wat hij kon. Elínborg zocht naar iets wat snel klaar was; ze zag in de koeling redelijk goed visgehakt, nam een pak rijst mee, een ui, vond nog verschillende andere dingen die ze wel kon gebruiken en zat binnen tien minuten weer in de auto.

Een uur later gingen ze aan tafel. De oudste zoon beklaagde zich over het visgehakt en zei dat ze de vorige avond ook al vis hadden gegeten. Hij lustte geen uien en schoof die zorgvuldig naar de rand van zijn bord. De jongste zoon leek meer op Teddi, hij at alles op wat hem werd voorgezet. Het meisje, dat Theodóra heette, de jongste in het gezin, had opgebeld en gevraagd of ze bij haar vriendinnetje mocht blijven eten. Ze waren samen met hun huiswerk bezig.

'Is er niks anders dan deze sojasaus?' vroeg de oudste zoon. Hij heette Valþór en was pas op de middelbare school begonnen. Hij wist al direct wat hij wilde worden en had toen hij de basisschool achter de rug had voor de commerciële richting gekozen. Elínborg had het idee dat hij verkering had met een meisje, al liet hij daar niets van merken; hij vertelde nooit iets over zichzelf. Toch hoefde je nou niet bepaald bij de recherche te werken om argwaan te krijgen. Toen ze pasgeleden zijn broek in de wasmachine stopte was er een condoom uit de zak gegleden. Ze had niets gevraagd: zoiets kon je een keer verwachten. Wel was ze blij dat hij zijn verstand gebruikte. Het was haar nog niet gelukt zijn vertrouwen te winnen. De verhouding tussen hen beiden kon behoorlijk gespannen zijn: de jongen ging altijd heel erg zijn eigen gang, gedroeg zich soms hufterig. Zulk gedrag tolereerde Elínborg niet; ze wist ook niet waar het vandaan kwam. Teddi kon hem beter in het gareel houden. Ze hielden allebei van auto's.

'Nee,' zei Elínborg en ze schonk een restje witte wijn in haar glas. 'Ik had geen zin om saus te maken.'

Ze keek naar haar zoon en overwoog of ze met hem moest praten over wat ze vermoedde, maar voelde zich te moe om nu ruzie met hem te krijgen. Blij zou hij wel niet zijn als ze erover begon, dacht ze.

'Je had gezegd dat we vanavond biefstuk zouden eten,' herinnerde Valþór haar.

'Wat was dat voor lijk, dat jullie gevonden hebben?' vroeg de jongste van de jongens, die Aron heette. Hij had naar het journaal gekeken en zijn moeder even voor het huis in Þingholt gezien.

'Een man van rond de dertig,' zei Elínborg.

'Is hij vermoord?' vroeg de oudste.

'Ja,' zei Elínborg.

'Op het journaal zeiden ze dat ze nog niet wisten of het moord was,' zei Aron. 'Alleen dat ze het dachten.'

'Die man is vermoord,' zei Elínborg.

'Wat voor een man is het?' vroeg Teddi.

'Niet iemand die wij kennen.'

'Hoe hebben ze hem vermoord?' vroeg Valþór.

Elínborg keek naar hem.

'Je weet dat je zoiets niet moet vragen,' zei ze.

Valþór haalde zijn schouders op.

'Had het iets met drugs te maken?' vroeg Teddi. 'Dat ze hem…?'

'Willen jullie er nou over ophouden,' eiste Elínborg. 'We weten nog niks.'

Ze wisten dat ze niet moesten doordrammen, want Elínborg vond het niet gepast over haar werk te praten. De mannelijke leden van het gezin hadden altijd veel belangstelling gehad voor het politiewerk, en als ze wisten dat zij aan een interessante zaak werkte konden ze het niet laten naar details te vragen, kwamen zelfs met ideeën aanzetten. Meestal verloren ze hun belangstelling als het onderzoek lang ging duren en dan lieten ze haar weer met rust.

Ze keken veel naar misdaadseries op de televisie, en toen de jongens kleiner waren vonden ze het spannend en avontuurlijk dat hun moeder rechercheur was, net als die topspeurders uit hun series. Toch zagen ze al-gauw dat het in de films vaak heel anders toeging dan in de werkelijkheid waarover hun moeder vertelde, en ook anders dan ze uit eigen ervaring wisten. De helden van de misdaadfilms waren zo ongeveer volmaakt: ze zagen er perfect uit en bewogen zich perfect. Het waren eersteklas schutters, en tegenover de mooie praatjes van het tuig waarmee ze af moesten rekenen, wisten ze precies de goede toon aan te slaan. Ze waren supersnel in het oplossen van de moeilijkste zaken en citeerden tijdens de meest sensationele achtervolgingen, achter het stuur zittend, nog uit de wereldliteratuur. In ieder programma werden de afgrijselijkste moorden begaan, twee of drie of vier; aan het eind werd het schorem altijd gepakt en kreeg het zijn verdiende loon.

De jongens wisten dat Elínborg ontzettend hard moest werken om, zo-als ze zei, een loontje van niks bij elkaar te scharrelen. Achtervolgingen met de auto had ze nog nooit meegemaakt, zei ze. Een pistool had ze niet, laat staan een automatisch geweer: de IJslandse politie gebruikte immers geen schietwapens bij haar werk. De criminelen waren doorgaans pechvo-gels, arme donders zoals Sigurður Óli ze noemde, voor het merendeel goe-de bekenden van de politie. Inbraken en autodiefstallen waren de meest voorkomende zaken. Daarnaast was er een groot aantal geweldsmisdrij-ven. Drugsgerelateerde zaken werden door een daarin gespecialiseerde af-deling behandeld. Zware misdrijven als verkrachtingen kwamen – zo was de regel – altijd bij Elínborg terecht. Moorden waren er niet veel, hoewel dat van jaar tot jaar kon verschillen; in sommige jaren werd er helemaal geen moord gepleegd, in andere jaren kon het aantal wel tot vier oplopen. Het laatste halfjaar had de politie een gevaarlijke ontwikkeling bespeurd: de misdrijven waren beter georganiseerd, er was vaker sprake van wapen-gebruik, het geweld was genadelozer.

Doorgaans kwam Elínborg 's avonds doodmoe thuis. Ze maakte het eten klaar en keek de recepten door die ze aan het opstellen was – koken was haar hobby. Of ze ging op de bank liggen en viel voor de televisie in slaap.

Soms keken de jongens dan even op van hun misdaadprogramma, gluurden opzij naar hun moeder, en vonden dat de IJslandse politie toch niet echt veel voorstelde.

Elínborgs dochter was uit ander hout gesneden dan haar broers. Al vroeg was aan het licht gekomen dat Theodóra hoogbegaafd was; daar had ze op school ook wel wat problemen mee gehad. Elínborg weigerde koppig haar een klas te laten overslaan, omdat ze wilde dat ze samen met haar leeftijdsgenootjes zou opgroeien, maar de leerstof was totaal ongeschikt voor haar. Het meisje moest constant iets te doen hebben: ze speelde handbal, zat op pianoles en bij de padvinderij. Naar de televisie keek ze niet veel en voor films of computerspelletjes had ze, anders dan haar broers, niet bijzonder veel belangstelling. Wel was ze een echte boekenwurm, ze las van 's morgens vroeg tot 's avonds laat. Toen ze nog jonger was konden Elínborg en Teddi de boeken die ze voor haar uit de bibliotheek haalden nauwelijks aangesleept krijgen, en al direct toen ze daar de leeftijd voor had zorgde ze zelf voor aanvulling. Ze was elf jaar en had een paar dagen daarvoor nog geprobeerd haar moeder uit te leggen waar *Het heelal* van Stephen Hawking over ging.

Het kwam wel eens voor dat Elínborg, als ze dacht dat de kinderen niet meeluisterden, met Teddi over haar collega's praatte. Ze wisten dat er een was die Erlendur heette. Hij was echt een raadsel voor hen: de ene keer leek het of Elínborg niet zo graag met hem werkte, en de andere keer was het of ze niet zonder hem kon. De kinderen hadden meer dan eens gehoord hoe verbaasd hun moeder was dat zo'n slechte vader, zo'n lastige en moeilijk te benaderen man, zo'n invoelend rechercheur kon zijn. Ze had bewondering voor zijn werk, al mocht ze de man zelf niet altijd zo. Een ander over wie ze soms fluisterend met Teddi praatte heette Sigurður Óli. Dat was een beetje een rare, voor zover de kinderen begrepen. Het gebeurde wel dat hun moeder een diepe zucht slaakte als ze over hem begon te praten.

Elínborg was bijna in slaap toen ze in huis wat hoorde. Ze waren allemaal gaan slapen, alleen Valþór niet. Die zat nog achter zijn computer. Ze wist niet of hij zijn huiswerk voor school maakte, of alleen maar aan het chatten of bloggen was. Hij ging ook zelden voor middernacht slapen. In het algemeen leefde Valþór volgens zijn eigen tijdsindeling, ging als hij de kans kreeg tegen de morgen naar bed en sliep dan vaak door tot de avond.

Elínborg maakte zich daar zorgen over, maar wist dat het weinig zou uithalen als ze daar met hem over zou praten. Ze had het vaak genoeg geprobeerd, maar in zijn hang naar zelfstandigheid was hij koppig en niet voor rede vatbaar.

Ze had de hele avond aan de man in Þingholt gedacht. Hij had er zo erg uitgezien dat ze hem niet voor de jongens zou kunnen beschrijven, al zou ze het willen. De keel van de man was doorgesneden. Zelfs de stoelen en tafels in de kamer zaten onder te bloedspetters. De patholoog-anatoom moest nog een gedetailleerd rapport uitbrengen. De politiemensen waren van mening dat degene die hem zo gruwelijk had verwond zijn daad moest hebben voorbereid; hij moest daar op die plek zijn gekomen met het vooropgezette doel hem aan te vallen. Toch was er maar weinig te vinden wat op een aanval wees. Zelfs de snee leek met vaste hand dwars over de keel te zijn gemaakt, precies op de goede plaats om zoveel mogelijk schade aan te richten. Op de keel waren ook kleinere sporen van het mes te zien die erop wezen dat dit enige tijd tegen de keel van het slachtoffer was gedrukt. Naar alle waarschijnlijkheid ging het om een plotselinge aanval, waarop het slachtoffer totaal niet verdacht was geweest. De deur van het appartement was niet opengebroken, wat kon betekenen dat de man deze voor de moordenaar had opengedaan. Maar het was ook denkbaar dat iemand die samen met de man het appartement was binnengekomen of zijn gast was geweest plotseling deze brute aanslag had begaan. Er leek niets gestolen te zijn en er waren geen dingen van hun plaats gehaald. Er was niet veel dat erop zou kunnen wijzen dat hij door inbrekers was aangevallen, al viel ook weer niet uit te sluiten dat hij hen had betrapt – met dit resultaat.

Het lichaam van de man had bijna alle bloed verloren; dat was daarna op de vloer van het appartement gestold. Dit wees erop dat hij na de aanval nog had geleefd en dat zijn hart nog een tijdje was blijven kloppen.

Elínborg moest er na dit tafereel niet aan denken biefstuk te bakken. Dan toch maar liever het gemopper van haar oudste zoon.

3

De man in Þingholt heette Runólfur. Hij was rond de dertig, was nooit met de politie in aanraking geweest en kwam in geen enkele database voor. Hij werkte bij een telecombedrijf dat al meer dan tien jaar in Reykjavík was gevestigd en woonde alleen. Zijn moeder leefde nog, maar zei dat ze weinig contact met hem had. Ze woonde ergens ver van Reykjavík. Er werden een politieman en een dominee naar haar huis gestuurd om haar van het overlijden van haar zoon op de hoogte te stellen. Het bleek dat de vader van de man een paar jaar daarvoor bij een ongeluk om het leven was gekomen: hij was op de Holtavörðuheiði in botsing gekomen met een vrachtwagen. Runólfur was enig kind.

Zijn huisbaas was zeer over hem te spreken. Hij betaalde op tijd en gedroeg zich keurig. Er werd nooit lawaai gemaakt in zijn appartement en hij ging elke morgen naar zijn werk. De huisbaas kon nauwelijks woorden vinden die sterk genoeg waren om de goede kanten van zijn huurder te beschrijven.

'Al dat bloed,' zei hij, en hij keek nijdig naar Elínborg. 'Ik zal maar een schoonmaakbedrijf bellen. En die vloerbedekking kan ik wel weggooien, denk ik. Wie dóét er nou zoiets? Het zal niet meevallen dit nog verhuurd te krijgen.'

'Heb je vanuit het appartement niks gehoord?' vroeg ze.

'Ik heb nog nóóit wat gehoord,' zei de huisbaas, een dikzak met witte baardstoppels van een week, een kaal hoofd, hangende schouders en korte armpjes. Hij woonde alleen op de verdieping boven die van Runólfur en zei dat hij het appartement beneden al jaren achtereen verhuurde. Runólfur huurde het sinds ongeveer twee jaar van hem.

De huisbaas was degene die het lijk had gevonden en de politie had gebeld. Hij was naar Runólfur toe gegaan met een vensterenvelop, die bij vergissing bij hem was bezorgd, en had de envelop in de brievenbus in de deur laten vallen. Toen hij langs het raam van de kamer liep zag hij een man met blote voeten op de vloer in een plas bloed liggen. Hij dacht toen dat hij maar beter direct de politie kon bellen.

'Was je zaterdagavond thuis?' vroeg Elínborg. Ze zag de huisbaas voor zich, nieuwsgierig bij het appartement naar binnen glurend. Dat moest nog aardig moeilijk geweest zijn ook. De gordijnen waren dicht en je kon alleen maar door een kiertje naar binnen kijken.

Voorlopig onderzoek toonde aan dat de moord zaterdagavond of -nacht moest zijn gepleegd. Verder leverde het aanwijzingen op dat er iemand voordat de aanval plaatsvond samen met de man in de woning moest zijn geweest; dit was waarschijnlijker dan dat iemand zich met geweld een weg naar binnen had gebaand. Het zag ernaar uit dat het een vrouw was geweest en dat Runólfur kort voor zijn dood seks met haar had gehad. In zijn slaapkamer lag een condoom op de vloer. Ook nam men aan dat het poloshirt dat hij droeg toen hij werd gevonden niet van hemzelf was, maar van een vrouw. Dat viel op te maken uit de maat: het shirt was veel te klein voor de man. Bovendien werden er donkere vrouwenharen op gevonden, die overeenkwamen met haren die bij Runólfur op de zitbank waren aangetroffen. Ook vond men haren op zijn jasje, waarschijnlijk van dezelfde vrouw. Het was mogelijk dat hij iemand voor een nacht had meegenomen.

Het was niet moeilijk om vanuit het huis door de tuin in de aangrenzende tuin te komen. Die hoorde bij een stenen huis van drie verdiepingen, dat aan de dichtstbijzijnde straat stond. Niemand had gezien dat er twee dagen geleden iemand door de tuinen was gelopen.

'Door de bank genomen ben ik elke dag thuis,' zei de huisbaas.

'Je hebt ons verteld dat Runólfur 's avonds uitgegaan was.'

'Ja, ik heb hem hier de straat uit zien lopen. Dat was zo rond elf uur. Daarna heb ik hem niet meer gezien.'

'Je hebt er dus niet op gelet hoe laat hij is teruggekomen?'

'Nee, toen sliep ik waarschijnlijk al.'

'En je weet niet of hij iemand bij zich had?'

'Nee.'

'Runólfur woonde toch niet samen met een vrouw, hè?'

'Nee, en ook niet met een man,' zei de huisbaas met een onmetelijke grijns.

'Dat heeft hij nooit gedaan in de tijd dat hij bij je huurde?'

'Nee.'

'Weet je dan soms of hij vriendinnen had die 's nachts bleven?'

De huisbaas krabde aan zijn kale schedel. Het was net na twaalven, hij had zopas paardenworst gegeten en zat nu breeduit tegenover Elínborg op de bank. Ze had het restant op een bord in de keuken zien liggen. Er hing een bedompte etenslucht in het appartement en Elínborg werd al bang dat de geur in haar jas zou trekken, die ze pas in de uitverkoop had gekocht. Ze wilde niet al te lang meer bij de huisbaas binnen blijven.

'Het is me niet opgevallen,' zei hij ten slotte. 'Eigenlijk heb ik hem nóóit met een vrouw gezien, denk ik. Ik kan me het me tenminste niet herinneren.'

'Je kende hem niet bijzonder goed?'

'Nee,' zei de huisbaas. 'Ik had algauw door dat hij met rust gelaten wilde worden, dat hij op zichzelf wilde zijn. Dus… nee, veel contact had ik niet met hem.'

Elínborg stond op. Ze zag Sigurður Óli die bij de voordeur van het huis aan de overkant stond en met de buren sprak. Andere politiemensen verzamelden inlichtingen bij de mensen in de omgeving.

'Wanneer kan ik de boel in het appartement laten schoonspuiten?' vroeg de huisbaas.

'O, algauw,' zei Elínborg. 'Je hoort het wel.'

Het lijk van Runólfur was de avond tevoren al weggehaald, maar de mensen van de technische recherche waren nog aan het werk toen Elínborg samen met Sigurður Óli de ochtend nadat het lichaam was gevonden het appartement binnenkwam. De woning liet duidelijk zien dat er een nette jongeman woonde, die zijn best had gedaan er een gezellig, warm thuis van te maken. Elínborg merkte op dat hij nogal wat werk had gemaakt van zijn inrichting, met wandborden – die zag je niet vaak in een appartement van jonge mensen – een mooi kleed op de parketvloer, een bank en een bijpassende stoel. De badkamer was klein maar smaakvol, in de slaapkamer stond een tweepersoonsbed, en de keuken, die naast de kamer lag, was spic en span. Er stonden geen boeken in het appartement, en ook geen familiefoto's, maar wel een grote flatscreen-tv en drie ingelijste posters met superhelden uit actiefilms: *Spider-Man*, *Superman* en *Batman*. Op de tafel stonden elegante beeldjes van diverse filmsterren.

'Waar waren jullie toen dit gebeurde?' zei Elínborg, van de ene poster naar de andere kijkend.

'Nogal trendy', zei Sigurður Óli en hij bekeek de afbeeldingen.

'Is dit nou geen waardeloze troep?' vroeg Elínborg.

Sigurður Óli boog zich over de nog nieuwe geluidsinstallatie. Er lagen een gsm en een iPod naast.

'Nano,' zei Sigurður Óli. 'Hartstikke trendy.'

'Deze platte?' vroeg Elínborg. 'Mijn jongste zoon zegt dat die veel te truttig zijn. Waar dat op slaat weet ik niet, ik heb nog nooit zo'n apparaat aangeraakt.'

'Net iets voor jou,' zei Sigurður Óli en hij snoot zijn neus. Hij was niet helemaal in orde en had nog steeds te kampen met een griep die maar niet uit zijn lijf wilde.

'Nou en?' zei Elínborg en ze trok de ijskast in de keuken open. De inhoud ervan was nogal pover en wees er allerminst op dat de eigenaar een groot keukenprins was. Bananen en paprika, kaas, jam en Amerikaanse pindakaas, eieren. Een geopend pak halfvolle melk.

'Had hij geen pc?' vroeg Sigurður Óli aan een van de twee technisch rechercheurs die in het appartement aan het werk waren.

'Die hebben we al meegenomen,' zei hij. 'Maar we hebben er nog niks in gevonden dat dit bloedbad kan verklaren. Hebben jullie trouwens wel eens van rohypnol gehoord?'

De technisch rechercheur keek hen beurtelings aan. Hij was rond de dertig jaar, ongeschoren en ongekamd – 'groezelig' was het woord waar Elínborg naar zocht. Sigurður Óli, die altijd onberispelijk gekleed was, had op belerende toon tegen haar gezegd dat zo'n ongewassen uiterlijk de eerstvolgende trend zou zijn.

'Rohypnol?' zei Elínborg, en ze schudde haar hoofd.

'Hij had er iets van in zijn jasje en ook nog behoorlijk wat in de kamer op tafel,' zei de technische man, die een witte overall aanhad en latex handschoenen droeg.

'Bedoel je die verkrachtingsdrug?'

'Ja,' zei de technische man. 'Het lab heeft de resultaten doorgebeld. Daar moeten we ons onderzoek op richten. Als hij dat spul in de zak van zijn jasje had zou dat kunnen betekenen dat...'

'Hij kan het dus zaterdagavond gebruikt hebben,' zei Elínborg. 'De huiseigenaar heeft hem 's avonds richting centrum zien gaan. Hij heeft dat goedje dus in zijn zak gehad toen hij ging stappen?'

'Dat schijnt zo, als hij dít jasje aanhad, en daar ziet het wel naar uit. Alle andere kleren zijn waar ze horen: in de kasten. Het jasje en het shirt liggen op deze stoel hier, zijn hemd en sokken in de slaapkamer. Hij lag met zijn broek op zijn enkels hier in de kamer en hij had geen onderbroek aan. Het lijkt wel of hij een sprintje getrokken heeft, misschien om een glas water te pakken. Dat staat hier bij de wasbak.'

'Is hij met rohypnol op zak gaan stappen?' vroeg Elínborg nadenkend.

'Het lijkt ons dat hij vlak voor hij stierf seks gehad heeft,' zei de technische man. 'We denken dat hij een condoom gebruikt heeft. Dat heeft hij duidelijk laten zien, mag je wel zeggen, maar de sectie zal het allemaal wel uitwijzen.'

'Een verkrachtingsdrug,' zei Elínborg, en ze moest ineens denken aan een zaak die ze onlangs had onderzocht, waarin ook sprake was geweest van een verkrachtingsdrug.

Een passant met het hart op de goede plaats was op de Nýbýlavegur in Kópavogur voorbij een zesentwintigjarige, schaars geklede vrouw gereden, die langs de kant van de weg stond over te geven. Ze kon niet vertellen waar ze vandaan kwam en wist niet meer waar ze die nacht geweest was. Ze vroeg de man die zich over haar ontfermd had of hij haar naar huis wilde brengen. Ze was er zo slecht aan toe dat hij met haar naar de eerstehulppost wilde. Maar dat was niet nodig, zei ze.

De vrouw had zelf geen flauw benul van wat ze daar aan de Nýbýlavegur moest. Direct na haar thuiskomst was ze in slaap gevallen en had het halve etmaal geslapen. Toen ze wakker werd, voelde ze zich vreselijk. Ze had een brandende pijn in haar onderlichaam, en de huid van haar knieën was rood en pijnlijk, maar ze herinnerde zich alleen nog maar dingen van vóór de gebeurtenissen van die nacht. Nog nooit had ze na het gebruik van alcohol geheugenproblemen ondervonden, en hoewel ze zich totaal niet kon herinneren waar ze was geweest, wist ze wel heel zeker dat ze niet bijzonder veel had gedronken. Ze had lang gedoucht en zich van top tot teen gewassen. Haar vriendin had haar 's avonds laat gebeld en gevraagd wat er met haar gebeurd was. Ze waren met z'n vieren uit geweest en zij had zich van de anderen losgemaakt. Haar vriendin had haar naar buiten zien gaan met een man die ze niet kende.

'Wát vertel je me nou?' had de vrouw gezegd. 'Daar weet ik niks meer van. Ik weet totaal niet meer wat er gebeurd is.'

'Wie was het?' vroeg de vriendin.

'Geen idee.'

Ze hadden een hele tijd met elkaar gepraat en langzamerhand was het de vrouw weer helder geworden dat ze in een of andere tent een man had ontmoet, die haar een drankje had aangeboden. Ze kende hem niet en herinnerde zich maar heel vaag hoe hij eruitzag, maar ze had hem leuk gevonden. Ze had nog maar net haar glas leeg toen er alweer een ander op tafel stond. Ze was naar het toilet geweest en toen ze terugkwam had de man gezegd nog wel iets anders te willen gaan doen. Dat was het laatste wat ze nog wist van die avond.

'Waar ben je met hem naartoe geweest?' had de vriendin haar door de telefoon gevraagd.

'Ik weet het niet. Alleen maar dat ik...'

'Kende je hem dan helemaal niet?'

'Nee.'

'Zou hij wat in je glas gedaan hebben?'

'In mijn glas gedaan?'

'Omdat je je er niks meer van herinnert. Er zijn op die manier wel...'

De vriendin had geaarzeld.

'Op die manier wát?'

'Verkrachters.'

Kort daarna ging ze met haar vriendin naar de spoedbalie voor slachtoffers van verkrachting in het universiteitsziekenhuis Landspítali in Fossvogur. Toen de zaak bij Elínborg terechtkwam was de jonge vrouw ervan overtuigd geraakt dat ze door de man uit de bar verkracht was. Medisch onderzoek bracht aan het licht dat ze 's nachts seks had gehad, maar er werden geen sporen van een giftige stof in haar bloed gevonden. Dat was overigens niet zo vreemd. De sporen van de meest voorkomende verkrachtingsdrug, rohypnol, verdwenen al na een paar uur uit het lichaam.

Elínborg liet haar foto's zien van veroordeelde verkrachters, maar geen van hen kwam haar bekend voor. Ze ging met haar naar de tent waar ze de man had ontmoet, maar het personeel herinnerde zich haar niet, noch de man die ze daar ontmoet zou hebben. Elínborg wist dat het heel moeilijk was verkrachtingen te onderzoeken waarbij drugs in het spel waren. In bloed of urine kon je niets vinden. Voor het slachtoffer onderzocht werd was de giftige stof doorgaans al uit het lichaam verdwenen, maar er bestonden wel verschillende kenmerken die op een drugsverkrachting wezen: geheugenverlies, sperma in de vagina, verwondingen. Elínborg zei tegen de vrouw dat iemand haar mogelijk een verkrachtingsdrug had gegeven. Het was niet uitgesloten dat de verkrachter GHB gebruikt had, dat hetzelfde effect heeft als rohypnol; het is reukloos en kleurloos, zowel in vloeibare als in poedervorm. Het tast het centraal zenuwstelsel aan. Het slachtoffer is niet meer in staat zichzelf te verdedigen, lijdt aan geheugenstoornis of herinnert zich helemáál niets meer.

'Dat maakt het wel moeilijk om een zaak tegen zulke rotzakken te beginnen,' zei ze tegen de jonge vrouw. 'Het effect van rohypnol duurt drie tot zes uur, en het verdwijnt uit het lichaam zonder een spoor na te laten. Er is maar een paar milligram voor nodig om een slaaptoestand te veroorzaken, en alcohol versterkt de werking. De bijverschijnselen zijn hallucinaties, depressiviteit en duizeligheid. Epileptische aanvallen zelfs.'

Elínborg keek om zich heen in het appartement in Þingholt en dacht na over de aanslag op Runólfur, de haat die erachter leek te zitten.

'Had hij een auto, die Runólfur?' vroeg ze aan de technisch rechercheurs.

'Ja, die stond hier buiten,' zei een van hen. 'Op het ogenblik wordt hij in onze loods onderzocht.'

'Ik zal ervoor zorgen dat jullie materiaal krijgen dat we aangetroffen hebben op een vrouw die kortgeleden is aangerand. Ik moet weten of ze een slachtoffer van hém geweest kan zijn, of hij haar in zijn auto meegenomen heeft naar Kópavogur en haar er daar uitgezet heeft.'

'Natuurlijk,' zei de technische man. 'Maar nou nog wat.'

'Wat dan?'

'Alles hier in dit appartement is van die man zelf, alle kleren, schoenen, jassen...'

'Ja?'

'… behalve die knoedel daar,' zei de technische man, en hij wees naar een vormloos geval dat in een van de speciale plastic zakken van de technische recherche was gestopt.

'Wat is dat?'

'Ik hou het erop dat het een sjaal is,' zei de man en hij pakte de zak op. 'We vonden hem als een prop onder het bed in de slaapkamer. Dat bevestigt eigenlijk wel de theorie dat hij een vrouw bij zich heeft gehad.'

Hij maakte de zak open en hield hem Elínborg voor de neus.

'Er zit een beetje een speciaal luchtje aan,' zei hij. 'Er zit wat van een sigarettenlucht in, ze heeft ook parfum gebruikt, en dan is er nog zoiets als… iets als kruiden...'

Elínborg duwde haar neus in de zak.

'We moeten nog uitdokteren wat voor kruiden,' zei de technische man.

Elínborg zoog de lucht diep in. Het was een paarse wollen sjaal. Ze rook de geur van sigarettenrook en parfum. En de technische man had gelijk: ook een vleugje van een kruidenlucht die ze heel goed kende.

'Weet jij wat het is?' vroeg Sigurður Óli en hij keek verbaasd naar Elínborg.

Ze knikte.

'Dit is het lekkerste wat ik ken,' zei ze.

'Het lekkerste?' zei de technische man.

'Je favoriete specerij, bedoel je?' vroeg Sigurður Óli.

'Ja,' zei Elínborg. Maar het is geen specerij, het is een kruidenmengsel. Indiaas. Dit ruikt naar… dit doet me denken aan tandoori. Volgens mij zit in die sjaal de lucht van tandoori.'

4

De omwonenden waren voor het merendeel zeer coöperatief. Systematisch werd geprobeerd iedereen die binnen een bepaalde afstand van het huis woonde te verhoren, onafhankelijk van de vraag of men meende iets te melden te hebben. De politie schatte zelf in wat bruikbaar was en wat niet. Het was in het lagergelegen deel van Þingholt, en de meeste mensen zeiden dat ze die nacht geslapen hadden en niets ongewoons hadden opgemerkt. Er was niemand die de huurder kende. Niemand had bij het huis zelf mensen zien lopen of er de laatste dagen iets ongewoons aan gezien. De eersten met wie werd gesproken waren degenen die er het dichtst bij woonden en vervolgens werd de kring langzamerhand wijder gemaakt. Elínborg praatte met de politiemensen die het verhoor leidden, las de verklaringen door, maar bleef nadenken over het verhaal van een vrouw die in de periferie van het gebied woonde. Die vrouw besloot ze zelf op te zoeken, hoewel haar informatie eigenlijk maar bitter weinig voorstelde.

'Ik weet niet of het wat oplevert,' zei de politieman die de vrouw had ondervraagd.

'Hoezo?'

'Ze is een beetje getikt,' zei de politieman.

'Hoe dan?'

'Ze praatte alsmaar over elektromagnetische golven. Zei dat ze daar altijd en eeuwig hoofdpijn van had.'

'Elektromagnetische golven?'

'Ze zei dat ze die zelf gemeten had, met een paar breinaalden. Meestal komen ze uit de muren bij haar naar binnen.'

'O ja?'

'Of je veel aan haar zult hebben weet ik niet.'

De vrouw woonde op de bovenverdieping van een huis van twee etages, één straat verder dan Runólfur. Toch was het nog een aardig eindje van zijn huis en daarom was het niet zeker of dat wat ze meende te hebben gezien van enig belang was. Maar het had Elínborgs nieuwsgierigheid gewekt, en omdat de politie toch al niet veel had om van uit te gaan vond ze dat ze maar beter aandacht aan de verklaring van de vrouw kon besteden en haar moest helpen een heldere beschrijving te geven van wat ze had gezien.

Ze heette Petrína, was achter in de zeventig en ontving Elínborg in haar nachtpon, op versleten vilten pantoffels. Haar haar was warrig en ongekamd, haar gezicht vaal en rimpelig, haar ogen bloeddoorlopen. In haar ene hand had ze een sigaret. Ze was vriendelijk tegen Elínborg en zei dat ze het fijn vond dat er nu eindelijk eens iemand belangstelling toonde.

'En dat werd tijd ook,' zei ze. 'Ik zal het je laten zien. Massieve golven, dat kan ik je wel vertellen.'

Petrína ging naar binnen en Elínborg liep achter haar aan. Een zware sigarettenwalm drong haar neus en mond binnen. Binnen was het donker, want de vrouw had alle gordijnen dichtgetrokken. Elínborg oriënteerde zich en zag dat het mogelijk was uit het raam van de kamer op de straat voor het huis te kijken. De vrouw was nu de slaapkamer binnengegaan en riep haar ook naar binnen. Elínborg liep door de kamer langs de keuken de slaapkamer in. Petrína stond onder een eenzame gloeilamp, die kaal aan het plafond hing. Een bed en een nachtkastje stonden midden op de vloer.

'Het liefst zou ik die muren afbreken,' zei Petrína. 'Ik heb alleen geen materiaal om de elektrische leiding af te schermen. Ik zal er op de een of andere manier wel gevoelig voor zijn. Kijk maar eens.'

Elínborg keek verbijsterd naar de beide lange muren van de slaapkamer, die van de vloer tot aan het plafond met aluminiumfolie waren bekleed.

'Ik krijg er zo'n ontzettende hoofdpijn van,' zei de vrouw.

'Heb je dat zelf gedaan?' vroeg Elínborg.

'Ik? Zelf? Natuurlijk. Die aluminiumfolie heeft wel geholpen, maar ik geloof niet dat het voldoende is. Kijk hier eens naar.'

Ze pakte twee breipennen en liet die losjes in haar handen liggen. De uiteinden ervan wezen precies naar Elínborg, die roerloos in de deuropening stond. Toen draaiden ze langzaam naar de andere muur.

'Dat doen de elektrische leidingen,' zei Petrína. 'Je ziet dat aluminiumfolie helpt. Kom eens.'

Petrína duwde haar voor zich uit door de deur, het warrige haar overeind, de breipennen in haar handen, een volmaakte karikatuur van een wetenschapper. Ze liep de kamer in en zette de tv aan. Het testbeeld van de staatsomroep verscheen op het scherm.

'Doe eens een mouw omhoog,' zei ze tegen Elínborg. Die deed zonder protest wat haar gevraagd werd.

'Kom nou eens met je arm hier vlak bij het scherm. Niet ertegenaan komen.'

Elínborg kwam met haar arm vlak bij het scherm, zag dat de dunne haartjes rechtop gingen staan en voelde hoe sterk de invloed was van het elektromagnetische veld dat door het toestel werd opgewekt. Ze kende dat wel van thuis, als de tv aanging en ze er dichtbij stond.

'Zo was het met de muren in mijn slaapkamer nou ook,' zei Petrína. 'Precies zo. Je haar ging ervan overeind staan. Het was of je elke nacht vlak bij een lichtend tv-scherm moest slapen. Het appartement is namelijk verbouwd, weet je. Er zijn houten muren in gekomen. Spaanplaat. Zit boordevol elektrische leidingen.'

'Wie denk je eigenlijk dat ik ben?' vroeg Elínborg behoedzaam, terwijl ze haar mouw weer naar beneden trok.

'Jíj?' zei Petrína. 'Ben jij niet van het energiebedrijf? Ze zouden iemand sturen. Ben jij dat dan niet?'

'Het spijt me,' zei Elínborg. 'Ik ben niet van het energiebedrijf.'

'Ze zeiden dat ze de woning zouden doormeten,' zei Petrína. 'Ze zouden vandaag komen. Ik hou dit niet langer uit.'

'Ik ben van de politie,' zei Elínborg. 'Er is een ernstig misdrijf gepleegd, in de straat hier vlakbij, en ik begrijp dat jij iets gezien hebt, hier buiten. Hier voor het huis.'

'Ik heb vanmorgen al met iemand van de politie gepraat,' zei Petrína. 'Waarom komen jullie nou nog een keer? En waar is dan die man van het energiebedrijf?'

'Dat weet ik niet, maar ik kan hem wel even voor je bellen als je wilt.'

'Hij had er allang moeten zijn.'

'Misschien komt hij later vandaag. Wil je me dan nu vertellen wat je gezien hebt?'

'Wat ik gezien heb? Wat heb ik dan gezien?'

'Volgens wat je vanmorgen tegen die politieman gezegd hebt, heb je in de nacht van zaterdag op zondag een man door de straat zien lopen. Klopt dat?'

'Ik heb geprobeerd die lui hier te krijgen om in de muren te kijken, maar ze luisteren helemaal niet naar me.'

'Heb je altijd de gordijnen dicht?'

'Natuurlijk,' zei Petrína en ze krabde op haar hoofd.

Elínborgs ogen waren inmiddels aan de schemer in Petrína's huis gewend geraakt en ze zag de erbarmelijke woning nu beter, de oude meubels, de ingelijste foto's aan de muren en de familiefoto's op de tafels. Op een van de tafels stonden alleen maar foto's van jongeren en kleine kinderen, en Elínborg stelde zich voor dat het jonge nazaten of andere familieleden van Petrína waren. Alle asbakken zaten tot de randen vol met sigarettenpeuken en Elínborg zag dat er hier en daar schroeiplekken in het lichte vloerkleed zaten. Petrína drukte de sigaret die ze net gerookt had uit in een van de asbakken. Elínborg keek naar een schroeiplek in het kleed en moest wel aannemen dat de oude vrouw sigaretten op de vloer had laten vallen. Ze overwoog of ze contact met de sociale dienst moest opnemen. Petrína zou wel eens een gevaar voor zichzelf en anderen kunnen zijn.

'Als je altijd de gordijnen dicht hebt, hoe kun je dan naar beneden op straat kijken?' vroeg Elínborg.

'Nou, dan doe ik ze open,' zei Petrína en ze keek naar Elínborg alsof die niet helemaal spoorde. 'Wat kwam je hier doen, zei je?'

'Ik ben van de politie,' herhaalde Elínborg. 'Ik wil je graag wat vragen over de man die je in de nacht van zaterdag op zondag voor je huis gezien hebt. Dat heb je verteld. Weet je nog?'

'Door die golven kan ik bijna nooit eens lekker doorslapen, weet je. Dus ik loop maar wat door het huis rond en wacht tot ze komen. Kijk eens naar mijn ogen? Zie je ze?'

Petrína boog haar gezicht naar voren om Elínborg haar bloeddoorlopen ogen te laten zien.

'Dat zijn de golven, dat doen ze met je ogen. Die verdomde golven. En dan heb ik ook nog eens voortdurend hoofdpijn.'

'Komt dat niet van de sigaretten?' vroeg Elínborg beleefd.

'Dus ik zat hier bij het raam op ze te wachten,' zei Petrína, zonder aandacht te schenken aan die opmerking. 'Ik heb de hele nacht zitten wachten, en de hele zondag, en ik wacht nog steeds.'

'Waarop?'

'Op die lui van het energiedrijf natuurlijk. Ik dacht dat jij ervan was.'

'Dus je zat hier bij het raam en hield de straat in de gaten. Dacht je dat ze 's nachts zouden komen?'

'Ik weet niet wanneer ze komen. En toen zag ik die man waar ik jullie vanmorgen over verteld heb. Ik dacht: die is misschien wel van het energiebedrijf, maar hij liep door. Ik heb er nog over gedacht of ik niet naar hem zou roepen.'

'Heb je die man eerder hier in de straat gezien?'

'Nee, nooit.'

'Kun je hem wat preciezer voor me beschrijven?'

'Er valt niks te beschrijven. Waarom wil je dat allemaal weten, van die man?'

'Er is hier in de buurt een misdaad gepleegd. Ik moet die man zien te vinden.'

'Dat lukt je nooit,' zei Petrína beslist.

'Waarom niet?'

'Je weet toch niet waar hij is?' zei Petrína, geïrriteerd door Elínborgs onnozelheid.

'Nee, daarom wil ik je vragen me te helpen. Het was een man, hè? Je hebt vanmorgen gezegd dat hij een donker jack droeg en dat hij een muts op had. Was het een leren jack dat hij aanhad?'

'Dat zou ik niet weten. Hij had zo'n muts op. Van hele dikke wol.'

'Heb je gezien wat voor broek hij droeg?'

'Niks bijzonders,' zei Petrína. 'Van die sporttroep met pijpen tot aan zijn knieën. Daar hoeven we het echt niet over te hebben.'

'Was hij met de auto? Heb je dat gezien?'

'Nee, een auto heb ik niet gezien.'

'Was hij alleen?'

'Ja, hij was alleen. Ik heb hem maar eventjes gezien, want hij was weer vlug voorbij, ook al liep hij dan kreupel.'

'Kreupel?' zei Elínborg. Ze kon zich niet herinneren dat de politieman die eerder op de dag met Petrína had gesproken daar iets over had gezegd.

'Ja, kreupel. Die stakker. Had zo'n soort antenne om zijn been.'

'Wat voor een antenne bedoel je?'

'Ik weet niet wat voor een het was.'

'En had je de indruk dat hij haast had?'

'Ja, beslist. Maar ja, mij lopen ze allemáál vlug voorbij. Dat zijn de golven. Hij wilde natuurlijk geen golven in zijn been krijgen.'

'Geen golven in zijn been krijgen? Wat bedoel je daarmee?'

'Dat was waarom hij kreupel liep. Dat waren massieve golven. Golven in zijn been, helemaal massief.'

'Heb jij die golven ook gevoeld?'

Petrína knikte.

'Wie zei je dat je was?' vroeg ze toen. 'Ben jij niet van het energiebedrijf? Weet je wat ik denk dat het is? Wil je het weten? Het komt allemaal van dat uranium. Massief uranium dat met de regen naar beneden komt.'

Elínborg glimlachte. Ze had moeten luisteren naar de politieman, die had gezegd dat het waarschijnlijk niets zou opleveren als ze met deze getuige verder zou praten. Ze bedankte Petrína en excuseerde zich voor de overlast. Ze beloofde het energiebedrijf te bellen en de mensen daar te vragen iets te doen aan de elektromagnetische golven die haar het leven zo zuur maakten. Ze was er alleen niet zo zeker van dat de elektromonteurs van het energiebedrijf de juiste mensen waren om die stakker van haar hoofdpijn af te helpen.

Er waren nauwelijks andere getuigen te vinden. Een man van middelbare leeftijd, die te voet door Þingholt was gekomen, op weg naar zijn huis in de Njarðargata, meldde zich bij de politie. Hij had nog met een buitengewoon zware kater te kampen, maar wilde, nu het hem nog vers in het geheugen lag, wel even vertellen dat hij 's nachts op weg naar huis een vrouw in een stilstaande auto had zien zitten. Ze zat op de passagiersplaats en volgens de man leek het of ze niet wilde opvallen. Verder toelichten kon hij dat niet. Hij noemde de naam van de straat waarin de auto gestaan had. Die bevond zich op enige afstand van de plaats delict. Hij kon geen heldere beschrijving van de vrouw geven, maar schatte dat ze zo tegen de zestig was geweest. Ze had een jas aan. Dat was alles wat hij kon vertellen. Van de auto waar de vrouw in zat herinnerde de man zich niets: de kleur, noch het merk. Hij had niks met auto's, verklaarde hij.

5

Het was een korte, comfortabele vlucht, begeleid door het dreunen van de propeller. Elínborg zat bij het raam, zoals altijd wanneer ze een binnenlandse vlucht maakte. Ze probeerde iets van het land te zien, maar het was deze middag bewolkt en ze kon maar een enkele keer neerkijken op een berg of een dal of een rivier, meanderend door een landschap, wit van vers gevallen sneeuw. Naarmate ze ouder werd zag ze meer tegen het vliegen op, zonder dat ze daar een verklaring voor had. Toen ze jong was deed een vliegreis haar even weinig als een autorit. Met de jaren was haar vliegangst sluipenderwijs toegenomen, wat ze weet aan het feit dat ze kinderen had en dat haar verantwoordelijkheden in het leven groter geworden waren. In het algemeen gesproken voelde ze zich het best op een korte binnenlandse vlucht. Wel herinnerde ze zich een moeilijke wintervlucht naar Ísafjörður, bij uitzinnig slecht weer, zoals er in een sensatiefilm altijd aan een vliegramp voorafgaat. Ze dacht dat haar dagen geteld waren, kneep haar ogen dicht en prevelde gebeden, tot de wielen op de verijsde landingsbaan neersmakten. Wildvreemde mensen waren elkaar in de armen gevallen. Als ze op een internationale vlucht zat, lette ze erop dat ze een plaats aan het gangpad had, en probeerde er maar niet aan te denken hoe de loodzware vliegtuigromp kon opstijgen en propvol passagiers en bagage in de lucht kon blijven.

Politiemensen haalden haar af van het vliegveld en toen begon de autorit naar het dorp waar Runólfurs moeder woonde. Een dun sneeuwlaagje lag op de aarde uitgespreid en liet de herfstkleuren van de begroeiing feller uitkomen. Elínborg zat zwijgend op de achterbank en keek naar de kleurenpracht zonder dat ze haar gedachten echt bij de schoonheid van de natuur kon houden. Ze zat na te denken over Valþór, haar zoon. Ze maakte zich zorgen om hem en wist niet wat ze moest doen. Nauwelijks een maand geleden was ze er bij toeval achter gekomen dat hij een weblog had. Elínborg was bezig geweest kleren in zijn slaapkamer op te bergen, en ze had op zijn computerscherm gezien dat hij bezig was te schrijven over zichzelf en zijn familie. Toen ze hem hoorde aankomen verstarde ze, en toen ze hem in de deuropening tegen het lijf liep deed ze of er niets aan de hand was. Ze had de naam van de site gezien en onthouden, en was verder gaan lezen via de computer in de tv-kamer, die door het hele gezin werd gebruikt. Ze had er geen goed gevoel bij: ze voelde zich alsof ze in de persoonlijke brieven van haar zoon zat te snuffelen, totdat ze ineens begreep dat iedereen die dat wilde ze kon inzien. Het koude zweet brak haar uit toen ze zag hoe openhartig hij over zichzelf was. Over wat ze op zijn weblog las had hij met geen woord gerept tegen Teddi en haar, of tegen wie dan ook thuis. Er werd gelinkt naar andere weblogs; Elínborg bekeek er een stel en zag dat Valþórs vrijmoedige weblog geen unicum was. Het was of de mensen totaal ongegeneerd waren wanneer ze over zichzelf schreven, over hun vrienden en familie, hun handel en wandel, hun verlangens, gevoelens, meningen en alles wat hun maar te binnen schoot op het moment dat ze achter de computer gingen zitten. Van enige zelfcensuur scheen bij het schrijven geen sprake te zijn. Je liet het er allemaal maar uit komen. Behalve voor haar werk had Elínborg nooit de moeite genomen weblogs te bekijken; ze had ook nooit vermoed dat dat voor haar kinderen heel gewoon was.

Af en toe bezocht ze stiekem Valþórs blog, en ze had gelezen over de muziek waar hij naar luisterde, de films die hij had gezien, over wat hij samen met zijn vrienden deed, over de school, zijn mening over het onderwijs, over bepaalde docenten – alles waar hij met haar níet over praatte. Wel had hij haar mening weergegeven over een onderwerp dat nogal wat gevoeligheden opriep. Hij had het over zijn superintelligente zus, en wat een probleem het was leerstof voor haar te vinden, omdat alle extra onderwijs – hier citeerde Valþór zijn moeder! – gericht was op nitwits.

Elínborg was ineens nijdig geworden toen ze zag dat haar woorden op internet werden aangehaald. Dat joch had toch niet het recht om haar meningen aan Jan en alleman uit te venten? Een enkele keer citeerde Valþór ook zijn vader, maar dan ging het meestal over auto's, een gemeenschappelijke interesse van hen, naast de moppen van zijn pa, die nogal op het randje waren.

Toch was het zijn onbesuisdheid op een ander vlak die haar de meeste zorgen baarde. Het weblog liet er geen twijfel over bestaan dat Valþór behoorlijk op de vrouwentoer was. Het was beslist geen toeval dat Elínborg een condoom in de broekzak van de jongen gevonden had. Hij noemde telkens weer namen van meisjes die hij kende, vertelde hoe leuk het met hen was geweest op dansfeesten op school, bij bioscoopbezoek, en op kampeertochten waar Elínborg totaal niet vanaf wist. Onder het kopje 'Geef je mening' waren reacties te zien op wat Valþór had geschreven, en Elínborg kreeg de indruk dat er minstens twee, misschien wel drie vriendinnen een strijd om dit kostbare juweel uitvochten.

De auto suisde langs een herfstig bos, vol prachtige kleuren, maar alleen al de gedachte aan Valþórs weblog deed Elínborg zachtjes vloeken.

'Sorry, wat zei je?' vroeg de politieman achter het stuur. De andere zat op de stoel naast hem en leek te slapen. Ze hadden haar ingelicht over Runólfurs moeder en over het dorp waar ze woonde, maar de rest van de weg gezwegen.

'O niks, sorry, ik ben een beetje verkouden,' zei Elínborg en ze diepte uit haar tas een zakdoek op. 'Hebben jullie politie daar in dat dorp?'

'Nee, dat kunnen we ons niet permitteren. Alles kost geld. Maar er gebeurt daar toch nooit wat, tenminste niks van belang.'

'Is het nog ver?'

'Een halfuur,' zei de politieman en toen zwegen ze weer tot ze op de plaats van bestemming waren.

Runólfurs moeder woonde in een van de twee korte huizenblokken die het dorp rijk was. Ze verwachtte al dat de politie langs zou komen en wachtte Elínborg in de deuropening op, vermoeid en versuft. Ze liet de deur open en ging haar huis weer in zonder te groeten. Elínborg stapte de drempel over en trok de deur achter zich dicht. Ze wilde onder vier ogen met de vrouw spreken.

De dag liep op zijn eind. Het meteorologisch instituut had voor later op de dag sneeuwvlagen voorspeld. Heldere zonnestralen braken een moment door het dikke wolkendek en verlichtten de kamer; toen verdwenen ze weer en werd het plotseling donker. De vrouw was op een stoel gaan zitten die naar de tv in de kamer gericht stond. Elínborg ging op de bank zitten.

'Ik wil geen bijzonderheden weten,' zei de vrouw, die Kristjana heette, naar Elínborg gehoord had. 'De dominee heeft me het een en ander verteld, het nieuws volg ik niet meer. Ik heb iets gehoord over een beestachtige aanslag met een mes. Maar bijzonderheden hoef ik niet te weten.'

'Gecondoleerd,' zei Elínborg.

'Dank je.'

'Je moet wel kapot zijn van het bericht.'

'Hoe ik me voel? Ik zou gewoon niet weten hoe ik je dat moest uitleggen,' zei Kristjana. 'Ik kon het al niet begrijpen toen mijn man stierf, maar dit... dit is... dit...'

'Is er niet iemand die bij je kan blijven?' vroeg Elínborg toen de vrouw midden in de zin zweeg.

'We hebben hem pas laat gekregen,' zei Kristjana alsof ze de vraag niet gehoord had. 'Ik was al bijna veertig. Baldur, mijn man, was vier jaar ouder dan ik. We hebben elkaar leren kennen toen we allebei al wat ouder waren. Ik had een paar jaar een relatie gehad, Baldur had zijn vrouw verloren. Geen van beiden hadden we kinderen. Daarom was Runólfur... We hebben verder geen kinderen meer gekregen.'

'Ik weet dat de politie hier het je al gevraagd heeft, maar ik vraag het toch nog een keer: weet jij of er iemand was die hem kwaad wilde doen?'

'Nee. En dat heb ik ook tegen de politie gezegd. Ik kan me niet voorstellen dat iemand hem zóiets kon aandoen. Ik kan het me gewoon niet voorstellen: wie is daar nou toe in staat? En dat Runólfur zoiets ergs moest overkomen, net als Baldur. Die is waarschijnlijk achter het stuur in slaap is gevallen, zeiden ze. Die arme kerel in de vrachtwagen zei dat hij heeft gezien dat Baldur zat te knikkebollen. Medelijden met mezelf heb ik niet gehad, al ben ik dan alleen achtergebleven. Je moet geen medelijden met jezelf hebben.'

Kristjana zweeg. Ze had een doosje papieren servetjes op tafel staan; ze trok er een uit en verfrommelde dat tussen haar vingers.

'Je moet niet altijd maar medelijden met jezelf hebben,' zei ze.

Elínborg keek naar de oude handen die het servetje verfrommelden, naar het haar, dat in een staart was opgebonden, naar de levendige ogen. Ze wist dat Kristjana zeventig jaar was en haar hele leven op deze plaats had gewoond, ver van de hoofdwegen. Van de politiemensen die Elínborg gereden hadden, had ze gehoord dat Kristjana nog nooit in Reykjavík was geweest. Ze zei dat ze daar niks te zoeken had, hoewel haar zoon er meer dan tien jaar had gewoond. Navraag had aan het licht gebracht dat hij haar zelden of nooit opgezocht had. In de afgelopen tientallen jaren was een groot aantal mensen uit Kristjana's omgeving weggetrokken, net als haar zoon, en Elínborg had het gevoel dat zij in zekere zin een achterblijver was.

34

Haar wereld was niet veranderd, terwijl IJsland geweldige veranderingen doormaakte. Kristjana herinnerde Elínborg tot op zekere hoogte aan Erlendur, die zich ook nooit van zijn verleden had kunnen losmaken, dat trouwens niet wilde ook, oud in zijn denkwijze, ouderwets in zijn manieren en gehecht aan waarden die in hoog tempo wegvielen, terwijl niemand dat in de gaten had of er rouwig om was.

Hoe moest ze deze vrouw vertellen over de verkrachtingsdrug die haar zoon op zak had gehad?

'Wanneer heb je voor het laatst iets van hem gehoord?' vroeg Elínborg.

Kristjana aarzelde, alsof ze diep moest nadenken over een toch zo eenvoudige vraag.

'Ik denk dat dat ruim een jaar geleden was,' zei ze toen.

'Ruim een jaar,' herhaalde Elínborg.

'We hadden niet veel contact,' zei Kristjana.

'Maar heb je dan meer dan een jaar niks van hem gehoord?'

'Nee.'

'Wanneer heb je hem voor het laatst gezien?'

'Drie jaar geleden is hij hier geweest. Bleef maar heel kort, nog geen uur. Hij heeft met niemand gesproken, alleen maar met mij. Hij zei dat hij hier in de buurt moest zijn en dat hij haast had. Ik weet niet waar hij heen moest, ik heb het hem ook niet gevraagd.'

'Hadden jullie een slechte verstandhouding?'

'Nee, beslist niet. Hij had gewoon niks bij me te zoeken,' zei Kristjana.

'Maar jij? Heb je hem dan nooit eens gebeld?'

'Hij veranderde alsmaar van telefoonnummer, dus ik heb het maar opgegeven. En omdat hij het niet zo belangrijk vond, wilde ik hem ook niet steeds lastigvallen. Wat mij betreft mocht hij gewoon zijn eigen gang gaan.'

Er viel een lange stilte.

'Weten jullie wie het gedaan heeft?' vroeg Kristjana ten slotte.

'We hebben geen idee,' antwoordde Elínborg. 'Het onderzoek is nog maar net begonnen, dus...'

'En gaat dat lang duren?'

'Daar kunnen we nog niet veel over zeggen. Dus je wist niet veel over zijn privézaken, zijn vrienden, vrouwen in zijn leven, of...'

'Nee, daar weet ik totaal niks van. Woonde hij met een vrouw samen? Ik dacht van niet. Dat was een van de dingen waar ik het met hem over gehad heb: of hij nog niet van plan was een gezin te stichten en zo. Daar zei hij niet veel op, hij vond natuurlijk dat ik maar een beetje zat te zeuren.'

'We nemen aan dat hij alleen woonde,' zei Elínborg. 'Anders had zijn huisbaas het wel gemerkt. Had hij ook vrienden hier in het dorp?'

'Die zijn allemaal vertrokken. De jonge mensen trekken weg. Dat is niks nieuws. Ze praten er nou over om de basisschool maar te sluiten en de kinderen 's morgens met een bus naar het dorp verderop te rijden. Hier is het allemaal ten dode opgeschreven. Misschien had ik zelf ook weg moeten gaan. Naar dat heerlijke Reykjavík. Nou, ik ben er nog nooit geweest en ik hoef er niet heen ook. Vroeger ging je nou eenmaal niet zoveel de hort op. Hoe dan ook, het is er nooit van gekomen om naar onze hoofdstad te gaan. En toen ik vijftig was, toen was het een erezaak voor me geworden om er nooit naartoe te gaan. Het laat me volkomen koud, al is het daar nog zo fijn. Ik heb er nooit wat te zoeken gehad. Niks. Nou ja, jij bent er zeker opgegroeid?'

'Ja,' zei Elínborg, 'en ik hou ook echt van die stad. Ik kan de mensen die er willen gaan wonen heel goed begrijpen. Had jouw zoon dan helemaal geen contact met mensen hier in het dorp?'

'Nee,' zei Kristjana beslist. 'Niet dat ik weet.'

'Is hij hier wel eens in de problemen geraakt of in aanraking geweest met de politie, had hij soms vijanden?'

'Hier? Nee. Helemaal niet. Maar ik zei al, sinds hij verhuisd is, weet ik niet genoeg meer van zijn doen en laten om die vragen te kunnen beantwoorden. Jammer genoeg. Hij was nou eenmaal zoals hij was.'

Ze staarde Elínborg aan.

'Wat weet een mens er eigenlijk van, van hoe het met zijn kinderen gaat? Heb jij kinderen?'

Elínborg knikte.

'Weet jij wat ze allemaal uitspoken?' zei Kristjana, en Elínborg moest direct aan Valþór denken. 'Wat weet een mens eigenlijk van wat ze allemaal doen?' zei Kristjana. 'Ik kende mijn zoon niet goed, ik wist niet wat hij iedere dag uitvoerde of wat hij dacht. In veel opzichten was hij een vreemde voor me, iemand die ik niet begreep. Ik denk niet dat ik daarin de enige ben. De kinderen gaan het huis uit en langzamerhand worden ze vreemden voor je, tenzij...'

Kristjana had het servetje aan flarden gescheurd.

'Je moet hard zijn voor jezelf,' zei ze. 'Dat heb ik in mijn jonge jaren wel geleerd. Je moet geen medelijden met jezelf hebben. Ik zal net zo hard voor mezelf zijn als anders.'

Elínborg dacht aan de rohypnol. Als die werd aangetroffen in de broekzak van een jonge vent die was gaan stappen en was thuisgekomen met een vrouw, dan was het nogal duidelijk wat hij wilde gaan doen.

'Toen hij nog hier woonde,' zei Elínborg, behoedzaam op haar doel afgaand, 'had hij toen ook vrouwen in zijn kennissenkring?'

'Daar weet ik niks van,' zei Kristjana. 'Waarom vraag je dat eigenlijk? Vrouwen? Ik weet niks van vrouwen! Waarom vraag je dat?'

'Kun je me mensen noemen hier in het dorp die hem hebben gekend en met wie ik kan spreken?' vroeg Elínborg rustig.

'Geef me antwoord! Waarom vraag jij naar vrouwen?'

'We weten niks van hem. Maar...'

'Ja?'

'Het kan zijn dat hij rare dingen deed,' zei Elínborg, 'waar vrouwen bij betrokken waren.'

'Rare dingen?'

'Ja, met verdovende middelen.'

'Hoe dan? Wat voor verdovende middelen?'

'Verkrachtingsdrugs worden ze wel eens genoemd,' zei Elínborg.

Kristjana staarde haar aan.

'Het kan zijn dat hij ze alleen maar gekocht heeft. Misschien vergissen we ons. Op dit moment weten we nog niet zoveel. Feit is dat hij die drugs in zijn zak had toen hij dood werd aangetroffen.'

'Verkrachtingsdrugs?'

'Het heet rohypnol. Het versuft, verdooft en veroorzaakt geheugenverlies. Ik vond dat je het moest weten. Dat soort dingen lekt toch altijd uit via de media.'

De sneeuwstorm viel in volle zwaarte op het huis aan. Door de ramen was niets meer te zien, zo dicht was de sneeuwjacht, en het werd nog donkerder in de kamer. Kristjana zat lange tijd stil.

'Ik weet niet hoe hij zich aan zóiets schuldig kon maken,' zei ze uiteindelijk.

'Nee, natuurlijk niet.'

'Dit is wel een heel harde klap.'

'Ik weet hoe moeilijk dit voor je moet zijn.'

'Nou weet ik eigenlijk niet wat erger is.'

'Wat?'
Kristjana keek door het kamerraam naar de sneeuwstorm.
'Dat hij vermoord is of dat hij een verkrachter was.'
'We weten het nog niet zeker,' onderstreepte Elínborg.
Kristjana keek naar haar.
'Nee, jullie weten nooit iets zeker.'

6

Elínborg moest de nacht in het dorp doorbrengen. Ze installeerde zich in een ruime kamer in een klein pension, dat afgezonderd op een heuvel buiten het dorp lag, belde Sigurður Óli op en meldde hem dat ze Kristjana had gesproken, maar dat ze daar niet erg veel aan hadden. Ze belde naar Teddi, die langs een snackbar was gegaan om eten te halen, en luisterde verder alleen naar Theodóra. Het meisje moest en zou haar vertellen over de tocht met de padvinderij naar het Úlfljótsmeer, die voor twee weken daarna op het programma stond. Een hele tijd praatten ze samen. De jongens waren niet thuis, ze waren naar de bioscoop. Elínborg bedacht dat ze er ongetwijfeld binnen niet al te lange tijd wel iets over zou kunnen lezen op internet.

Niet ver van het pension bevond zich een gelegenheid die van alles tegelijk was, kroeg, restaurant, sportbar, videotheek en wasserij. Toen ze er binnenging gaf iemand juist bij de bar zijn was af; hij zou het heel fijn vinden, zei hij, als hij die donderdag terug kon krijgen. Op de menukaart stond alles wat je erop kon verwachten: sandwiches en hamburgers, patat met cocktailsaus, gebraden lamsvlees en gefrituurde vis. Elínborg gokte op de vis. Er waren nog twee andere tafels bezet. Aan de ene zaten drie mannen bier te hijsen, terwijl ze naar een voetbalwedstrijd op een flatscreen aan de muur keken. Aan de andere zat een ouder echtpaar, mensen op doorreis net als zijzelf, gefrituurde vis te eten.

Ze miste Theodóra, die ze al in geen twee dagen had gezien. Elínborg glimlachte voor zich uit toen ze aan haar dochter dacht. Die kon soms zulke onverwachte opmerkingen maken over het leven. Ze sprak heel keurig, wat haar een beetje ouwelijk maakte, en Elínborg maakte zich er wel eens zorgen over dat de kinderen op school haar daarmee zouden pesten. Maar dat scheen niet nodig te zijn. 'Waarom kijkt die man zo diepbedroefd?' zei ze van een saaie nieuwslezer op de tv. 'Dat is amusant,' zei ze als ze iets geestigs in de krant las. Elínborg hield het erop dat ze die manier van spreken uit de boeken had.

De vis was niet slecht en het verse brood erbij smaakte buitengewoon goed. Elínborg liet de patat, waarvan ze nooit gehouden had, staan en vroeg of ze een espresso kon krijgen als ze de vis op had. De cheffin, een vrouw van onbestemde leeftijd, die ook toezicht hield op de keuken, brood bakte, video's uitleende en voor de was zorgde, toverde in een ogenblik een uitstekende espresso tevoorschijn. Elínborg nipte ervan. Intussen dacht ze na over tandooripotten en over de kruiden voor tandoorigerechten. De deur van de kroeg ging open. Er kwam iemand binnen om een video uit te zoeken.

De kleren die bij Runólfur thuis waren aangetroffen leverden nogal wat raadsels op. De sjaal vormde nog helemaal geen bewijs dat hij een vrouw bij zich had gehad toen hij werd aangevallen, of dat de vrouw hem had aangevallen. Die op de vloer onder het bed gevonden sjaal kon daar al langer hebben gelegen. Maar je kon nauwelijks tot een andere slotsom komen dan dat Runólfur de verkrachtingsdrug die avond had gebruikt. De vrouw was misschien met hem mee naar huis gegaan, al of niet uit eigen beweging, en er kon tussen hen iets zijn voorgevallen wat die gewelddadige aanval had uitgelokt: de drug uitgewerkt, de vrouw weer bij haar positieven, gepakt wat voor het grijpen lag. Het moordwapen, een mes, was niet in de woning te vinden geweest en de aanvaller had geen andere aanwijzingen achtergelaten dan wat toch al wel duidelijk was: de ongebreidelde haat en woede die op het slachtoffer gericht waren geweest.

Als Runólfur de eigenares van de sjaal had verkracht, en als die hem vervolgens had aangevallen en vermoord, wat was dan de volgende stap? Waar was die sjaal gekocht? De politie zou er de winkels mee langsgaan, maar erg nieuw leek hij niet, dus het was nog maar de vraag of dat wat zou opleveren. De eigenares van de sjaal gebruikte een parfum. Van wat voor merk wisten ze nog niet, maar dat was een kwestie van tijd. In de winkels zou dan navraag worden gedaan naar de kopers ervan. Aan de sjaal zat een rooklucht; misschien was die uit kroegen afkomstig, misschien rookte de eigenares. Runólfur was rond de dertig. Dan kon je je voorstellen dat hij een vrouw van ongeveer dezelfde leeftijd had ontmoet. Op de sjaal en in zijn huis waren donkere haren gevonden. Ze waren niet geverfd. De vrouw had dus donker haar. Ze had ook een kort kapsel: de haren waren niet lang.

Je zou je kunnen indenken dat ze in een restaurant werkte dat tandoorigerechten op het menu had. Elínborg wist hoe je die moest bereiden. Ze had een boek geschreven – *Gerecht en wet* was de titel – waarin onder vele

40

andere gerechten ook een paar van zulke schotels voorkwamen. Ze had tandoorischotels leren klaarmaken en meende dat ze er nu ook echt iets vanaf wist. Indiase tandooripotten van aardewerk, waarin de gerechten werden bereid, had je in twee typen. In India werd de pot gedeeltelijk in de aarde ingegraven en met houtskool verhit, zodat je er zeker van kon zijn dat het vlees aan alle kanten gelijkmatig gaar werd. Een enkele keer had Elínborg haar tandooripot in de achtertuin ingegraven, maar doorgaans zette ze hem in de oven van haar fornuis of in houtskool in een oude barbecue die ze nog had. Toch kwam het voor de smaakpapillen vooral aan op de kruidensaus. Elínborg mengde naar smaak allerlei kruiden in een bepaalde verhouding met gewone yoghurt: als ze het gerecht een roodachtige kleur wilde geven gebruikte ze gemalen *annattozaad*, en saffraan als ze het geel wilde hebben. In de regel speelde ze wat met een mengsel van cayennepeper, koriander, gember en knoflook, met daarbij de Indiase garam masala, die ze maakte van geroosterde en gemalen kardemom, komijn, kaneel, ui en zwarte peper met een klein beetje nootmuskaat. Ze had met succes geëxperimenteerd met IJslandse kruiden in het mengsel; zo gebruikte ze wilde tijm, engelwortel, paardenbloemblad en lavas. Ze wreef het vlees, meestal kip of varkensvlees, in met de marinade en liet het een paar uur liggen voordat ze de aardewerken pot voor de dag haalde.

Soms spatte de kruidensaus op de gloeiende houtskool en dan rook je nog beter de sterke tandoorigeur, die Elínborg ook aan de sjaal was opgevallen. Ze kon zich voorstellen dat de eigenares ervan in haar werk te maken had met de Indiase keuken, maar het was ook best mogelijk dat ze, net als Elínborg, geïnteresseerd was in de oosterse keuken of zelfs speciaal in tandoorigerechten. Dat ze dus misschien wel een tandooripot had, en al die specerijen die het gerecht zo onweerstaanbaar lekker maakten.

Het oudere echtpaar was weggegaan en de drie mannen die naar het voetballen gekeken hadden, verdwenen zodra de wedstrijd afgelopen was. Elínborg zat nog een tijdje alleen in het restaurant. Toen stond ze op, betaalde de vrouw met contant geld en bedankte haar voor het uitstekende maal. Ze praatten wat over het brood dat Elínborg zo lekker had gevonden, en de vrouw nam de vrijheid haar te vragen wat haar hier gebracht had. Dat vertelde ze haar.

'Hij zat hier met mijn zoon op de basisschool,' zei de vrouw achter de bar, robuust, in een zwarte mouwloze bloes, met vlezige bovenarmen en een zware boezem onder een groot schort. Ze voegde eraan toe dat ze van het journaal wist dat ze zijn lichaam hadden gevonden. Iedereen kende Runólfur van naam.

'Kende jij hem?' vroeg Elínborg en ze keek naar buiten. Het was weer gaan sneeuwen.

'Hier kennen we elkaar allemaal. Runólfur was een doodgewone knul, een beetje wild misschien. Zodra hij kon is hij hier weggegaan. Net als de meeste jongelui. Ik had niet zo gek veel met hem te maken. Ik weet dat Kristjana nogal streng voor hem was. Ze had losse handjes als hij iets had gedaan. Het is een harde, hoor, die vrouw. Heeft hier in het koelhuis gewerkt. Totdat het gesloten werd.'

'Wonen er nog vrienden van hem hier in het dorp?'

De vrouw met de dikke bovenarmen dacht na.

'Allemaal weggegaan, denk ik,' zei ze. 'In maar tien jaar tijd zijn we pakweg de helft kleiner geworden.'

'Ik begrijp het,' zei Elínborg. 'Nou, dank je wel.'

Ze was al op weg naar de uitgang toen haar oog viel op een eenvoudig rek met video's en dvd's dat bij de deur in een hoek stond. Elínborg zag niet veel films, al keek ze wel eens mee als de jongens met iets interessants thuiskwamen. Naar politiefilms keek ze nooit en voor romantische liefdesfilms had ze geen geduld. Ze had veel liever een lachfilm. Theodóra had ongeveer dezelfde smaak en soms huurden ze samen een comedy, terwijl Teddi en de jongens in de andere kamer naar een actiefilm zaten te staren.

Elínborg keek de collectie door en zag een of twee films die ze wel kende. Een meisje van rond de twintig, dat net een film stond uit te kiezen, keek in haar richting en groette haar.

'Ben jij van de politie uit Reykjavík?' vroeg ze.

Elínborg nam aan dat het nieuws van haar komst al de ronde had gedaan in het dorp.

'Ja,' zei ze.

'Er is er één hier in het dorp die hem gekend heeft,' zei het meisje.

'Hem? Je bedoelt...?'

'Runólfur. Hij heet Valdimar, hij heeft hier een garagebedrijf.'

'En wie ben jij?'

'Ik keek alleen maar even de video's door,' zei het meisje en ze glipte langs Elínborg de deur uit.

Elínborg liep, terwijl het stilletjes sneeuwde, door het dorp en vond de kleine garage, helemaal aan de noordkant van het plaatsje. Een zwakke verlichting brandde boven de halfopen schuifdeur van een oude loods. De naam van de garage, op een verweerd bord boven het kantoortje, was onleesbaar geworden. Het leek wel, dacht Elínborg, of er een tijdlang met een jachtgeweer op gevuurd was. Ze liep door het kantoortje de werkplaats in. Vanachter een grote trekker kwam een man van in de dertig tevoorschijn. Hij had een versleten baseballpetje op en droeg een overall die ooit donkerblauw was geweest, maar nu zwart zag van het vuil. Elínborg stelde zich voor en zei dat ze van de politie was. Terwijl hij haar groette veegde de man zijn handen af aan een smerige dot poetskatoen, onzeker of hij haar zijn vuile hand zou toesteken. Hij zei dat hij Valdimar heette.

'Ik hoorde al dat jullie hierheen waren gekomen,' zei hij. 'Vanwege Runólfur.'

'Ik stoor je niet, hoop ik?' zei Elínborg en ze keek op haar horloge. Het was net tien uur geweest.

'Mij stoor je niet,' zei Valdimar. 'Alleen deze trekker staat er maar. Verder heb ik niks te doen. Wou je het over Runólfur hebben?'

'Ik begrijp dat jullie met elkaar bevriend waren. Had je nog contact met hem?'

'Nee, na zijn verhuizing zag ik hem nog maar heel weinig. Ik heb hem één keer opgezocht, toen ik naar Reykjavík ben geweest.'

'Je weet niet wie hem iets heeft willen aandoen?'

'Totaal niet, nee. Maar zoals ik zeg, ik had eigenlijk geen contact met hem. Ik ben al heel wat jaren niet meer in Reykjavík geweest. Ik las dat ze hem zijn keel doorgesneden hebben.'

'Dat klopt.'

'Weten jullie ook waarom?'

'Nee. We weten nog niet zoveel. Ik ben hierheen gekomen om zijn moeder te spreken. Wat was Runólfur voor een jongen?'

Valdimar legde de dot poetskatoen neer, schroefde een thermoskan open en goot kokendhete koffie in een kopje. Hij keek naar Elínborg alsof hij het haar wilde aanbieden, maar ze bedankte.

'We kennen elkaar hier allemaal, natuurlijk,' zei hij. 'Hij was ouder dan ik, dus we hebben niet veel samen gespeeld toen we nog jong waren. Als je hem vergelijkt met sommigen van ons die hier in het dorp zijn opgegroeid was hij tamelijk rustig. Maar misschien heeft hij ook wel een strengere opvoeding gehad.'

'Maar waren jullie vrienden?'

'Nee, dat kun je nauwelijks zeggen, goeie kennissen eerder. Hij was nog erg jong toen hij wegging. De dingen veranderen. En zeker in een dorpje als dat van ons.'

'Ging hij dan naar het gymnasium, of…'

'Nee, gewoon naar Reykjavík om te werken. Daar wilde hij altijd al heen, hij had het er altijd over dat hij ernaartoe zou gaan zodra hij de kans had. En zelfs dat hij de wijde wereld in zou trekken. Hij was niet van plan zijn leven in dit dorp te verdoen. Had het over "dat klotedorp". Ik heb het nooit een klotedorp gevonden, ik heb het hier altijd goed naar mijn zin gehad.'

'Was hij geïnteresseerd in roddelbladen of actiefilms? Weet je dat ook?'

'Hoezo?'

'Omdat we daar aanwijzingen voor hebben gevonden bij hem thuis,' zei Elínborg, zonder de posters en beeldjes in Runólfurs appartement te beschrijven.

'Ik kan er niks van zeggen. Toen hij nog hier woonde heb ik er nooit iets van gemerkt.'

'Ik begrijp dat zijn moeder nogal een harde was. Je had het over een strenge opvoeding.'

'Ze was nogal kortaangebonden, ja,' zei Valdimar en dronk voorzichtig van zijn koffie. Hij haalde een biscuitje uit zijn zak en doopte het in de koffie. 'Ze had zo haar methodes om hem op te voeden. Ik heb nooit gezien dat ze hem sloeg, maar hij beweerde van wel. Hij heeft daar verder nooit wat over verteld, op één keer na, voor zover ik weet. Het was ook niet iets wat je makkelijk aan de grote klok hangt, ik denk dat hij zich schaamde. De verhouding tussen die twee is nooit goed geweest. Ze was grofgebekt. Had er een handje van om hem te vernederen waar wij bij waren.'

'En zijn vader?'

'Dat was een beetje een druiloor. Je merkte het niet eens als hij er was.'

'Hij is door een ongeluk om het leven gekomen.'

'Dat is nog maar een paar jaar geleden gebeurd. Nadat Runólfur naar Reykjavík verhuisd was.'

'Heb je enig idee hoe Runólfur in deze situatie beland kan zijn?'

'Nee, dat weet ik niet. Triest gewoon. Triest dat zulke dingen gebeuren.'

'Weet jij iets af van vrouwen in zijn leven?'

'Vrouwen? Je bedoelt in Reykjavík?'

'Ja, of waar dan ook.'

'Nee, daar heb ik nooit iets van geweten. Draait het om vrouwen?'

'Nee,' zei Elínborg. 'Tenminste, dat weten we niet. We weten niet wat er precies gebeurd is.'

Valdimar zette zijn koffie neer en pakte een schroevendraaier uit de gereedschapskist. Hij deed dat op zijn gemak, met rustige, beheerste bewegingen. Hij zocht een schroef uit een andere kist, wroette met zijn vingers rond tot hij de juiste grootte had gevonden. Elínborg keek naar de tractor. Er was waarschijnlijk geen enkele reden om je in deze garage te haasten. Toch was hij er nog, zo laat in de avond.

'Mijn man is automonteur,' zei Elínborg. Het was haar ontsnapt voordat ze het zelf wist. Doorgaans vertelde ze aan onbekenden niets over zichzelf, maar het was gezellig warm in de garage, de man maakte een betrouwbare en sympathieke indruk, en buiten was de sneeuwstorm weer in kracht toegenomen. Ze kende niemand in het dorp en miste haar gezin.

'Juist ja,' zei Valdimar. 'Die heeft zeker altijd pikzwarte handen?'

'Dat heb ik hem verboden,' zei Elínborg en ze glimlachte. 'Ik denk dat hij een van de eerste monteurs in het land is, of misschien wel in de hele wereld, die handschoenen is gaan gebruiken.'

Valdimar bekeek zijn smerige handen. Op de rug van zijn handen en op zijn vingers zaten oude wonden, zag ze, en van Teddi wist ze dat die van motoronderdelen kwamen waarmee ze onzacht in aanraking waren geweest. Hij was niet altijd even voorzichtig geweest bij wat hij deed, had het te snel willen doen, of het gereedschap was niet zo best meer.

'Daar heb je waarschijnlijk een vrouw voor nodig,' zei hij.

'Ik koop ook een goede handcrème voor hem,' zei Elínborg. 'Heb jij nooit willen verkassen, zoals anderen?'

Ze zag dat Valdimar een glimlach onderdrukte.

'Ik weet niet wat dat er allemaal toe doet,' zei hij.

'Ik vroeg het me gewoon af,' zei ze, en ze geneerde zich behoorlijk. Het was de invloed die de man op haar uitoefende; op een bepaalde manier was hij heel recht door zee en onbevreesd.

'Ik heb hier altijd gewoond en ik heb er nooit voor gevoeld om te verhuizen,' zei hij. 'Ik heb het niet zo op veranderingen. Ik ben een aantal keren in Reykjavík geweest, en wat je daar allemaal ziet, daar ben ik niet dol op.

Al dat najagen van wind, al die verspilling: het materialisme, steeds grotere huizen en mooiere auto's. De mensen praten er nauwelijks nog hun eigen taal en ze hangen maar in snackbars rond en worden dik. Ik geloof niet dat dat erg IJslands is. Ik denk dat we bezig zijn te verdrinken in de slechte gewoonten die we geïmporteerd hebben.'

'Ik heb een vriend die zo'n beetje denkt als jij.'

'Dat is dan heel goed van hem.'

'En dan heb je natuurlijk familie hier,' zei Elínborg.

'Ik ben niet zo'n familieman,' zei Valdimar en hij dook achter de tractor. 'Dat ben ik nooit geweest en het ziet er niet naar uit dat ik het nog zal worden.'

'Dat kun je nooit weten,' veroorloofde Elínborg zich te zeggen.

De man keek van onder de tractor omhoog.

'Was er verder nog iets?' vroeg hij.

Elínborg glimlachte en schudde nee, verontschuldigde zich voor het storen en stapte de sneeuwstorm weer in.

***

Toen ze in het pension kwam, botste ze tegen de vrouw op met wie ze in het restaurant had afgerekend. Ze had nog steeds haar schort aan. 'Lauga' stond er op haar naamspeldje. De vrouw kwam net uit het pension en Elínborg dacht bij zichzelf dat ze misschien wel een dubbelfunctie had. In haar gedachten dook het woord 'managementfusie' op.

'Ik hoor dat je met Valdi bent wezen praten,' zei Lauga, en ze hield de deur voor Elínborg open. 'Ben je er wat mee opgeschoten?'

'Het had niet veel om het lijf,' zei Elínborg, die zich erover verbaasde hoe vlug het nieuws over haar uitstapjes het dorp rondging.

'Nee, het is geen man voor kletspraatjes, maar het is wel een goeie vent.'

'Het lijkt me nogal een harde werker, hij was nog bezig toen ik wegging.'

'Iets anders om mee bezig te zijn is er nauwelijks,' zei Lauga. 'Het interesseert hem, van jongs af aan al. Was hij met de tractor bezig?'

'Ja, hij werkte aan een tractor.'

'Volgens mij sleutelt hij er al tien jaar aan. Nooit geweten dat je aan één tractor zoveel kon doen. Het is een soort knuffelbeest van hem. Die jongen heeft er al een bijnaam aan overgehouden, Tractor-Valdi noemen ze hem.'

'Juist,' zei Elínborg. 'Nou, ik moet morgen vroeg weer in de stad zijn, dus...'

'O ja, natuurlijk, neem me niet kwalijk. Ik hou je niet de hele nacht aan de praat, hoor.'

Elínborg glimlachte en keek door het verlaten dorp, dat langzamerhand in de dichte sneeuwval verdween.

'Veel misdaad zal er wel niet voorkomen hier in het dorp,' zei ze.

Lauga leunde tegen de deur.

'Nee, daar heb je gelijk in,' zei ze met een glimlach. 'Er gebeurt hier nooit wat.'

Elínborg viel in slaap op het moment dat ze haar hoofd op het kussen legde. Eén nietig puntje was er nog dat probeerde haar geest te bereiken. Ze wist niet wat het betekende, als het al een betekenis had. Het meisje dat ze toevallig bij het rek met video's had getroffen, had heel zacht gefluisterd toen ze haar aansprak, alsof ze niet wilde dat iemand hoorde wat ze met elkaar te bespreken hadden.

7

Elínborg was rond de middag van de volgende dag terug in Reykjavík. Samen met een specialist van de spoedbalie voor verkrachtingsslachtoffers ging ze rechtstreeks naar het huis van de jonge vrouw die op de Nýbýlavegur was aangetroffen en die naar men aannam was gedrogeerd met een verkrachtingsdrug. De specialist was een vrouw van rond de veertig, die Elínborg vanuit haar werk heel goed kende; ze heette Sólrún. Ze praatten over het toenemende aantal verkrachtingen dat de politie te onderzoeken kreeg. Het aantal aanrandingen verschilde van jaar tot jaar, het ene jaar waren het er vijfentwintig, het andere drieënveertig. Elínborg was heel goed thuis in de statistiek; ze wist dat rond de zeventig procent van de verkrachtingen in huis plaatsvond en dat de helft van de slachtoffers de aanrander kende. Incidenten waarbij onbekende mannen vrouwen verkrachtten kwamen steeds vaker voor, maar bleven in de minderheid: vijf tot tien per jaar. Zulke aanrandingen werden soms wel, soms niet bij de politie aangegeven; vaak was er meer dan één man bij de zaak betrokken. En elk jaar waren er zes tot acht gevallen waarbij de verdenking bestond dat het slachtoffer drugs waren toegediend.

'Heb je met haar gepraat?' vroeg Elínborg.

'Ja, ze verwacht ons,' zei Sólrún. 'Het gaat nog niet zo best met haar. Ze logeert bij haar ouders en ze wil eigenlijk niemand zien of spreken. Ze sluit zich af. Ze gaat tweemaal in de week naar de psycholoog en ik heb haar ook in contact gebracht met een psychiater. Het zal haar nog heel wat tijd kosten voor ze eroverheen is.'

'Ze zal het wel heel zwaar hebben.'

'Reken maar.'

'Daar komt nog bij dat de rechterlijke macht kennelijk geen boodschap heeft aan de ellende van die vrouwen,' zei Elínborg. 'Veroordeelde verkrachters zitten in dit land gemiddeld anderhalf jaar vast. Het is toch triest dat mannen zich als beesten gedragen en ermee wegkomen zonder dat ze een straf krijgen die wat voorstelt.'

De moeder van de jonge vrouw ontving hen en bracht hen naar de kamer. De vader was niet thuis, maar zou gauw komen. De moeder ging haar dochter zeggen dat ze er waren; heel even hoorden ze wat geruzie tussen hen voordat ze de kamer binnenkwamen. Elínborg meende de dochter te horen zeggen dat ze dit allemaal niet wilde, dat ze niet meer met de politie wilde praten, dat ze met rust gelaten wilde worden.

Elínborg en Sólrún stonden op toen moeder en dochter de kamer binnenkwamen. De jonge vrouw, die Unnur heette, had al eerder met hen beiden gepraat en kende hen; ze antwoordde niet toen ze haar groetten.

'Neem ons niet kwalijk dat we zo lastig zijn,' zei Sólrún. 'Het gaat niet lang duren. En je kunt ermee stoppen wanneer je maar wilt.'

Ze gingen zitten en Elínborg zorgde ervoor geen tijd te verliezen met kletspraatjes. Ze zag dat het niet zo goed ging met Unnur, al deed ze haar best dat niet te laten merken. Ze probeerde vrijmoedig te zijn. Elínborg kende de langdurige gevolgen van ernstige lichamelijke agressie uit de praktijk en ze wist wat voor een psychische littekens die naliet. In haar optiek was verkrachting de grofste soort van lichamelijke agressie, bijna hetzelfde als moord.

Ze trok een foto van Runólfur uit haar zak. Die was van zijn rijbewijs af gehaald.

'Ken je deze man?' vroeg ze en ze reikte Unnur de foto aan.

Ze pakte hem aan en keek er heel even naar.

'Nee,' zei ze. 'Ik heb foto's van hem op het journaal gezien. Maar kennen doe ik hem niet. Denk je dat hij het geweest is die me heeft verkracht?'

'Dat weten we niet,' zei Elínborg. 'We weten wel dat hij een zogenaamde verkrachtingsdrug bij zich had toen hij uitging op de avond dat hij vermoord werd. Dit is informatie die niet openbaar is gemaakt en daar mag je verder ook niet over praten. Ik wilde je vertellen hoe de zaak ligt. Nou weet je ook waarom we je wilden spreken.'

'Ik weet niet of ik hem aan zou kunnen wijzen, al zou hij pal voor mijn neus staan,' zei Unnur. 'Ik herinner me niks. Niks. Ik heb een vage herinnering aan de man met wie ik aan de bar heb zitten praten. Wie dat is weet ik niet, maar deze Runólfur was het in elk geval niet.'

'Zou je niet met ons mee kunnen gaan naar zijn appartement om daar eens rond te kijken? Misschien dat dat je helpt om je meer te herinneren.'

'Ik… nee, ik… ik ben eigenlijk niet meer buiten geweest, sindsdien,' zei Unnur.

'Ze wil de deur niet uit,' zei haar moeder. 'Misschien kunnen jullie haar foto's laten zien.'

Elínborg knikte.

'Het zou heel goed van je zijn als je het kon opbrengen om met ons mee te gaan,' zei ze. 'Hij had een auto en we zouden het prettig vinden als je die ook kon bekijken.'

'Ik zal erover denken,' zei Unnur.

'Wat in zijn appartement het meest opvalt zijn grote foto's van filmsterren uit Hollywood. Van die fantasiehelden als *Superman* en *Batman*. Is dat iets wat…'

'Ik kan me niks herinneren.'

'Maar er is nog iets,' zei Elínborg en ze haalde de sjaal uit haar tas tevoorschijn. Hij zat in een plastic zak, speciaal bedoeld voor bewijsmateriaal. 'Dit is een sjaal die we op de plaats van de moord hebben gevonden. Ik zou graag willen weten of die je bekend voorkomt. Ik kan hem helaas niet uit de zak halen, maar je mag hem wel openmaken.'

Ze reikte de jonge vrouw de zak aan.

'Ik draag nooit sjaals,' zei ze. 'Ik heb er mijn hele leven maar één gehad en dat is niet deze. Hebben jullie deze in zijn appartement gevonden?'

'Ja,' zei Elínborg. 'Maar ook dat is niet openbaar gemaakt.'

Unnur begon in te zien waar het gesprek naartoe ging.

'Was er een vrouw bij hem toen hij… toen hij werd aangevallen?'

'Dat zou kunnen,' zei Elínborg. 'Hij nam in ieder geval soms vrouwen mee naar huis.'

'Heeft hij die vrouw ook echt van die drug gegeven of was hij van plan om dat te doen?'

'Dat weten we niet.'

Er viel een stilzwijgen in de kamer.

'Denk je dat ik het was?' vroeg de jonge vrouw uiteindelijk.

De moeder staarde haar dochter aan. Elínborg schudde het hoofd.

'Nee, absoluut niet,' zei ze. 'Dat moet je echt niet denken. Ik heb je al meer verteld dan je eigenlijk weten mag, maar niet om die reden.'

'Jij denkt dat ik hem heb aangevallen.'

'Nee,' zei Elínborg beslist.

'Al wilde ik het, ik zou het niet kunnen, zo ben ik niet,' zei Unnur.

'Wat zijn dat voor vragen?' zei haar moeder. 'Beschuldig jij mijn dochter er soms van dat ze die man heeft aangevallen? Ze zet geen voet buiten de deur. Het hele weekend is ze bij ons geweest!'

'Dat weten we, je zoekt veel te veel achter mijn woorden,' zei Elínborg tegen de moeder.

Ze aarzelde een moment. Moeder en dochter staarden haar aan.

'Maar we willen wel een haarmonster van je,' zei Elínborg toen. 'Sólrún zal het je wel afnemen. We willen weten of je de avond dat je verkracht bent in zijn appartement was. Of hij het misschien geweest is die je drugs heeft toegediend en je toen naar zijn huis heeft meegenomen.'

'Ik heb niks gedaan,' zei Unnur.

'Nee, natuurlijk niet,' zei Sólrún. 'De politie wil alleen maar uitsluiten dat jij in zijn appartement bent geweest.'

'En wat als ik er wel geweest ben?'

Het liep Elínborg bij haar woorden koud over de rug. Hoe verschrikkelijk moest het zijn voor Unnur, niet te weten wat er gebeurd was in de nacht dat ze verkracht werd.

'Dan weten we meer over wat er die nacht met je gebeurd is, voordat ze je aan de Nýbýlavegur hebben gevonden. Ik weet dat het moeilijk en pijnlijk is, maar we zoeken allemaal naar antwoorden.'

'Ik weet eigenlijk niet eens of ik het wel wil weten,' zei de jonge vrouw. 'Ik probeer te doen alsof het allemaal nooit gebeurd is, alsof ík het niet was. Alsof het een ander geweest is.'

'Daar hebben we het over gehad,' zei Sólrún. 'Je zou het niet weg moeten stoppen. Dan kost het je des te meer tijd om te gaan begrijpen dat jij in deze zaak geen schuld hebt. Die aanranding kwam niet door iets wat jij gedaan hebt, jij hoeft je nergens voor te verontschuldigen. Je bent op een zeer brute manier misbruikt. Maar je hoeft je niet te verbergen, je hoeft je niet uit de samenleving terug te trekken alsof je vies bent. Dat ben je niet en dat kun je nooit worden ook.'

'Ik... ik ben gewoon bang,' zei Unnur.

'Natuurlijk,' zei Elínborg. 'En dat is te begrijpen. Maar er zijn meer vrouwen die dit hebben meegemaakt. Ik zeg altijd tegen ze dat ze zichzelf ook moeten afvragen wat voor houding ze tegenover die misdadigers aannemen. Bedenk eens wat voor een eer je die rotzakken aandoet als jij je hier in huis gaat opsluiten. Je moet ze niet de kans geven jou naar de gevangenis te sturen. Laat zien dat ze je niet kapot kunnen maken.'

Unnur staarde naar Elínborg.

'... maar het is zo... angstwekkend om te weten... je kunt nooit meer... Ze hebben me iets afgepakt dat ik nooit, nooit meer terugkrijg, en mijn leven wordt nooit meer zoals het was, kan dat nooit meer worden ook...'

'Maar zo ís het leven,' zei Sólrún. 'Van ons allemaal. We kunnen er nooit iets van terugkrijgen. Daarom kijken we vooruit, naar de toekomst.'

'Het is gebeurd,' zei Elínborg kalmerend. 'Blijf er niet in hangen. Dan zijn die rotzakken het sterkst. Laat ze daar niet mee wegkomen.'

Unnur gaf haar de sjaal terug.

'Ze rookt. Ik rook niet. En er is nog een andere geur, een parfum dat ík niet gebruik, en dan is er zoiets als kruiden...'

'Tandoori,' vulde Elínborg aan.

'Denken jullie dat zíj hem aangevallen heeft?'

'Dat zou kunnen.'

'Dat heeft ze dan goed gedaan,' zei Unnur met gebalde vuisten. 'Prima dat ze hem vermoord heeft! Prima dat ze dat varken vermoord heeft!'

Elínborg keek zijdelings naar Sólrún.

De jonge vrouw begon tekenen van beterschap te vertonen.

Toen Elínborg laat op de avond thuiskwam, was er knallende ruzie tussen de twee broers. Aron, het middelste kind, dat op de een of andere manier altijd aan zijn lot werd overgelaten, had het in zijn hoofd gehaald Valþórs computer te gebruiken, en zijn grote broer schold hem zo uit dat Elínborg hem moest toeroepen daar alsjeblieft mee op te houden. Theodóra luisterde, terwijl ze aan de eetkamertafel zat te leren, op haar iPod naar muziek en liet zich niet door haar broers van de wijs brengen. Teddi lag languit op de bank en keek naar de tv. Hij had op weg naar huis fastfood gehaald en overal in de keuken lagen doosjes van kipnuggets, koud geworden patat en cupjes van de cocktailsaus.

'Waarom ruim je die troep nou niet eens op?' riep Elínborg naar Teddi.

'Laat maar liggen,' zei hij, 'ik doe het direct wel. Even dit programma uitkijken...'

Elínborg had geen zin er ruzie over te maken en ging bij Theodóra zitten. Ze hadden een paar dagen tevoren met de leraar van het meisje over de mogelijkheid gepraat haar extra leerstof te geven. Hij was volkomen bereid geschikt materiaal voor haar te zoeken. Ze hadden erover gesproken dat ze de drie hoogste klassen van het basisonderwijs wel in één jaar zou kunnen doen als ze wilde, om des te eerder op het gymnasium te kunnen beginnen.

'Op het journaal zeiden ze dat die man een verkrachtingsdrug bij zich had,' zei Theodóra en ze trok de dopjes van de iPod uit haar oren.

'Hoe komen ze nou weer aan die informatie?' zuchtte Elínborg.

'Ze zeiden dat jullie zochten naar een vrouw die de nacht met hem had doorgebracht.'

'Het is mogelijk dat iemand die bij hem was hem heeft aangevallen – als je nou je mond maar houdt,' zei Elínborg goedmoedig. 'Wat heb je vandaag gegeten op school?'

'Broodsoep. Heel vies.'

'Jij bent ook veel te kieskeurig.'

'Jouw broodsoep eet ik wel.'

'Dat zegt niks. Die soep is een kunstwerk.'

Elínborg had Theodóra verteld hoe kieskeurig ze zelf was geweest toen ze klein was. Ze was grootgebracht met ouderwetse IJslandse kost, onder ouderwetse IJslandse omstandigheden. Als ze dat voor Theodóra beschreef was het net of ze vertelde hoe de IJslanders vroeger het boerenbedrijf uitoefenden. Haar moeder was thuiswerkster en huisvrouw, ze deed de boodschappen en maakte elke dag het middageten klaar. Haar vader, die op het kantoor van de gemeentelijke rederij werkte, kwam thuis om te eten en ging dan op de bank liggen om naar de nieuwsberichten te luisteren. Die begonnen om twintig over twaalf, uit consideratie met kostwinners zoals hij. De tune van de nieuwsberichten zette meestal precies in op het moment dat hij zijn laatste hap nam en ging liggen.

Haar moeder had 's middags gekookte vis klaar, smeerde daar boterhammen bij, maakte gehaktballen of gehaktbrood, soms met puree; soms bestond de hele maaltijd uit gekookte aardappelen. Doordeweekse dagen hadden 's avonds ieder hun eigen gerecht; haar moeder maakte in de keuken de dienst uit. 's Zaterdags hadden ze klipvis, die ze weekte in de tobbe in het washok, dezelfde die haar echtgenoot gebruikte om zijn voeten in te wassen. Nog steeds at Elínborg liever geen klipvis. 's Zondags was er gebraden vlees, lamslende of lamsrug, met een bruine saus die van het vleesnat was gemaakt. Bij het vlees aten ze in suiker gebakken aardappelen. Ook waren er wel lendenlappen of plakjes vlees. Bij alle gebraden vlees aten ze rodekool en groene erwten. Gezouten vlees met gekookte koolraap en paardenworst in melksaus aten ze maar een enkele keer per jaar, op een willekeurige dag tussendoor. Vis was er uitsluitend op maandagen, tenzij er genoeg restjes van 's zondags waren overgebleven; in dat geval verhuisde de vis naar dinsdag. Die werd bijna altijd gepaneerd in de koekenpan gebakken en met gesmolten margarine en mayonaise gegeten. 's Woensdags was er stokvis, volgens Elínborg totaal oneetbaar. Zelfs een grote dosis schapenreuzel overstemde de smaak van deze vis niet, die gekookt werd tot je niet meer door de ramen naar buiten kon kijken. Ook kuit en lever waren woensdagse kost, iets minder erg. Maar het vlies om de kuit maakte deze er bepaald niet smakelijker op en ook op kabeljauwslever was Elínborg niet dol. De donderdag gebruikte haar moeder soms voor experimenten. Het was een gedenkwaardige donderdag toen Elínborg voor het eerst in haar leven tot moes gekookte spaghettislierten proefde. Ze vond dat er totaal geen smaak aan zat, al ging het er met een klodder tomatenketchup iets op vooruit. Vrijdags waren er gepaneerde koteletten, van lamsvlees of varkensvlees, met daarbij gesmolten boter, net als bij de gepaneerde vis.

Zo ging de ene na de andere etensweek van routineus eten voorbij; de weken werden maanden en jaren, de tijd van Elínborgs jeugd. Het kwam bijna niet voor dat er van de gewoonten werd afgeweken. Als er eens snel een hapje buiten de deur werd gekocht, wat misschien eens in de twee jaar voorkwam, kwam haar vader thuis met belegde boterhammen, moutbrood met gerookt lamsvlees of wittebrood met garnalen. Elínborg was negentien toen er voor het eerst een kippenboutje in huis kwam, in een doosje, met patat erbij. Dat was een tweede gedenkwaardige dag. Geen van beide vond ze bijzonder lekker en haar ouders kochten ook nooit meer iets van dien aard. Ze vond het leuk om in boeken over eten te lezen, en vaak was het enige wat bleef hangen uit kinderboeken of literatuur een beschrijving van eten of het klaarmaken ervan, al was het maar iets simpels als jam of spek. Nog herinnerde ze zich de dag dat ze over gesmolten kaas las. Het duurde even voor het tot haar doordrong wat dat wel voor een verschijnsel mocht zijn. Nooit was ze op het idee gekomen dat je met kaas nog iets meer zou kunnen doen dan er plakjes van af te snijden voor op het brood.

Elínborg was geen makkelijke eter en bezorgde haar moeder onophoudelijk teleurstellingen. Haar moeder geloofde vast in het dogma dat eten gekookt moest worden. Voedsel was volgens haar pas eetbaar als de levensgeest eruit gekookt was; ze kookte de gekerfde schelvis dan ook wel een halfuur. Elínborg leverde voortdurend strijd met graten en was doodsbenauwd dat ze aan de keukentafel zou stikken. Ze hield niet van de vette paneerlaag van de koteletten en vond het vlees binnenin, dat er grauw uitzag, smaakloos. In suiker gebakken aardappelen waren volgens haar niet te eten. Ze kon zich niet herinneren ooit lamslever in uiensaus te hebben gegeten, het gerecht voor dinsdagen, behalve als haar moeder in plaats daarvan harten en nieren gebruikte. Harten en nieren waren overigens naar haar mening ook al geen mensenvoedsel. De lijst was eindeloos.

Het kwam voor Elínborg niet onverwacht dat haar vader, ruim zestig jaar oud, een hartaanval kreeg. Hij overleefde die. Haar ouders woonden nog steeds op dezelfde plek, in het huis van Elínborgs jeugd. Ze werkten geen van beiden meer, waren nog behoorlijk actief en konden het zonder hulp stellen. Nog altijd kookte haar moeder de stokvis zo lang dat het uitzicht vanuit de woning volledig belemmerd raakte.

Toen duidelijk werd dat Elínborgs kieskeurigheid ongeneeslijk was en ze begon te leren hoe ze zich in de keuken kon redden, lieten ze haar haar gang gaan. Zo begon ze uit de ingrediënten die haar moeder kocht maaltijden voor zichzelf klaar te maken. Ze nam haar portie van de schelvis of een deel van de koteletten of van de vispudding, die ze bijna altijd op donderdag hadden nadat het experiment met de Italiaanse keuken was afgelopen, en maakte er naar haar eigen smaak een maaltijd van. Ze kreeg belangstelling voor koken. Er was altijd wel iemand die haar als kerst- of verjaardagscadeau een kookboek gaf, ze werd lid van diverse kookclubjes en las altijd de recepten in de krant. Kok wilde ze beslist niet worden, ze wilde alleen maar voedsel maken dat niet oneetbaar was.

Rond de tijd dat ze het huis uit ging had ze de eetcultuur in het gezin aanmerkelijk gewijzigd. Maar ook zónder haar tussenkomst waren er verschillende dingen veranderd. Haar vader kwam niet langer tussen de middag van zijn werk thuis om liggend op de bank naar de nieuwsberichten te luisteren. Haar moeder kreeg een baan en kwam 's avonds doodmoe thuis, blij dat Elínborg wel graag wilde koken. Ze werkte in een supermarkt, waar het iedere dag razend druk was, en ging elke avond met rode, gezwollen voeten in een heet bad liggen. Toch was ze fleuriger dan daarvoor, ze had altijd graag mensen om zich heen en ging gemakkelijk met ze om. Elínborg slaagde voor haar eindexamen gymnasium, verliet het huis en huurde een kelderappartementje. In de zomer werkte ze bij de politie, een baantje dat ze via een oom van vaderskant had gekregen. Ze besloot aan de universiteit geologie te gaan studeren. In haar gymnasiumtijd had ze er plezier in gekregen met haar vrienden door het land te trekken, en één vriendin, die erg geïnteresseerd was in geologie, maakte haar enthousiast om zich met haar voor die studie in te schrijven. Elínborg brandde van verlangen om te beginnen, maar toen ze drie jaar later stopte met haar studie wist ze dat een baan in dat vak er voor haar niet inzat.

Ze volgde nauwgezet Theodóra's vorderingen op school en was benieuwd hoe ze zich zou gaan ontwikkelen. Ze had belangstelling voor de exacte wetenschappen, natuurkunde, scheikunde, en zelf praatte ze er al over om zoiets te gaan studeren. Ook wilde ze naar een buitenlandse universiteit.

'Heb jij ook een blog, Theodóra?' vroeg Elínborg.

'Nee.'

'Je bent er misschien nog te jong voor.'

'Nee, ik vind het stom. Ik vind het belachelijk om alles te vertellen wat ik doe en zeg en denk. Daar heeft toch niemand iets mee te maken? Ik heb er geen enkel belang bij om dat op internet te zetten.'

'Ongelooflijk hoe ver sommige mensen daarin gaan.'

Theodóra keek op van haar leerboeken.

'Heb jij het weblog van Valþór gelezen?'

'Ik wist niet eens dat hij een weblog hád. Daar ben ik bij toeval achter gekomen.'

'Hij schrijft onzin,' zei Theodóra. 'Maar ik heb tegen hem gezegd dat hij het niet over mij mag hebben.'

'O nee?'

'Hij zegt dat ik een nitwit ben.'

'Weet jij iets van die meisjes waar hij over schrijft?'

'Nee. Hij vertelt me nooit iets. Aan de hele wereld vertelt hij alles over zichzelf, maar mij vertelt hij nooit iets. Ik doe allang geen moeite meer om met hem te praten.'

'Zou ik hem niet moeten zeggen dat ik zijn weblog lees?'

'Zeg hem in elk geval dat hij eens moet ophouden met over ons te schrijven. Over jou schrijft hij ook, weet je dat? En over pappa. Ik had het je wel willen zeggen, maar ik wilde niet klikken.'

'Maar wat vind jij... bespioneer ik hem als ik zijn weblog lees?'

'Ben je van plan het hem te vertellen?'

'Dat weet ik niet.'

'Dan is het misschien spioneren wat je doet. Ik had het al maandenlang gelezen toen ik spinnijdig werd om iets wat hij over ons had geschreven, en dat heb ik toen wel tegen hem gezegd. Hij schreef dat ik een vervelend stuudje was. Maar als je die onzin niet zou mogen lezen, waarom zet hij het dan eigenlijk op internet?'

'Maandenlang? Hoe lang heeft hij dat weblog al?'

'Meer dan een jaar.'

Elínborg vond niet dat ze haar zoon bespioneerde als ze een weblog las dat voor ieders ogen bestemd was. Ze wilde zich er niet al te veel mee bemoeien. Per slot van rekening moest hij de verantwoordelijkheid ervoor zelf dragen. Maar ze maakte zich er wel zorgen over dat hij te openhartig over zijn naaste familie en vrienden schreef.

'Niks zegt hij tegen me, die jongen,' zei Elínborg. 'Misschien moest ik toch eens met hem praten. Of je vader.'

'Laat hem maar met rust.'

'Hij is natuurlijk bijna volwassen, hij zit al op de handelsschool... Het lijkt wel alsof ik alle contact met hem verloren heb. We konden samen praten. En nou doen we dat eigenlijk nooit meer. Nou weet ik alleen wat er op dat weblog staat.'

'Bij Valþór is het erg leeg hier vanboven,' zei Theodóra en ze tikte met haar wijsvinger tegen haar slaap.

Toen ging ze weer verder met studeren.

'Had hij ook vrienden?' vroeg Theodóra na een poosje, zonder uit haar boeken op te kijken.

'Wie? Valþór?'

'Degene die omgebracht is.'

'Ik neem aan van wel.'

'Heb je ze gesproken?'

'Ik niet, nee. Er zijn anderen bezig ze op te sporen. Waarom... waarom zit je daarover te denken?'

Zulke onbegrijpelijke dingen als dat kind kon zeggen.

'Wat deed die man?'

'Hij was monteur.'

Theodóra keek haar nadenkend aan.

'Die komen met veel mensen in aanraking,' zei ze.

'Ja, ze komen bij ze thuis.'

'Ze komen bij ze thuis,' zei Theodóra haar moeder na en ze ging verder met de oplossing van een nogal gemakkelijk wiskundevraagstuk.

In de hal, waar haar jas in de garderobe hing, ging Elínborgs mobieltje over. Het was het mobieltje van haar werk. Ze ging de gang in en nam op.

'Ze hebben de voorlopige resultaten van de sectie op Runólfur opgestuurd,' zei Sigurður Óli bij wijze van groet.

'O ja?' zei Elínborg. Ze werd er kriebelig van als mensen aan de telefoon niet groetten, ook als het om directe collega's ging. Ze keek op haar horloge. 'Kon dat nou echt niet wachten tot morgen?' vroeg ze.

'Wil je weten wat ze hebben gevonden of niet?'

'Joh, doe een beetje kalm alsjeblieft.'

'Doe zelf een beetje kalm.'

'Sigurður...'

'Ze hebben rohypnol gevonden,' zei Sigurður Óli.

'Ja, dat weet ik. Ik was bij je toen ze ons dat verteld hebben.'

'Nee, ik bedoel dat ze rohypnol bij Runólfur hebben gevonden. In Runólfur zelf. Er zat een behoorlijke hoeveelheid van die drug in zijn mond en zijn keel.'

'Wat wil je daarmee zeggen?'

'Hij zat zelf boordevol met die troep!'

8

De chef van de technische afdeling van het telecombedrijf ontving Elínborg en Sigurður Óli 's middags. Sigurur Óli was zwijgzaam. Hij was aan
een andere moeilijke zaak bezig en was maar half met zijn gedachten bij
de moord in Þingholt; daar kwam nog bij dat zijn relatie met Bergþóra er
niet beter op werd. Hij was bij haar weggegaan en hun pogingen om samen opnieuw te beginnen hadden geen succes gehad. Ze had hem kort tevoren een avond bij haar thuis uitgenodigd en het was in herrie geëindigd.
Met Elínborg praatte hij er niet over, hij vond dat zijn privéleven niemand
iets aanging. Ze hadden het grootste deel van de rit gezwegen, behalve toen
Elínborg hem vroeg of hij iets had gehoord van Erlendur, na diens vertrek
naar de Oostfjorden.

'Niks,' zei Sigurður Óli.

Elínborg was 's avonds laat naar bed gegaan, maar het was haar niet gelukt voor middernacht in slaap te komen, haar hoofd was vol gedachten
over Runólfur en de verkrachtingsdrug. Ze had nog niet met Valþór over
het weblog gepraat. Die was er snel vandoor gegaan, juist toen ze hem
wilde zeggen dat hij geen dingen over mensen uit zijn directe omgeving
op internet moest zetten. Teddi lag zachtjes naast haar te snurken. Ze kon
zich niet herinneren dat die ooit moeilijk in slaap had kunnen komen
of aan slapeloosheid had geleden. Het was het duidelijkste bewijs dat hij
zijn leven aanvaardde zoals het was. Hij was niet klagerig, tamelijk zwijgzaam, niet iemand die initiatieven nam; hij wilde rust en vrede om zich
heen. Zijn baan stelde geen hoge eisen aan hem en de problemen op zijn
werk nam hij nooit mee naar huis. Een enkele keer, als het politiewerk
haar zwaar viel, dacht ze erover na of ze toch niet in de geologie had moeten doorgaan en stelde ze zich voor wat ze zou hebben gedaan als ze niet
bij de politie was gegaan. Misschien was ze dan wel lerares geworden. Zo
nu en dan had ze op de politieschool met veel plezier een cursus gegeven.
Mogelijk zou ze zich verder ontwikkeld hebben, wetenschapper zijn ge-

worden, plotselinge grote overstromingen van gletsjerrivieren en zware aardbevingen hebben onderzocht. Soms volgde ze het werk van de technisch rechercheurs bij de politie en meende dat dit heel goed bij haar zou passen. Overigens was ze niet ontevreden met haar baan, behalve als ze direct geconfronteerd werd met de afschuwelijke kanten ervan. Nooit had ze kunnen begrijpen hoe mensen zich als wilde beesten konden gedragen.

'Wat doen de mensen bij een telecombedrijf precies?' vroeg Elínborg toen ze waren gaan zitten. 'Wat houdt hun werk eigenlijk in?'

'Het loopt natuurlijk nogal uiteen wat ze doen,' zei de man, die Lárus heette. 'Ze reguleren het telefoonverkeer en zorgen voor het onderhoud en de opbouw van het telefoonnet. Ik heb me eens in het personeelsdossier van die Runólfur verdiept. Hij heeft een aantal jaren bij het bedrijf gewerkt; hij is meteen bij ons gekomen toen hij van de technische school kwam, een prima kracht. We waren dik tevreden met hem.'

'Was hij geliefd bij zijn collega's?'

'O ja, zeker, heb ik begrepen. Ik heb niet zo vaak direct met hem te maken gehad, maar ik hoor dat hij heel rustig was en precies, en dat de mensen hem aardig vonden. Ze begrijpen er hier niks van, ze begrijpen niet wat er nou toch gebeurd kan zijn.'

'Nee, dat kan ik me voorstellen,' zei Elínborg. 'Komen ze bij de mensen thuis? Monteurs?'

'Runólfur wel,' zei de chef. 'Hij werkte met internetverbindingen, ADSL, centrales voor bedrijven, decoders, glasvezelkabels. We leveren prima service. Het is ongelooflijk, zo weinig als de mensen van computers en techniek af weten. Kortgeleden belde er een man die de hele dag met zijn voet op de muis had zitten trappen – dacht dat het een pedaal was.'

'Kun je ervoor zorgen dat we een lijst krijgen van de mensen die hij de afgelopen maanden bezocht heeft?' vroeg Elínborg. 'Hij werkte hier in Reykjavík, is het niet?'

'Dan moeten jullie een gerechtelijk bevel overleggen,' zei de chef. 'We zullen ongetwijfeld wel zo'n lijst hebben, maar ik neem aan dat die vertrouwelijk is, dus...'

'Natuurlijk,' zei Elínborg. 'Voor het einde van de dag heb je het.'

'Willen jullie met alle mensen praten waar hij naartoe geweest is?'

'Als het nodig is wel,' zei Elínborg. 'Ken je soms vrienden van Runólfur met wie we kunnen praten? Van het bedrijf of ergens anders vandaan?'

'Nee, maar mijn mensen misschien wel. Ik zal het voor jullie nagaan.'

De camera's in het centrum, waar Runólfur volgens zijn huisbaas naartoe was gegaan, hadden hem in het weekend dat hij werd vermoord niet in beeld gekregen. Het waren er acht; ze waren geplaatst op die plekken in het centrum waar de meeste mensen langskwamen. Op zichzelf hoefde dat niets te betekenen. Er waren heel wat routes zonder camera's naar zijn huis. Het was best mogelijk dat Runólfur wist op welke plaatsen ze hingen en dat hij ze omzeilde. Men informeerde bij taxichauffeurs of ze hem gezien hadden, of ze hem misschien zelfs als passagier hadden gehad, maar dat leverde niets op. Hetzelfde was het geval met de buschauffeurs die door de zone reden. Er werd ook onderzocht wat Runólfur met zijn bankpassen deed. Daaruit bleek dat hij die alleen gebruikte voor de boodschappen, voor de afbetaling van apparaten die hij gekocht had – een computer en een iPod onder andere – en voor zijn vaste uitgaven als telefoon, verwarming, stroom en tv. Verder hadden ze via de signalen van zijn mobieltje het gebied kunnen bepalen waar hij zich op de bewuste avond had opgehouden. Als man van het vak moest hij overigens geweten hebben dat je mensen op die manier toch niet haarscherp kon lokaliseren. Er was één zendmast voor de centrumzone, die een actieradius had van drie kilometer. Als Runólfur naar die zone wilde zonder dat men hem zou kunnen volgen, moest hij zijn mobieltje thuis laten. Inderdaad bleek dat hij niet in de centrumzone was geweest.

Het haarmonster van de jonge vrouw die aan de Nýbýlavegur was aangetroffen was voor DNA-onderzoek naar het buitenland gestuurd, tezamen met monsters uit het appartement en uit de auto van Runólfur. Het kon nog wel even duren voor men zekerheid had of zij, een paar weken voor hij werd vermoord, zijn slachtoffer was geweest. Verdacht werd ze niet, haar alibi werd als betrouwbaar beschouwd. Verder werden het poloshirt dat Runólfur droeg en de sjaal die in zijn woning gevonden was voor onderzoek verzonden. De vraag was of er organisch materiaal in te vinden zou zijn dat van een en dezelfde eigenaar afkomstig was. In de pc van Runólfur was niets gevonden dat de politie inlichtingen verschafte over degene die bij hem was geweest in de nacht dat hij werd afgeslacht. Er was in die pc maar heel weinig terug te vinden over zijn internetgebruik; hij bleek echter wel gezocht te hebben naar een auto, een tweedehands. Op de dag van zijn dood had hij allerlei websites van autobedrijven bezocht, verder sportpagina's op de sites van IJslandse en buitenlandse kranten en ook nog verschillende sites die met zijn werk te maken bleken te hebben. Ook al zijn e-mailverkeer was werkgerelateerd.

'Hij mailde niet zoals de meeste mensen dat doen,' zei de technisch rechercheur die de pc van Runólfur had onderzocht. 'En het lijkt me dat hij zich daar heel goed van bewust was.'

'Hoe bedoel je?'

'Hij wiste alles,' zei de technische man.

Elínborg stond in de deuropening van een kantoortje aan de Hverfisgata, zo klein en nauw dat er binnen voor haar geen plaats meer was. De man was heel groot en zwaarlijvig; hij zat in het minikantoortje alsof hij erin vastgegroeid was.

'Maar is dat dan zoiets bijzonders? Sommige mensen laten alles staan, anderen zijn voorzichtiger. Je weet maar nooit wie die mails allemaal lezen, waar of niet?'

'Stelen kun je alles,' zei de technische man, 'zoals de praktijk leert. Ineens staat het dan op de voorpagina's van de kranten. Persoonlijk zou ik nooit iets van enig belang in een e-mail zetten. Maar ik krijg het gevoel dat deze man nog iets meer was dan alleen maar voorzichtig. Ik vind hem een beetje schichtig. Het is net of hij zijn uiterste best heeft gedaan om maar vooral niks persoonlijks op zijn pc achter te laten. Je vindt alleen maar dingen die met zijn werk te maken hebben, je kunt niet zien of hij aan het chatten is geweest, er zijn geen documenten, geen aantekeningen, er is geen dagboek, niks. We weten dat hij geïnteresseerd was in film en voetbal en meer kunnen we niet uit die pc van hem krijgen.'

'Er is dus ook niks te vinden over vriendinnen van hem?'

'Nee, niks.'

'Omdat hij dat zo wilde?'

'Ja. Het lijkt erop dat hij 's avonds alles wiste wat hij die dag had gezien.'

'Dat hoeft niet zo vreemd te zijn als er iets bij was over de verkrachtingsdrug die hij in bezit had.'

'Nee, misschien niet.'

'Dus niemand weet wat hij daar op internet zat te rommelen?'

'Ik wil nog wel eens zien of ik niet iets kan vinden, het verdampt heus niet allemaal, ook al heeft hij alle bestanden gewist. Maar daarvoor moet je eigenlijk bij zijn provider zijn. Als dat een buitenlands bedrijf is, kan het nog een eeuwigheid duren eer we die informatie krijgen,' zei de technische man. Hij bewoog zich lichtjes, zodat zijn stoel kraakte.

De sectie bracht aan het licht dat Runólfur zeer gezond was geweest, zonder lichamelijke gebreken. Hij was klein en slank van postuur, goedgebouwd, littekens of fysieke defecten waren niet bij hem aangetroffen, zijn organen hadden normaal gefunctioneerd.

'Wat je noemt een gezonde jonge vent,' zei de patholoog-anatoom toen hij zijn waslijst had afgewerkt.

Hij stond tegenover Elínborg bij het lichaam van Runólfur, in het mortuarium aan de Barónsstígur. Men was helemaal klaar met de sectie en het lichaam was in een koelruimte gelegd, waaruit de arts het nu tevoorschijn liet glijden. Elínborg staarde ernaar.

'Dit is niet bepaald een zachte dood geweest,' ging de arts verder. 'Die man is een aantal keren met een mes bewerkt voordat hij gedood werd. Er zitten wat kleine sneden in zijn keel, bij de grote wond. Er is een blauwe plek, voor op zijn keel, alsof iemand hem daar heel hard heeft vastgegrepen. Hij zal zich niet echt hebben kunnen verdedigen.'

'Als er een scherp mes op je keel wordt gehouden is het natuurlijk ook wel moeilijk om nog iets te doen.'

'Dit is niet een bijzonder ingewikkeld of merkwaardig geval,' zei de arts, 'maar wel is er hier iemand heel secuur te werk gegaan. De man heeft een snee in zijn keel gekregen met een vlijmscherp mes, bijna een operatiemes, en er zit geen kerfje in de wond zelf. En nergens vind je een teken van aarzeling. Het heeft veel weg van een goed uitgevoerde buikoperatie. Mijn veronderstelling zou zijn dat de aanvaller hem gedwongen heeft een tijdje op zijn plaats te blijven – de kleine sneden kunnen daarop wijzen – hem toen die snee in zijn keel heeft toegebracht, en hem daarna op de vloer heeft laten vallen. Hij heeft nog even geleefd nadat hij die snee heeft gekregen. Niet heel lang. Pakweg een minuut, dat nog wel. En hij heeft kort voordat hij stierf nog seks gehad, zoals je waarschijnlijk weet. Jullie vraag of dat tegen de wil van zijn bedgenoot gebeurd is kan ik niet beantwoorden. Ik zie niets dat daarop wijst. Behalve zijn dood natuurlijk.'

'Geen sporen ervan op het lichaam, krabben of beten?'

'Nee. Maar dat kun je ook niet verwachten als hij een verkrachtingsdrug gebruikt heeft.'

De politiemensen die aan de zaak werkten hadden meer dan eens onderling besproken onder welke omstandigheden Runólfur in zijn appartement was aangetroffen en welke aanwijzingen daarin verborgen zouden kunnen liggen. Hij scheen een poloshirt te hebben aangetrokken dat hem

veel te klein was en dat naar alle waarschijnlijkheid aan een vrouw toe-
behoorde. In zijn appartement was er afgezien van de sjaal geen enkel
vergelijkbaar kledingstuk gevonden. Het vermoeden was dat het shirt toe-
behoorde aan de vrouw die 's avonds met hem naar zijn huis was meegegaan. Als je uitging van een verkrachting, dan had Runólfur de vrouw
uitgekleed, met haar gedaan wat hij wilde doen, en had hij het toen kennelijk grappig gevonden haar shirt aan te trekken. Voor zichzelf had hij
nota bene een romantisch sfeertje gecreëerd. Behalve in de kamer had er
nergens in het appartement licht gebrand, en zowel in de kamer als in de
slaapkamer waren uitgebrande waxinelichtjes aangetroffen.

Anderen waren er nog helemaal niet zeker van dat er sprake was van
verkrachting en wilden geen verstrekkende conclusies trekken uit de gevonden aanwijzingen. Runólfur mocht dan rohypnol in zijn appartement
gehad hebben, dat zei nog niets over wat er in zijn huis gebeurd was; er waren geen resten van de stof in glazen aangetroffen. Hij had seks gehad met
de vrouw en tijdens het liefdesspel haar shirt aangetrokken, maar de vrouw
had om de een of andere reden een mes gepakt en hem een snee toegebracht. Weer anderen hingen de theorie aan – Sigurður Óli was een van hen
– dat een derde partij de man en de vrouw had gestoord en dat hij min of
meer gejaagd het shirt had aangetrokken, maar nog niet verder was gekomen met aankleden toen hij werd vermoord. Misschien was de vrouw die
bij hem was hem te lijf gegaan, maar je moest ook rekening houden met de
mogelijkheid dat iemand van buitenaf de gewelddaad had begaan. Tot dié
opvatting neigde Elínborg, zonder dat ze er bewijs voor had. Het moordwapen, een vlijmscherp mes, kon aan Runólfur hebben toebehoord. Hij had
een messenset, vier keukenmessen, die aan een magnetische strook aan de
keukenmuur hingen. Misschien waren het er vijf geweest, had de misdadiger het vijfde als wapen gebruikt en het meegenomen toen hij verdween.
Het was niet mogelijk dat aan de rangschikking van de messen op de magnetische strook te zien. Het moordwapen was niet gevonden.

En dan was er de rohypnol die in zijn mond en keel gevonden werd. Die
kon hij nauwelijks uit vrije wil hebben ingenomen.

'Zat er veel van dat vergif in zijn lichaam?' vroeg ze aan de patholoog-
anatoom.

'Nogal ja, het lijkt erop dat hij een behoorlijke hoeveelheid heeft ingenomen.'

'Maar het was nog niet in zijn bloed terechtgekomen?'

'Dat moet nog blijken,' zei de arts. 'Onderzoek naar gifstoffen neemt nogal wat tijd in beslag.'

Elínborg keek de arts aan.

'Het effect moet zo'n tien minuten na het innemen merkbaar zijn geworden. Hij heeft zich absoluut niet meer kunnen verdedigen.'

'Dat is dan misschien een van de verklaringen voor het feit dat we maar zo weinig sporen van een aanval hebben gevonden, en helemaal geen sporen waaruit valt op te maken dat hij heeft geprobeerd zich te verdedigen.'

'Ja, ik kan je wel vertellen dat hij toen echt geen hand meer naar zijn gezicht kon krijgen. Al had hij nog zo graag gewild.'

'Even graag als zijn vermoedelijke slachtoffer.'

'Hij heeft aan den lijve mogen ondervinden hoe zijn eigen middelen werken, als je dat bedoelt.'

'Dus iemand heeft hem die troep laten slikken en toen voor de gein zijn keel doorgesneden?'

De arts haalde zijn schouders op.

'Dat mogen jullie uitvinden.'

Elínborg keek naar het lichaam van de man.

'Hij ziet er behoorlijk goed uit, misschien deed hij wel aan fitness en heeft hij zo vrouwen leren kennen,' zei ze. 'En hij kwam ook voor zijn werk bij mensen thuis en bij bedrijven. Hij was monteur.'

'Hij is dus veel onderweg geweest.'

'En dan zijn er natuurlijk nog al die danstenten en bars.'

'Moet je niet veel eerder denken aan onverwachte ontmoetingen, die toevallig tot stand kwamen, dan dat hij vrouwen doelbewust in de val liet lopen?'

Dat punt was bij de politie uitvoerig aan de orde geweest. Sommigen waren van mening dat de methode van Runólfur om vrouwen mee naar huis te nemen niet echt ingewikkeld was. Hij had doodgewoon in de kroegen kennis met ze gemaakt en ze bij hem thuis uitgenodigd. Sommigen zagen dat wel zitten en waren met hem meegegaan. Het was niet zeker of hij vrouwen een drug had toegediend; getuigen daarvoor waren er niet. Anderen twijfelden er niet aan of hij had met drugs gewerkt en was weldoordacht te werk gegaan: hij had het echt niet laten aankomen op toevallige ontmoetingen. Hij moest die vrouwen eerder al op de een of andere manier hebben leren kennen, al was het maar heel oppervlakkig.

'Misschien,' zei Elínborg. 'Ik denk dat we moeten gaan uitzoeken hoe hij met vrouwen in contact kwam. Het is niet uitgesloten dat er een vrouw bij hem was toen zijn keel werd doorgesneden, of dat zij het gedaan heeft.'

'Zo ziet de snede er tenminste uit,' zei de arts. 'Dat was het eerste wat ik dacht toen ik hem zag. Ik moet ineens denken aan zo'n ouderwets scheermes, weet je wel, waarvan het blad in het heft valt. Weet je wat ik bedoel?'

'Ja.'

'Aan zo'n mes moet ik denken.'

'Hoe is die snede, zei je?'

De arts keek naar het lijk.

'Die is elegant,' zei hij. 'Toen ik die snede zag, dacht ik bij mezelf dat die... zelfs bijna vrouwelijk was.'

9

Het was bijna donker in de bar. De grote ruit die op de straat uitzag was kapot en er was een stuk spaanplaat voor in de plaats gekomen. Dat leek nog helemaal nieuw. Elínborg dacht dat het provisorisch was aangebracht, maar helemaal zeker was dat ook weer niet. De ruit in de deur was er ook uit, maar dat scheen al een flinke tijd eerder gebeurd te zijn. De spaanplaat in de deur was zwartgeverfd en bedekt met krabbels en krassen. Het leek wel of de eigenaar niet van plan was er weer een ruit in te laten zetten. Heeft natuurlijk geen zin meer om er iets aan te doen, dacht Elínborg bij zichzelf.

De eigenaar bukte zich onder de bar, en ze wilde hem naar de grote ruit vragen, maar vond het bij nader inzien niet belangrijk genoeg. Er was natuurlijk gevochten. Misschien had iemand een tafeltje door de ruit gesmeten. Ze wilde het gewoon niet weten.

'Is Berti hier vandaag soms nog geweest?' vroeg Elínborg aan de eigenaar, die flessen bier in de koelkast op rijtjes zette. Ze kon alleen maar zijn kale kop zien.

'Ik ken geen Berti,' antwoordde hij zonder van de bierflessen op te kijken.

'Friðbert,' zei Elínborg. 'Ik weet dat hij hier vaak rondhangt.'

'Er komen er hier zoveel,' zei de eigenaar, zich oprichtend, een slanke man van rond de vijftig, bleek, met een grote snor die hij niet erg goed bijhield.

Elínborg keek de kroeg rond. Ze telde drie klanten.

'Is het hier altijd zo waanzinnig druk?' vroeg ze.

'Als je eens gewoon ophoepelde,' zei de man, en hij ging weer door met het opbergen van zijn bier.

Elinborg bedankte. Dit was de tweede kroeg die ze bezocht, nadat ze van de afdeling narcotica een aantal tips had gekregen waar je aan rohypnol zou kunnen komen; die afdeling werkte bij het oplossen van de Þingholtzaak samen met de recherche. Elínborg wist dat rohypnol alleen maar op recept verkrijgbaar was, en dat het werd ingenomen bij slaapproblemen. Alleen artsen mochten het aan hun patiënten voorschrijven. Runólfur had geen vaste huisarts, maar Elínborg kwam er op een tamelijk simpele manier achter dat hij sinds hij naar Reykjavík was verhuisd twee keer naar een dokter was geweest. Tussen die twee bezoeken van hem lag een periode van drie jaar. Hij kon dus niet met gezondheidsproblemen van enige betekenis te kampen hebben gehad, helemaal in overeenstemming met de bevindingen van de patholoog-anatoom. Geen van beide artsen wilde verklaren waarvoor Runólfur bij hen was geweest als ze hiervoor geen speciaal gerechtelijk bevel zouden krijgen, maar wel konden ze allebei bevestigen dat ze hem geen rohypnol hadden voorgeschreven. Dat het rohypnolspoor niet naar een arts leidde, verbaasde Elínborg niet. Waarschijnlijker was dat hij het middel clandestien te pakken had gekregen.

Ze liep op een van de klanten toe, die zwaar inhalerend een sjekkie zat te roken. De peuk was inmiddels zo kort dat ze haar lippen brandde, opschrok en hem weggooide. Op de tafel stond een halfvol bierglas. Daarnaast een leeg borrelglaasje.

'Ja hoor, de samenleving kan er weer voor opdraaien,' zou Sigurður Óli gegromd hebben.

'Berti pasgeleden nog gezien, Solla?' vroeg Elínborg. Ze ging bij haar zitten.

De vrouw keek op. Ze had een vuil jack aan, een vormeloze hoed op. Haar leeftijd viel moeilijk te schatten. Solla kon best tussen de vijftig en zestig zijn, maar evengoed tegen de tachtig.

'Wat gaat jou dat aan?' zei ze met een schorre stem.

'Ik wil met hem praten.'

'Huh, praat liever met mij,' zei Solla.

'Later misschien,' zei Elínborg. 'Nou moet ik Berti hebben.'

'Met mij wil niemand praten,' zei Solla.

'Kom nou.'

'Huh, niemand wil met me praten.'

'Heb je Berti hier pasgeleden nog gezien?' vroeg Elínborg.

'Nee.'

Elínborg keek in de richting van de andere twee klanten. Het waren een man en een vrouw die ze niet kende. Ze zaten elk achter een glas bier en rookten. De man zei wat, stond op en stopte een munt in de jukebox in de ene hoek van de kroeg. De vrouw bleef zitten en dronk van haar bier.

'Wat moet je van Berti?' vroeg Solla.

'Het gaat over een verkrachtingszaak,' zei Elínborg.

Solla keek op van haar bierglas.

'Heeft hij iemand verkracht?'

'Nee, hij niet. Ik wil alleen maar inlichtingen van hem hebben.'

Solla nam een slok uit haar bierglas en keek naar de man bij de jukebox.

'Verdomde verkrachters,' zei ze zacht.

Elínborg had in de jaren dat ze bij de politie werkte verscheidene keren met Solla te maken gehad en ze was allang vergeten hoe ze precies heette, als ze dat al ooit had geweten. Solla had vanaf haar jonge jaren een troosteloos leven gehad. Ze had rondgezworven en samengeleefd met waardeloze figuren, onverbeterlijke drinkers en drugsgebruikers, ze had alleen gewoond, was bij opvanghuizen in en uit gelopen, en had buiten op straat geslapen. Ze was een paar keer voor onbetekenende gevalletjes met justitie in aanraking geweest, had dingen uit winkels of van waslijnen gepikt. Het was een allerbest mens, behalve als ze erg dronken was. Dan was er geen land met haar te bezeilen, was ze uit op moeilijkheden, raakte ze in de penarie en kreeg klappen. Vaak was ze met alle mogelijke verwondingen op de eerstehulppost beland; dan werd ze voor de veiligheid in een politiecel gestopt.

'Ik doe onderzoek naar een vermoedelijke verkrachter,' zei Elínborg, en ze overwoog of het woord 'vermoedelijke' enige betekenis had voor Solla.

'Hopelijk krijg je dat beest te pakken,' zei ze.

'We hebben hem al te pakken. We willen weten wie hem gedood heeft.'

'Hebben ze hem doodgemaakt? Nou, dan is de zaak toch opgelost?'

'We willen weten wie het gedaan heeft.'

'Waarom? Om hem een medaille om z'n nek te hangen?'

'Ik begrijp dat Berti hier wel eens komt...'

'Die is geschift,' zei Solla kort, en ze dempte haar stem. 'Ik moet die verdomde rotzooi niet die hij verkoopt.'

'Ik hoef hem alleen maar te spreken. Hij is niet thuis.'

Volgens de inlichtingen van de afdeling narcotica was Berti een doorgewinterde specialist in het bemachtigen van drugs op recept. Hij praatte zich met een gladde smoes overal in de stad bij artsen naar binnen, en sommigen van hen schreven achteloos zo ongeveer alles voor wat hij vroeg. Berti verkocht de medicijnen later op de zwarte markt en deed behoorlijk goede zaken. Hij verkocht ook rohypnol. En het was maar de vraag of dat in Berti's klantenkring als verkrachtingsdrug gebruikt werd, in plaats van als middel tegen slaapproblemen. Rohypnol kon je ook van de kater afhelpen die je kreeg als de cocaïne uit je lichaam aan het verdwijnen was. Maar er waren bij Runólfur thuis geen andere drugs gevonden. Dat kon er dus op wijzen dat hij de rohypnol maar voor één doel gebruikte.

Elínborg zat zwijgend naar Solla te kijken en dacht na over drugs op recept, over rohypnol, cocaïne, katers en verkrachtingen, en hoe bizar en droevig het menselijk leven kon worden.

'Weet jij iets van Berti?' vroeg ze. 'Heb je enig idee waar ik hem zou kunnen vinden?'

'Ik heb hem met Binna Geirs gezien,' zei Solla.

'Binna?'

'Hij is een beetje verkikkerd op die trol.'

'Bedankt, Solla.'

'Huh, bedankt! Bestel liever bier voor me… dan gooit híj me er niet uit,' zei ze en ze knikte in de richting van de bar, waar de eigenaar met een dreigend, nors gezicht naar hen stond te kijken.

Het bleek dat Runólfur aan fitness deed. De beveiligingscamera in de ruimte van de sportschool waar hij trainde liet zien dat hij daar was geweest op de dag dat hij werd vermoord. Dat was op zaterdag rond één uur. Ook was te zien hoe hij anderhalf uur later weer vertrok. Hij was alleen en sprak met niemand, voor zover dat viel op te maken uit de beelden: niet met personeel, niet met een vrouw die mogelijk met hem mee naar huis was gegaan. De personeelsleden konden zich niet herinneren Runólfur speciaal op die dag gezien te hebben, maar ze kenden hem goed als een van de vaste klanten en hadden geen enkele klacht over hem.

Zijn personal trainer, een van de eigenaars van de school, praatte lovend over hem. Hij had hem zo'n twee jaar eerder, toen Runólfur van sportschool was veranderd, onder zijn hoede genomen. Elínborg begreep al heel gauw van de trainer dat zijn school een van de populairste in de stad was. Allerlei toestellen en hulpmiddelen stonden daar voor haar ogen uitgestald, loopbanden, halterbanken en hometrainers en nog meer apparaten, waarvan ze de naam niet kende. Aan alle muren hingen grote flatscreens, om de klanten tijdens hun inspanningen afleiding te bieden.

'Eigenlijk was híj het vooral die míj lesgaf,' zei de trainer en hij glimlachte naar Elínborg, die in de grote fitnessruimte stond. 'Hij wist er alles van.'

'Kwam hij regelmatig?' vroeg Elínborg. Ze had Runólfurs trainingskaart in haar handen, die tussen zijn eigendommen was gevonden.

'Drie keer per week. Na zijn werk.'

Het was nu rond het middaguur en veel ploeteraars waren er niet. Elínborg had nooit een voet in zo'n slavenhuis gezet en zag dat ook niet gebeuren. Ze vond van zichzelf dat ze lichamelijk prima in vorm was, hooguit een beetje zwaarder dan ze wilde. Ze had nooit gerookt en at geen ongezonde kost. Ze dronk alleen maar goede tafelwijn. De vrijdag en de zaterdag waren voor haar de dagen waarop ze uitgebreid kookte. Teddi en zij probeerden vrijdags vroeg van hun werk thuis te komen, dronken ettelijke Tsjechische of Nederlandse biertjes en zetten muziek op. Zij genoot er dan van een copieus maal voor Teddi en haarzelf te bereiden. Ze trokken bij het eten altijd een fles wijn open; hun wijngebruik was het laatste halfjaar overigens wel iets toegenomen. Na het eten gingen ze wat zitten praten of keken met Theodóra naar een of ander programma van niks op de tv. Elínborg zat dan voor het kastje te dutten tot na tienen, waarna ze helemaal afgedraaid naar bed ging, even daarna gevolgd door Teddi. Hij had de neiging om na het eten nog twee of drie biertjes extra te nemen. Elínborg nam geen wijn na de maaltijd en vond het wel plezierig zich langzaam maar zeker aan haar slaap over te geven. De zaterdagen gingen voorbij met opruimen en karweitjes doen, totdat Elínborg 's middags naar de keuken ging en met recepten ging experimenteren. Dat waren de mooiste uren van de week. Teddi mocht dan niet in de buurt van de keuken en haar kookkunsten komen; zelfs de barbecue mocht hij niet aanmaken. De afgelopen week was Elínborg aan het kokkerellen geweest met patrijzen, die ingevroren in de winkels lagen, maar het was haar niet gelukt tot een goed recept te komen. Teddi vond dat hij maar weinig kreeg, en dat het nog niks bijzonders was ook, en ze had gezegd dat hij een stommeling was omdat hij altijd meer op de kwantiteit lette dan op de kwaliteit.

'Hij scheen goed in vorm te zijn,' zei Elínborg tegen de personal trainer, een soepel bewegende man van om en nabij de dertig, die levensvreugde en optimisme uitstraalde. Hij was prachtig gebruind en zijn tanden schitterden als de lichten van een landingsbaan.

'Runólfur was buitengewoon fit,' zei de trainer en hij liet zijn blik op Elínborg neerdalen. Ze had de indruk dat hij haar met zijn ogen taxeerde en vreesde dat het vonnis zou luiden: levenslang op de loopband.

'Weet je waarom hij van sportschool veranderd is?' vroeg ze. 'Toen hij twee jaar geleden hier kwam?'

'Nee, dat weet ik niet. Ik denk omdat hij naar een andere buurt verhuisd is. Zo gaat dat in de regel.'

'Weet je waar hij hiervóór was?'

'Ik denk bij De Firma.'

'De Firma?'

'Dat heb ik zo eens opgevangen van iemand die wist dat hij daar geweest is. De mensen in dit wereldje kennen elkaar wel zo'n beetje, in elk geval van gezicht.'

'Weet je ook of hij hier mensen heeft leren kennen?'

'Niet speciaal. Meestal was hij alleen. Soms bracht hij een vriend van hem mee, ik weet niet hoe die heette. Nogal slecht in vorm. Allesbehalve fit. Kwam niet bij de toestellen. Zat maar in de kantine.'

'Praatte hij wel eens met jou over vrouwen als hij hier was?'

'Over vrouwen? Nee.'

'Geen vrouwen met wie hij praatte, vrouwen die hij hier op fitness heeft leren kennen, of die hij al kende?'

De trainer dacht na.

'Nee, ik geloof het niet. Het was niet zo'n prater.'

'Oké' zei Elínborg. 'Bedankt.'

'Graag gedaan. Ik wou dat ik je beter kon helpen, maar ik kende hem gewoon niet goed. Verschrikkelijk wat er met hem gebeurd is, verschrikkelijk gewoonweg.'

'Ja, zeg dat wel,' zei Elínborg en ze groette de bronzen man, die monter glimlachte, het lot van Runólfur alweer vergeten. Ze was al op de parkeerplaats toen ze plotseling een ingeving kreeg en terugging. Ze vond de trainer gebogen over een zeer zwaarlijvige vrouw van ongeveer zestig jaar. Ze droeg een felgekleurd joggingpak en lag plat achterover. Ze zei dat ze een spier verrekt had en scheen klem te zitten in een van de halterbanken.

'Neem me niet kwalijk.'

De trainer keek op. Op zijn voorhoofd hadden zich zweetpareltjes gevormd.

'Ja?'

'Zijn er hier ook vrouwen gestopt met fitnessen nadat híj hier begonnen was?'

'Gestopt?'

'Ja. Is er iemand onverwacht gestopt? Zonder dat er een verklaring voor was? Iemand die hier lang is geweest en die niet meer kwam toen Runólfur hier regelmatig verscheen?'

'Kun je…?' zei de zwaarlijvige dame. Ze stak haar hand uit en keek vragend op naar de trainer.

'Er zijn altijd mensen die ermee stoppen,' zei de trainer. 'Ik begrijp niet…'

'Ik blijf me maar steeds afvragen of je niet wat ongewoons gemerkt hebt, een vrouw die hier altijd kwam, maar die ineens wegbleef.'

'Ik heb niks gemerkt,' zei de trainer. 'En dat soort dingen merk ik anders echt wel. Ik ben eigenaar van deze school, weet je. Of gedeeltelijk eigenaar.'

'Het zal wel moeilijk zijn om precies in de gaten te houden wie ermee stoppen en wie beginnen. Dat zijn er natuurlijk nogal wat.'

'Dit is een heel populaire school, ja,' zei de trainer.

'Ja, natuurlijk.'

'Vanwege hem is er niemand gestopt,' zei de trainer. 'Tenminste niet voor zover ik weet.'

'Hallo, wil je…' De vrouw in de halterbank scheen nu helemaal hulpeloos te zijn.

'Oké,' zei Elínborg. 'Bedankt. Moet ik je helpen met…'

De vrouw keek hen beurtelings aan.

'Nee nee, niks aan de hand,' zei de trainer. 'Ik red het wel.'

Toen Elínborg naar buiten ging hoorde ze hoe de dame uit alle macht gilde en de bronzen man uitschold.

De politie had gepraat met verschillende mensen die Runólfur kenden, onder meer met buren en collega's. Uit alle beschrijvingen rees het beeld op van een prima vent; er was niemand die een minpunt te melden had. Zijn dood en de toedracht ervan waren voor ieder van hen volkomen onbegrijpelijk. Een van zijn collega's wist dat hij een vriend had die Eðvarð heette. Die werkte niet bij hetzelfde bedrijf, maar Runólfur had zijn naam wel eens genoemd. Elínborg herinnerde zich dat de naam Eðvarð veelvuldig voorkwam in de lijst van telefoongesprekken waarover de politie beschikte. Toen men met hem in contact was gekomen sprak hij niet tegen dat hij Runólfur gekend had; hij zei alleen dat hij niet wist hoe hij de politie van dienst zou kunnen zijn. Elínborg liet hem bij zich op het bureau komen.

Eðvarð had uit de media van de verkrachtingsdrug gehoord en hij begreep er nog minder van dan van het gruwelijke lot dat zijn vriend had getroffen. Als je Runólfur noemde in verband met verkrachtingsdrugs moest er volgens hem wel een of ander misverstand in het spel zijn, zo'n type was hij niet. Er was nog geen verklaring gevonden voor het feit dat er in Runólfurs eigen lichaam rohypnol was aangetroffen.

'Wie is er tot zoiets in staat?' vroeg Elínborg en ze wees Eðvarð in haar kantoor een stoel aan.

'Dat weet ik niet, maar hij niet. Daar ben ik absoluut zeker van.'

De man keek haar met grote ogen aan en vertelde dat hij Runólfur heel goed gekend had. Ze waren al snel nadat Runólfur naar Reykjavík was verhuisd bevriend geraakt, maar ze kenden elkaar niet van vroeger. Eðvarð werkte als leraar en was met Runólfur in contact gekomen toen ze in hun studietijd 's zomers allebei in de bouw werkten. Ze gingen vaak naar de bioscoop en hielden allebei van het Engelse voetbal. Geen van tweeën had een relatie en algauw trokken ze veel met elkaar op.

'En jullie gingen samen stappen?' vroeg Elínborg.

'Ja, dat deden we wel eens,' zei de man, die ruim dertig jaar was en al dik begon te worden. Hij droeg een onverzorgde bruine baard, had dunnend haar en een opgeblazen gezicht.

'Ging Runólfur makkelijk met vrouwen om?'

'Hij was altijd heel leuk met ze. Ik weet precies wat je me wilt laten zeggen, maar ik heb nooit gezien dat hij iemand kwaad deed. Vrouwen niet en ook anderen niet.'

'Je weet niks dat verklaart hoe we rohypnol in zijn zak konden vinden?'

'Hij was een doodnormale vent,' zei Eðvarð. 'Iemand moet dat spul in zijn zak gestopt hebben.'

'Had hij een relatie met een vrouw toen hij stierf?'

'Niet dat ik weet. Heeft er zich een bij jullie gemeld?'

'Weet jij iets af van vrouwen in zijn leven?' vroeg Elínborg, zonder op zijn vraag in te gaan. 'Iemand met wie hij omging of met wie hij samenwoonde?'

'Ik heb er nooit van gehoord dat hij een vaste relatie met een vrouw had, of een die lang geduurd heeft. Samengewoond heeft hij nooit.'

'Wanneer heb je hem voor het laatst gezien?'

'Voor het weekend heb ik hem nog gesproken. Ik vroeg of er ergens wat te beleven was, of hij iets wilde gaan doen, maar hij zei dat hij gewoon thuis wilde blijven.'

'Je hebt hem dus zaterdag opgebeld.'

De politie had Runólfurs telefoonverkeer tot enige weken voor de moord nagetrokken, zowel via zijn vaste telefoon als zijn mobieltje. Eerder op de dag had Elínborg de lijst in handen gekregen. Veel bellen deed hij niet en naar het zich liet aanzien waren het doorgaans werkgerelateerde gesprekken. Toch waren er ook een paar nummers waarvan de politie wel iets meer wilde weten. Het meest werd hij door Eðvarð gebeld.

'Ik wilde hem meenemen naar de sportbar om naar een Engelse voetbalwedstrijd te kijken. We gaan... gingen daar op zaterdag wel eens naartoe. Hij zei dat hij nog wat te doen had. Wat dat was heeft hij niet verteld.'

'En klonk hij normaal, of was er iets?'

'Gewoon, net als altijd.'

'Gingen jullie wel eens samen naar fitness?'

'Een enkele keer ging ik wel eens met hem mee. Dronk er alleen maar koffie. Ik doe niet aan fitness.'

'Heeft hij wel eens over zijn ouders gepraat?' vroeg Elínborg.

'Nee, nooit.'

'Iets verteld over zijn jeugd, het dorp waar hij is opgegroeid?'

'Nee.'

'Waar praatten jullie over?'

'Over voetbal... dat soort dingen. Films. Gewoon, waar je het altijd over hebt. Niks bijzonders.'

'Vrouwen?'

'Ook wel eens.'

'Wist jij wat hij van vrouwen vond, zo in het algemeen?'

'Niks speciaals of onnatuurlijks. Haten deed hij ze niet. Er was gewoon helemaal niks bijzonders met hem. Als hij een mooie meid zag of zo, dan maakte hij er een opmerking over. Ja, zo zitten we nou eenmaal in elkaar. Allemaal.'

'Was hij geïnteresseerd in film?'

'Ja. In Amerikaanse actiefilms.'

'Met van die superhelden?'

'Ja.'

'Waarom?'

'Omdat hij ze leuk vond. Ik ook trouwens. Dat was een van de dingen die we gemeen hadden.'

'Hangen ze bij jou thuis ook aan de muur?'

'Nee.'

'Leiden die niet allemaal een dubbelleven?'

'Wie?'

'Die superhelden.'

'Ik begrijp niet wat je bedoelt.'

'Zijn dat niet in het algemeen gewone mensen die iets heel anders worden? Die in een telefooncel of zo transformeren? Ja, ik weet er ook niet veel vanaf, hoor.'

'Misschien wel, ja.'

'Leidde jouw vriend een dubbelleven?'

'Ik zou het niet weten.'

10

Er waren maar heel weinig restaurants in Reykjavík en omgeving die zich met de Indiase keuken bezighielden; Elínborg kende ze allemaal. Ze bezocht ze, op zoek naar de eigenares van de sjaal. Ze had hem bij zich en liet hem aan het personeel van de restaurants zien. De lucht van oosterse kruiden was er grotendeels uit weggetrokken, en niemand zei de sjaal eerder gezien te hebben. Elínborg kon de personeelsleden van de restaurants zonder veel moeite uitsluiten. Het waren er niet veel, ze behoorden merendeels tot de families die de zaken exploiteerden en ze konden moeiteloos zeggen waar ze waren geweest op het moment dat Runólfur werd aangevallen. De zaken hadden verscheidene vaste klanten, over wie de politie inlichtingen kreeg; ze werden – zonder succes – nagetrokken. Hetzelfde gold voor de weinige Indiërs die in IJsland woonden. Het kostte de politie niet veel tijd om uit te sluiten dat iemand van hen bij de zaak betrokken was.

Elínborg kende maar één zaak die tandooripotten verkocht, naast andere gereedschappen, grondstoffen, kruidenmengsels en oliën die nodig waren voor de Indiase keuken. Ze was daar zelf klant en kende de eigenares, tevens het enige personeelslid, oppervlakkig. Het was een IJslandse vrouw, die in India gewoond had; ze heette Jóhanna en was ongeveer even oud als Elínborg. Jóhanna was zeer openhartig, altijd bereid om aan wie dan ook over zichzelf te vertellen. Zo wist Elínborg dat ze in haar jonge jaren veel in het oosten had gereisd en dat India het land van haar dromen was. Ze had er twee jaar gewoond en toen ze weer naar huis ging, had ze een winkeltje in oosterse waren geopend.

'Tandooripotten verkoop ik niet veel,' zei Jóhanna. Het zullen er zo één of twee per jaar zijn. Sommige mensen kopen ze niet voor de keuken, maar gewoon voor de sier.'

Ze wist dat Elínborg bij de politie zat; ze wist dat ze graag kookte; één keer had ze haar geprezen om haar boek. Elínborg had haar verteld dat ze naar een jonge vrouw zocht van misschien zo'n dertig jaar, mogelijk geïnteresseerd in de Indiase keuken. Meer vertelde ze haar niet, ook praatte ze niet over de zaak waarin die jonge vrouw een rol speelde. Maar Jóhanna was te nieuwsgierig en te praatgraag om daar genoegen mee te nemen.

'Wat wil je van die vrouw?' vroeg ze.

'Het heeft te maken met een drugszaak,' zei Elínborg, en ze vond dat ze niet eens zo heel hard loog. 'Ik moet het eigenlijk ook niet zo nadrukkelijk over die potten zelf hebben, maar over specerijen in het algemeen. Saffraan, koriander, annatto, garam masala, nootmuskaat. Is er iemand die regelmatig zulke kruiden bij je koopt? Het zou iemand met donker haar kunnen zijn, mogelijk zo rond de dertig.'

'Een drugszaak?'

Elínborg glimlachte.

'Ik krijg verder zeker niks van je te horen?' zei Jóhanna.

'Het is maar een doodgewone politiezaak, hoor,' zei Elínborg.

'Het gaat toch niet om die moord in Þingholt? Ben jij die aan het onderzoeken?'

'Komt er al wat bij je boven?' vroeg Elínborg, zonder haar antwoord te geven.

'Met de zaak gaat het niet zo bijster goed,' zei Jóhanna. 'De mensen kunnen veel van deze spullen via internet kopen, of in de betere supermarkten. Veel vaste klanten zoals jij heb ik niet. Niet dat ik wil klagen hoor, begrijp me goed.'

Elínborg wachtte geduldig, en Jóhanna zag dat het niet de slecht draaiende winkel was waarover ze graag iets wilde horen.

'Er schiet me niks te binnen,' zei ze. 'Er komen hier allerlei mensen, zoals je weet, ook wel vrouwen van rond de dertig. En een heleboel met donker haar.'

'Deze kan verscheidene keren hier zijn geweest. Waarschijnlijk is ze geïnteresseerd in de oosterse keuken, Indiaas eten, tandoorigerechten. Best mogelijk dat je een praatje met haar gemaakt hebt.'

Jóhanna zei een hele tijd niets. Toen schudde ze haar hoofd.

Elínborg haalde de sjaal uit haar tas en spreidde hem uit op de toonbank. Alle onderzoek dat ermee gedaan moest worden was inmiddels achter de rug.

'Herinner je je soms een jonge vrouw die met deze sjaal om in je winkel is geweest?'

Jóhanna bekeek de sjaal nauwkeurig.

'Is dat geen kasjmier?' vroeg ze.

'Ja.'

'Hij is heel mooi. Dit is een Indiaas patroon. Waar is hij gemaakt?' Ze zocht naar een label met informatie, maar kon het niet vinden.

'Ik kan me niet herinneren dat ik hem eerder gezien heb,' zei ze. 'Helaas.'

'Oké,' zei Elínborg. 'Bedankt.' Ze vouwde de sjaal samen en stopte hem weer in haar tas.

'Zoek je naar degene van wie hij is?' vroeg Jóhanna.

Elínborg knikte.

'Ik zou je wel wat namen kunnen geven,' zei Jóhanna na lang nadenken. 'Ik… er staan namen op bonnetjes van pinbetalingen en zo.'

'Daar zou ik erg mee geholpen zijn,' zei Elínborg.

'Maar je mag niet zeggen waar je ze vandaan hebt,' zei Jóhanna. 'Ik wil niet dat iemand ervan af weet.'

'Dat begrijp ik heel goed.'

'Ik wil niet dat klanten weten dat ik tegen de politie klets.'

'Natuurlijk niet, ik zal erop letten. Maak je geen zorgen.'

'Moet ik ver in de tijd teruggaan?'

'Laten we beginnen met het laatste halfjaar, kan dat?'

***

Bijna alle mensen die Runólfur via zijn werk ontmoet hadden, konden zich de beleefde monteur nog wel herinneren, die voor hen telefoon, internet of televisie geïnstalleerd had. Allemaal lieten ze zich gunstig over hem uit, of het nu particulieren waren of medewerkers van een bedrijf. De lijst van woningen die hij bezocht had ging twee maanden in de tijd terug en was nogal uitvoerig. Runólfur had gedurende die hele periode elke dag een of twee van zulke klussen aan huis gedaan, en was soms wel twee keer op dezelfde plaats geweest, soms zelfs drie keer of nog vaker. Hij stond buitengewoon goed bekend. Men beschreef hem als een behulpzame man met wie je prettig kon praten. Hij deed zijn werk goed, gedroeg zich keurig en was welgemanierd, in alle opzichten. De vragen van de politie over bijzondere of ongewone kanten aan het gedrag van de monteur leverden niets op – totdat Elínborg aanklopte bij een alleenstaande moeder op de tweede verdieping van een flatgebouw in Kópavogur. Lóa was ruim dertig en gescheiden; ze had een zoon van twaalf en had toen Runólfur het leven

79

liet met drie vriendinnen een weekendtochtje gemaakt.

'O ja, dat weet ik nog best, ik had toen voor Kiddi ADSL aangeschaft,' zei ze, toen Elínborg vroeg of ze zich nog kon herinneren dat Runólfur bij haar langs geweest was.

Ze gingen in de huiskamer zitten. Het appartement was klein en het was er één grote bende: schone en vuile was, etensborden, een cd-speler, luidsprekers, twee spelcomputers, een grote tv, huis-aan-huisbladen en andere reclamerommel. Lóa excuseerde zich voor de chaos: ze moest vaak werken en haar zoon had geen zin om op te ruimen. 'Die hangt de hele dag achter de pc,' zei ze vermoeid. Elínborg knikte en moest aan Valþór denken.

Lóa was, toen ze begreep dat het om Runólfur ging, niet bijzonder verrast over het politiebezoek. Ze had op radio en tv de berichten gevolgd en herinnerde zich de monteur die langsgekomen was om de internetverbinding voor hen in orde te maken. Ze kon zich maar moeilijk voorstellen dat hij op zo'n gruwelijke manier om het leven was gekomen.

'Hoe is het mogelijk, iemand zijn keel doorsnijden,' fluisterde ze.

Elínborg haalde haar schouders op. Ineens mocht ze Lóa. Ze leek heel open, zonder pretenties, alles wat ze zei scheen recht uit haar hart te komen. Het was haar aan te zien dat ze het niet gemakkelijk had gehad in haar leven, maar ook dat ze veerkracht bezat. Ze had een heel mooie glimlach, die ook haar ogen aanraakte en die haar sympathiek en boeiend maakte.

'Arme kerel,' zei Lóa.

'Kiddi, is dat...?'

'Mijn zoon. Hij had al een jaar lang om ADSL gevraagd, iets met draadloos internet, dus dat heb ik toen uiteindelijk maar voor hem gekocht, en ik heb er geen spijt van ook. Het is heel wat anders dan een verbinding per telefoon. Kiddi zei dat hij het zelf wel kon installeren, maar daar kwam helemaal niks van terecht, en toen heb ik gebeld en hebben ze die man gestuurd.'

'Ik begrijp het,' zei Elínborg.

'Maar wat heb ik met hem te maken?' vroeg Lóa. 'Waarom stel je mij vragen over hem? Heb ik wat...?'

'We zijn op zoek naar inlichtingen, bij iedereen die ook maar even contact met hem gehad heeft,' zei Elínborg. 'We weten niet veel van Runólfur af, of van wat er met hem is gebeurd. En op deze manier moeten we ons daar een beeld van vormen. Hij kwam hier ver vandaan en veel vrienden had hij hier niet. Eigenlijk ging hij voornamelijk met collega's om.'

'Maar ik bedoel, ik ken die man helemaal niet. Hij is hier alleen maar geweest om dat internet te installeren.'

'Ja, ik weet het. Wat kreeg je voor indruk van hem?'

'Gewoon, heel goed. Hij kwam na vijven, toen ik terug was van mijn werk, net als jij nu, en hij heeft gewoon dat internet voor ons aangesloten. Lang is hij er niet mee bezig geweest. En toen is hij weer weggegaan.'

'En is hij alleen die ene keer maar geweest?'

'Nee, de dag daarna is hij nog een keer terug geweest, of twee dagen, wat was het? Hij had iets laten liggen, een schroevendraaier geloof ik. Toen had hij niet zoveel haast.'

'Dus toen hebben jullie een praatje gemaakt, of…?'

'Eventjes. Hij was heel aardig. Gewoon, een leuke knul. Hij vertelde me dat hij op fitness zat.'

'Zit jij op fitness? Kende hij je daarvan?'

'Nee, hij kende me helemaal niet. Ik heb nooit zin gehad om te gaan fitnessen. Dat heb ik hem ook verteld. Eén keer heb ik een jaarkaart gekocht, waanzinnig optimistisch, maar na een paar weken heb ik het er al bij laten zitten. Hij zei dat híj het zonde van het geld zou vinden om het op te geven.'

'Had je de indruk dat hij probeerde je te versieren?' vroeg Elínborg. 'Heeft hij iets tegen je gezegd waar je dat uit kon opmaken?'

'Welnee, helemaal niet. Hij was gewoon heel aardig.'

'Dat zegt iedereen. Dat het zo'n aardige kerel was.'

Elínborg glimlachte even en dacht bij zichzelf dat ze hier niets wijzer zou worden. Ze wilde beleefd afscheid nemen toen Lóa met iets verrassends kwam.

'Maar toen ben ik hem later in de stad nog een keer tegengekomen,' zei ze.

'O ja?'

'Ik was uitgegaan, en toen was hij er ineens en begon tegen me te praten alsof we elkaar al jaren kenden. Hij was in een heel goed humeur en wilde dat ik wat van hem dronk en zo. Echt heel leuk.'

'Was het toevallig dat jullie elkaar zijn tegengekomen?'

'O ja, totaal.'

'Wist hij dat jij daar zou komen?'

'Nee, helemaal niet. Het was puur toeval.'

'En wat gebeurde er toen?'

'Wat er toen gebeurde? Niks. We hebben gewoon zitten praten, verder niks.'

'Was je alleen op stap?'

'Ja.'

'En je had niemand bij je?'

'Nee.'

'Toen jullie hier thuis samen hebben zitten praten, heb je hem toen verteld waar jij altijd naar toe ging als je uitging? Wat je favoriete kroegen waren in de stad of iets dergelijks?'

Lóa dacht na.

'Daar hebben we het wel eventjes over gehad, ja, maar dat was maar heel kort. Ik heb nooit een link gelegd met... Wacht eens even, denk jij soms dat dat met elkaar te maken heeft?'

'Ik weet het niet,' zei Elínborg.

'Hij... hij begon zo'n beetje over het nachtleven. Hij zei dat hij in het centrum van Reykjavík woonde en toen wilde hij weten hoe het hier in Kópavogur was en of we wel eens naar de stad gingen of hier in Kópavogur gingen stappen. Daar hebben we toen wat over zitten praten. Toen hij de laatste keer hier geweest is. Zo is dat zo'n beetje gegaan, weet ik nog wel.'

'En heb jij een bepaalde kroeg genoemd?'

Lóa dacht na.

'Er is er een waar ik altijd naartoe ga.'

'Welke is dat?'

'Thorvaldsen.'

'Heeft hij je daar ontmoet?'

'Ja.'

'Toevallig?'

'Gek dat je daarnaar vraagt.'

'Wat is daar gek aan?'

'Nou, op de een of andere manier had ik zo'n gevoel dat hij op me zat te wachten. Ik weet ook niet precies wat het was, maar het was allemaal een beetje onecht. Zoiets van dat hij zo blij was dat hij me zag en stomverbaasd dat hij me daar tegen het lijf liep en zo. Maar ik vond dat het een beetje nep was. Wat een leuk toeval en zo. Hij... ik weet het niet. Maar in elk geval, er is niks gebeurd. Opeens leek het wel of het hem niet meer interesseerde en zei hij gedag.'

'Dus hij bood je iets te drinken aan?'

'Ja.'

'En heb je ja gezegd?' vroeg Elínborg.

'Nee. Of ja, maar geen alcohol.'

'En? Wat...?'

Elínborg wilde niet te drammerig zijn, maar slaagde daar slecht in.

'Ik drink niet meer,' zei Lóa. 'Ik mag het niet meer. Geen druppel.'

'Ik begrijp het.'

'Mijn man is bij me weggegaan, weet je, en het werd één grote puinhoop, en ik dacht dat ze Kiddi bij me weg zouden halen. Het is me gelukt om ermee te stoppen. Ik ga naar de bijeenkomsten en zo. Dat heeft mijn leven gered.'

'Maar hoe ging dat toen in de kroeg, had Runólfur toen opeens geen belangstelling meer?'

'Nee.'

'Omdat je niks wilde drinken?'

Lóa staarde Elínborg aan.

'Waarom zeg je dat?'

'Hij bood je iets te drinken aan, maar jij wilde dat niet omdat je geen alcohol meer drinkt en hij verloor zijn belangstelling.'

'Maar ik dronk gingerale. Dat had hij voor me besteld.'

'Dat is niet hetzelfde,' zei Elínborg.

'Hetzelfde als wat?'

'Als alcohol. Heb je hem toen hij hier geweest is verteld dat je niet drinkt?'

'Nee, daar had hij niks mee te maken. Hoe bedoel je?'

Elínborg zweeg.

'Kan ik soms geen nieuwe mensen meer leren kennen omdat ik niet drink?'

Elínborg moest glimlachen.

'Het kan zijn dat Runólfur in dat opzicht een beetje een apart figuur geweest is,' zei ze. 'Al kan ik daar eigenlijk niet verder op ingaan.'

'Waarom niet?'

'Heb je het nieuws niet gevolgd?'

'Jawel, behoorlijk goed.'

'Er waren berichten dat er in de woning van Runólfur een bepaald soort drug gevonden is. Een verkrachtingsdrug.'

Lóa staarde haar aan.

'En die heeft hij gebruikt?'

'Dat is mogelijk.'

'Doen ze die niet in je drank?'

'Ja. De alcohol versterkt de werking ervan. Daardoor wordt ook je geheugen beïnvloed. Je kunt het zelfs in meer of mindere mate kwijtraken.'

Lóa begon verbanden te zien: de monteur die tweemaal bij haar was geweest en die ze daarna bij toeval in een kroeg in het centrum had ontmoet, de berichten over verkrachtingsdrugs die vrouwen stiekem in hun drank kregen, de alcoholverslaving waartegen ze jaren achtereen had moeten vechten, de alcoholvrije drankjes die ze altijd bestelde als ze uitging, het feit dat Runólfur ineens zijn belangstelling verloren had, zijn gewelddadige dood. En toen zag ze zichzelf .

'Ik geloof je niet,' steunde ze en keek met open mond van verbazing naar Elínborg. 'Je maakt een geintje.'

Elínborg zweeg.

'Had hij het op mij gemunt?'

'Ik weet het niet,' zei Elínborg.

'Wel godverdomme!' zei Lóa. 'Hij kon zijn schroevendraaier niet vinden. De laatste keer dat hij hier kwam. Hij zei dat hij zijn schroevendraaier bij mij had laten liggen. Heeft hier overal rondgekeken. Kletste met me alsof hij een ouwe vriend van me was. Best mogelijk dat hij dat ding helemaal niet had laten liggen. Dat hij dat gewoon verzonnen had.'

Elínborg haalde haar schouders op alsof ze niet wist wat ze hierop moest antwoorden.

'Dat godvergeten varken!' zei Lóa en ze staarde Elínborg aan. 'Wat ís dat eigenlijk met die mannen?'

'Ze zijn krankzinnig,' zei Elínborg.

'Ik had hem doodgemaakt, dat verdomde varken. Godverdomme, ik had hem doodgemaakt.'

Binna Geirs' volledige naam klonk indrukwekkend: Brynhildur Geirharðsdóttir. Elínborg vond die naam heel goed bij haar passen. Ze was groot en fors gebouwd, bijna een reuzin uit een sprookjesboek. Haar haar hing als wilde vegetatie over haar schouders langs haar rug naar beneden. Haar gezicht was grof, met een rode neus en brede kaken. Ze had een zware nek en lange armen; haar benen deden aan brugpijlers denken. Friðbert leek naast haar helemaal een kaboutertje, klein en dun, kaal als een knikker, met grote uitstaande oren en kleine oogjes onder zeer borstelige wenkbrauwen.

Het was precies zoals Solla gezegd had: Berti, die omdat hij zo klein was soms Mini-Berti genoemd werd, was bij Binna ingetrokken. Ze woonden in een vervallen houten huisje aan de Njálsgata, dat Binna van haar ouders had geërfd en dat ze in de woeste zee van het leven toch overeind had kunnen houden. Het huis was bekleed met golfplaten, die in alle rust mochten roesten, het dak was slecht en bij de ramen lekte het. Binna had wel wat beters te doen dan haar eigendommen te onderhouden.

Ze waren allebei thuis toen Elínborg voor de tweede keer in de Njálsgata kwam. De eerste keer had er niemand op haar kloppen gereageerd en zag ze geen enkel teken van leven in huis toen ze door het raam naar binnen gluurde. Deze tweede keer werd de deur opengerukt en stond Brynhildur Geirharðsdóttir in de deuropening, nogal stuurs vanwege het onaangekondigde bezoek. Ze droeg een oude wollen trui en een tot op de draad versleten spijkerbroek en had een houten pollepel in haar hand.

'Hallo Binna,' zei Elínborg, onzeker of Brynhildurs toestand zodanig was dat ze haar kon herkennen. 'Ik ben op zoek naar Berti.'

'Berti?' zei Brynhildur scherp. 'Wat moet je van hem?'

'Ik hoef alleen maar eventjes met hem te praten. Is hij thuis?'

'Hij ligt binnen te slapen,' zei Brynhildur en ze wees naar de donkerte in huis. 'Heeft hij wat gedaan?'

Elínborg zag dat ze haar herkende. Brynhildur en zij liepen elkaar soms tegen het lijf als de politie zich met Binna's zaken moest bezighouden. Ze was nogal een vechtersbaas, groot en sterk als ze was. Ze had een moeilijk temperament, en daarbij had ze een kwaaie dronk over zich, die haar humeur nog slechter maakte. Brynhildur was in haar slechtste buien meer dan eens slaags geraakt met de politie en geboeid naar de Hverfisgata gebracht om haar roes uit te slapen. In de loop van de tijd had ze verscheidene mannen gekend en lang geleden van een van hen een zoon gekregen. Elínborg was een beetje huiverig voor Binna Geirs, al was het tussen hen nooit tot een echte confrontatie gekomen. Ze had eigenlijk gewild dat Sigurður Óli op dit bezoek ter ondersteuning was meegegaan, maar was er niet in geslaagd hem te pakken te krijgen.

'Nee, niet dat ik weet,' zei Elínborg. 'Zou ik binnen mogen komen om even met hem te praten?'

Brynhildur staarde Elínborg aan alsof ze haar wilde taxeren voordat ze deur verder opendeed om haar binnen te laten. Een oude, bekende etenslucht vulde Elínborgs neus en mond. Brynhildur was bezig stokvis te koken. Het was middag en het begon al donker te worden. Nergens in huis brandde licht, het schijnsel vanaf de straat was het enige licht binnen. Het was ook koud in huis, alsof de stadsverwarming afgesloten was. Berti lag op de bank te slapen. Brynhildur gaf hem een por met de pollepel en zei hem dat hij wakker moest worden. Berti gaf geen sjoege, waarop Brynhildur hem bij zijn benen pakte en deze van de bank af schoof, zodat Berti op de grond viel.

In één klap was hij wakker, sprong overeind, en ging op de bank zitten.

'Wat gebeurt er?' vroeg hij confuus, half wakker, half in slaap nog.

'Er is visite voor je; we gaan trouwens eten ook,' zei Brynhildur en ze verdween naar de keuken.

Elínborgs ogen raakten langzaam aan het donker gewend. Ze zag vochtplekken op het oude behang, oeroude en versleten meubels, vuile matten op de houten plankenvloer.

'Wat is dit verdomme voor een gedoe?'

'Ik wou je een paar vragen stellen,' zei Elínborg.

'Vragen… wat… wie ben jij?' vroeg Berti, die haar in de schemer niet erg duidelijk kon zien.

'Ik heet Elínborg, ik ben van de politie.'

'Smerissen?'

'Ik zal je niet lang ophouden. We proberen momenteel na te gaan hoe de drug rohypnol in handen is gekomen van een man die kortgeleden vermoord is. Je hebt er misschien wel wat van op het journaal gezien.'

'Wat heb ik daarmee te maken?' zei Berti, nog hees van de slaap en nauwelijks zichzelf bij dit onverwachte bezoek.

'We weten dat jij wel eens spul verkoopt dat alleen maar op doktersrecept te krijgen is,' zei Elínborg.

'Ik? Dat verkoop ik niet. Ik verkoop helemaal niks.'

'Doe maar niet alsof. Je staat bij ons op de lijst. Je bent al eens veroordeeld.'

Elínborg haalde een foto van Runólfur uit haar zak en reikte hem Berti aan. 'Kende jij Runólfur?'

Berti pakte de foto aan. Hij boog zich naar de lamp op tafel en deed hem aan. Zijn bril lag bij de lamp; hij zette hem op. Langdurig bekeek hij de afbeelding van Runólfur.

'Is dit niet de foto die ook in de kranten heeft gestaan?' vroeg hij.

'Dat is dezelfde foto, ja,' zei Elínborg.

'Ik heb die man pas voor het eerst op het journaal gezien,' zei Berti en hij legde de foto tussen hen in op tafel. 'Waarom is hij vermoord?'

'Daar proberen we achter te komen. Hij had rohypnol bij zich, en dat had hij niet van de dokter gekregen. We denken dat hij het heeft gekocht van iemand als jij. Hij zou dat spul wel eens gebruikt kunnen hebben om in de drank te doen van vrouwen die hij ontmoette.'

Berti keek Elínborg langdurig aan. Ze wist dat hij nu zat af te wegen wat hij moest doen: behulpzaam zijn of zijn mond houden. Vanuit de keuken, waar Brynhildur achter haar fornuis stond, klonk gerammel van borden. Berti had voor diverse misdrijven in Hraun gezeten, inbraak, vervalsing van documenten, handel in verdovende middelen, maar je kon moeilijk volhouden dat hij een keiharde misdadiger was.

'Aan dat soort lui verkoop ik niks,' zei hij ten slotte.

'Dat soort lui?'

'Die dat daarvoor gebruiken.'

'Weet jij dan hoe ze het gebruiken?'

'Dat wéét ik gewoon. Ik verkoop niet aan zulke vuilakken. Aan zulke lui verkoop ik gewoon niks. En die man heb ik ook nooit gezien. Ik lieg niet. Ik heb hem nooit wat verkocht. Ik weet echt wel aan wie ik verkoop en aan wie niet.'

Brynhildur kwam de kamer in en keek nijdig naar Berti. Nog steeds had ze de pollepel in haar hand. De stank van de stokvis kwam met haar mee uit de keuken.

'Waar zou hij dat dan nog meer hebben kunnen krijgen?' vroeg Elínborg.

'Dat weet ik niet,' zei Berti.

'Wie verkopen er allemaal rohypnol?'

'Dat moet je niet aan mij vragen. Ik weet nergens van. En al wist ik het, dan nog zou ik het je niet vertellen.'

Een klein maar zelfgenoegzaam glimlachje speelde over Berti's gezicht.

'Gaat het over die viezerik die ze zijn keel doorgesneden hebben?' vroeg Brynhildur en ze keek scherp naar Elínborg.

'Ja.'

'Die met die verkrachtingsdrug?'

Elínborg knikte.

'We proberen erachter te komen waar hij die vandaan heeft.'

'Heb jij die aan hem verkocht?' vroeg Brynhildur en ze keek naar Berti, die een schuwe zijdelingse blik naar haar wierp.

'Nee, ik heb niks aan hem verkocht,' zei hij. 'Ik zeg net tegen haar dat ik die man nog nooit gezien heb.'

'Je hoort het,' zei Brynhildur.

'Maar hij zou me iemand kunnen noemen die mogelijk de drug aan die man geleverd heeft,' zei Elínborg.

Brynhildur keek lang en nadenkend naar haar.

'Was dat geen verkrachter, die viezerik?' vroeg ze.

'Er wijst het een en ander in die richting, ja,' zei Elínborg.

'Het eten is klaar, Berti,' zei Brynhildur. 'Je vertelt haar wat je weet. En dan kom je hier.'

Berti stond op.

'Wat ik niet weet kan ik haar ook niet vertellen,' zei hij.

Brynhildur liep weer naar de keuken, maar stopte in de deuropening. Ze draaide zich om, wees met haar pollepel naar Berti en gebood: 'Je vertelt het aan haar!'

Berti keek naar Elínborg; zijn gezicht vertoonde spiertrekkingen.

Brynhildur ging de keuken binnen en gaf nog een brul over haar schouder. 'En dan kom je je vis eten!'

11

Elínborg keek op de wekker op het nachtkastje. 00:17.

In zichzelf begon ze weer terug te tellen vanaf 10.000.

9999, 9998, 9997, 9996...

Zo probeerde ze de gedachten te verdrijven, tot er niets meer was dan die betekenisloze reeks getallen. Dat was haar methode om haar geest tot rust te brengen en in slaap te komen.

Soms, als ze 's avonds de slaap niet kon vatten, gebeurde het wel dat haar geest vele jaren terug zwierf, naar een periode in haar leven waar ze ook weer niet zo verrukt van was dat ze er graag bij wilde blijven stilstaan. Die periode was verbonden met haar eerste man. Elínborg, die toch nooit iets overhaastte, alle dingen, grote en kleine, op een weloverwogen manier af-handelde, was een huwelijk aangegaan dat weinig toekomst bleek te heb-ben.

Toen ze geologie studeerde leerde ze een student kennen; hij kwam uit de Westfjorden en heette Bergsteinn. Zijn naam was op de faculteit aanlei-ding tot onschuldige grapjes, die hij niet erg kon waarderen: als het over hemzelf ging was zijn gevoel voor humor beperkt. Hij was een tamelijk in-troverte maar sympathieke jongeman, en op de jaarlijkse reis van de ge-ologiestudenten trokken ze met elkaar op. Van toen af bleven ze elkaar ontmoeten. Ze gingen samenwonen en leefden van hun studiebeurzen, die in die tijd royaal waren. Na twee jaar besloten ze te trouwen. Na de amb-telijke formaliteiten hielden ze voor hun vrienden en familie een groot en uitgebreid feest. Op die dag meende Elínborg dat ze voortaan samen ge-lukkig verder zouden leven. Dat was niet het geval.

Toen het huwelijk op de klippen dreigde te lopen had ze de geologie-studie eraan gegeven en was ze bij de politie gaan werken. Bergsteinn be-gon overal conferenties te bezoeken, eerst als employé, later als staflid van het Rijksbedrijf voor Diepteboringen. Elínborg had al een tijdlang het ge-voel dat er problemen op komst waren. Tekenen in die richting waren de lange perioden dat Bergsteinn van huis was, zijn gebrek aan interesse in alles wat haar raakte, en zijn plotseling veranderende houding tegenover de toekomst en het stichten van een gezin. Ten slotte bekende hij op een dag, erg slecht op zijn gemak, dat hij op een conferentie in Noorwegen een vrouw had leren kennen, een IJslandse aardwarmtespecialist naar hij zei. Nadien waren ze elkaar blijven ontmoeten, bijna een halfjaar nu, en met haar wilde hij verder. Elínborg vond het grappig toen hij zo nadrukkelijk zei dat ze aardwarmtespecialist was. Misschien was dat een reactie op dat onverwachte bericht. Daarna brak er een razende woede bij haar los. Ze had geen zin om naar zijn verontschuldigingen en verklaringen te luisteren, en nog minder om met een andere vrouw om hem te moeten vechten. Ze zei hem dat hij kon opdonderen.

Ze wist niet waar het aan lag dat hij genoeg van haar had of wat de reden was dat hij op andere veroveringen uit was geweest, maar ze hield het erop dat het iets in hemzelf was, en dat het feitelijk niet met háár te maken had. Ze hoefde, toen het eenmaal zover was gekomen, ook niet meer te horen hoe hij over hun huwelijk dacht. Zelf was ze in hun relatie oprecht geweest, had hem gerespecteerd, van hem gehouden, en ze had gemeend dat dit wederzijds was. Het pijnlijkst was het te weten dat dit niet zo was; het bitterste vond ze de afwijzing, zonder dat ze er met iemand over kon praten. In Elínborgs visie lag de schuld voor wat hun overkomen was volledig bij hem en was het feitelijk ook zíjn probleem als hij wilde scheiden. Zoete broodjes werden wat haar betreft niet gebakken. De scheiding verliep verder zonder veel conflicten. Bergsteinn had het huwelijk kapotgemaakt en pakte zijn biezen. Ingewikkelder dan dat was het niet.

Haar moeder zei, vanachter smaakloze lever met een bruine uiensaus, dat ze nooit goed met Bergsteinn overweg had gekund; ze vond hem een idioot, iemand die altijd wat anders wilde.

'Maak je niet zo druk,' zei Elínborg, en ze knabbelde aan de lever.

'Ach, het is altijd een waardeloze stommeling geweest,' zei haar moeder.

Ze wist dat dit haar moeders manier was om haar te troosten, omdat ze haar dochter kende en wist dat de pijn dieper kerfde dan Elínborg wilde toegeven. Ze was neerslachtiger en eenzamer dan ze ooit geweest was en wilde absoluut niet over Bergsteinn en de scheiding praten. Ze koos ervoor om het leven maar te nemen zoals het kwam, maar inwendig kookte ze van woede, machteloosheid en spijt – die ze uit alle macht probeerde te onderdrukken.

Haar moeder was veel meer op Teddi gesteld en werd nooit moe te zeggen dat je hem helemaal kon vertrouwen.

'Je kunt zo op hem rekenen, op onze Theodor,' zei ze.

En dat was ook zo. Elínborg ontmoette een zeer vitale en montere Teddi op het jaarfeest van de politie. Hij was ernaartoe gegaan met een vriend die toen nog bij de politie was. Elínborg stond in die tijd niet erg open voor een andere relatie. Teddi, net als zij achtentwintig jaar, was daar meer op uit. Hij verzon het ene trucje na het andere om haar te strikken, ging met haar van het jaarfeest mee naar huis, belde haar twee dagen later op, en na weer twee dagen opnieuw, ging met haar naar de bioscoop en nam haar mee uit eten. Ze vertelde hem over haar mislukte huwelijk. Hij had nog nooit een relatie gehad. Ze kwam erachter dat hij een zus had die door kanker lange tijd ernstig ziek was geweest. Dat hoorde ze van Teddi's vriend bij de politie. De volgende keer dat ze elkaar weer ontmoetten vroeg ze voorzichtig naar de zuster. Hij vertelde haar dat ze een alleenstaande moeder was en dat ze een zoon had, die erg aan hem gehecht was. Ze had jarenlang tegen de ziekte gevochten, maar het leek wel of ze niet wilde winnen. Hij had Elínborg wel over haar willen vertellen, maar geaarzeld omdat hij nog niet wist hoe hun relatie zich zou ontwikkelen. Teddi's zuster bleek erg benieuwd te zijn naar Elínborg en uit te kijken naar een ontmoeting. Op een dag nam hij haar mee naar zijn zus, en ze hadden een lang gesprek terwijl het jongetje met zijn oom een tochtje op een koelwagen maakte. Teddi was tactvol en zorgzaam voor zijn zus. Elínborg zag elke dag nieuwe kanten aan hem.

Een halfjaar later trok ze bij Teddi in, die een klein eenpersoonsappartement in de Háaleitiwijk had en samen met zijn vriend een garagebedrijf runde. Ze kregen een jaar later een pleegkind, toen Teddi's zuster aan kanker overleed. De vader van het jongetje kende de moeder nauwelijks, had nooit bij haar gewoond en zich ook nooit iets van het kind aangetrokken. Het jongetje, dat Birkir heette, was zes jaar, en zijn moeder had Teddi en Elínborg gevraagd voor hem te zorgen. Ze kochten een groter appartement en adopteerden het jongetje, dat zijn moeder ontzettend miste. Elínborg nam het onvoorwaardelijk aan als haar kind. Ze probeerde zo goed als ze kon zijn verdriet te verzachten, ging korter werken en lette erop of hij zich op zijn nieuwe school wel goed zou aanpassen. Elínborgs ouders beschouwden het jongetje vanaf het begin als hun eigen kleinkind.

Elínborg trouwde niet voor de tweede keer. Teddi en zij woonden ongehuwd samen. Valþór kwam ter wereld, en Aron, en ten slotte Theodóra. Ze keken allemaal erg tegen Birkir op, vooral Valþór, die hem vanaf het allereerste moment als zijn grote voorbeeld beschouwde. Hij gaf zijn moeder de schuld van wat er gebeurde toen Birkir uit huis ging; het maakte dat hun verhouding nog stroever werd.

Elínborg keek op de wekker. 3:08.

Ze kon op zijn hoogst nog vier uur slapen en wist dat de dag van morgen door slaapgebrek een niet te overziene ellende zou zijn. Teddi sliep rustig naast haar; ze was jaloers op hem om de innerlijke rust die zo kenmerkend voor hem was. Ze dacht erover naar de keuken te gaan om recepten door te nemen, maar had daar toch geen zin in; ze begon nog een keer terug te tellen vanaf 10.000.

9999, 9998, 9997, 9996…

Sportschool De Firma leek tamelijk veel op het bedrijf dat Elínborg het eerst had bezocht, zij het dat het flink wat groter was en over een betere locatie in de stad beschikte. Ze verscheen er de volgende dag, tollend van de slaap. Het was zaterdag, een week na de moord op Runólfur, en er was al een stroom mensen op gang gekomen, allemaal zwoegend tot ze niet meer konden. Sommigen hadden kinderen bij zich; De Firma bood kinderoppas aan. Elínborg kon haar ergernis niet helemaal onderdrukken toen ze door die oppasruimte liep: veel meer dan een magazijn was het niet. Ze zag een grote groep kinderen naar een tv-programma op een flatscreen kijken. Het gebrekkige contact tussen ouders en kinderen was een van haar stokpaardjes. Die kleine kinderen zaten de hele week op de kleuterschool, van 's morgens vroeg tot vijf uur 's middags, en werden daarna eventueel nog naar een oppas gebracht, terwijl hun ouders als gekken op de loopband renden. De kinderen zouden op gewone dagen natuurlijk rond negen uur naar bed gaan. Dan hadden ze alles bij elkaar twee uur van de dag samen met hun ouders doorgebracht, twee uur die voornamelijk gebruikt werden om ze te eten te geven en naar bed te brengen. Elínborg schudde haar hoofd. Toen de kinderen nog jong waren, waren Teddi en zij minder gaan werken om beter voor hen te kunnen zorgen. Ze hadden dat niet als een offer beschouwd, meer als een plezierige noodzaak.

Elínborg werd naar de directeur van het bedrijf gebracht. Hij nam net twee nieuwe flatscreens in ontvangst, die in de grote zaal moesten worden opgehangen. Er moest met de bestelling iets zijn misgegaan, want hij nam geen genoegen met een van de schermen en zat daar juist luidkeels over te bellen. Toen hij opgehangen had, staarde hij naar haar alsof hij water zag branden en vroeg wat er aan de hand was.

'Aan de hand?' zei Elínborg. 'Er is niks aan de hand.'

'Nou,' zei de directeur, 'wat wil je dan?'

'Ik wilde je graag wat vragen over een man die hier vaak kwam, maar een of twee jaar geleden gestopt is. Ik ben van de politie. Je zult waarschijnlijk wel in het nieuws over hem gehoord hebben.'

'Nee.'

'Hij woonde in Þingholt.'

'Die man die vermoord is?' zei de directeur.

Elínborg knikte.

'Kun je je die nog herinneren?'

'Ja, die kan ik me nog best herinneren. We waren nog niet zo populair toen, ik kende bijna iedere afzonderlijke klant. Nou is het hier helemaal een gekkenhuis. Maar wat is er met hem? Heeft het op de een of andere manier met ons te maken?'

Er verscheen een tienermeisje aan de deur van de directeurskamer.

'Bij de kinderoppas heeft een kind alles ondergespuugd,' zei ze.

'En?'

'We kunnen de ouders niet vinden.'

De directeur glimlachte verontschuldigend naar Elínborg.

'Praat maar met Silla,' zei hij tegen het meisje. 'Die vindt er wel wat op.'

'Ja, maar die kan ik dus niet vinden.'

'Je ziet dat ik in bespreking ben,' zei de directeur. 'Ga Silla maar zoeken, schatje.'

'Dat kind is hartstikke ziek,' zei het meisje nijdig. 'Hier heb ik dus echt geen zin in,' mopperde ze en ze verdween weer.

'Het gaat over Runólfur, is het niet?' zei de directeur, die gekleed was in blauwe sportkleding van een zeer gewild en peperduur merk.

'Kende je hem?'

'Alleen maar als klant. Hij kwam hier regelmatig, eigenlijk al vanaf het begin, vier jaar geleden. Hij was een van onze eerste leden, daardoor onthoud je hem waarschijnlijk beter dan een heleboel anderen. En toen opeens kwam hij niet meer. Het was een nette vent. Lette goed op zijn conditie.'

'Weet je ook waarom hij niet meer kwam?'

'Ik heb geen idee. Ik heb hem nooit meer gezien. En toen zag ik hem op het journaal, ik kon het niet geloven. Maar waarom vraag je bij ons naar hem? Wij hebben hem toch niks misdaan?'

'Nee, niet dat ik weet. Dit is gewoon een routineonderzoek. Omdat hij hier vroeger kwam. Waren er nog anderen die ongeveer dezelfde tijd als hij gestopt zijn? Mensen die hier trainden?'

De directeur dacht na.

'Dat zou ik zo niet weten.'

'Een vrouw misschien?'

'Nee, ik geloof het niet.'

'Weet je nog of hij hier populair was, als lid?'

'O ja, dat was hij zeer zeker, hij was echt heel populair. Er was wel...'

'Ja?'

'Je vroeg toch naar vrouwen die ermee gestopt zijn?'

'Ja.'

'Nou je het zegt, er is er een geweest, een die bij me gewerkt heeft,' zei de directeur. 'Ik kan me niet meer herinneren of ze er tegelijk mee zijn opgehouden, maar beslist wél in dezelfde periode. Dat was ene Fríða, maar hoe ze verder heette weet ik niet meer. Keurig meisje. Personal trainer. Ik kan haar naam wel voor je opzoeken als je dat wilt. Ze hadden iets met elkaar.'

'Was het een stel?'

'Nee, zo lang heeft het niet geduurd, geloof ik. Maar het klikte wel tussen die twee, en ik dacht ook wel dat ze samen uitgingen en zo.'

De jonge vrouw kwam aarzelend het appartement binnen dat Runólfur in Þingholt gehuurd had. Ze keek angstig om zich heen, alsof ze het allerergste verwachtte.

Elínborg liep direct achter haar. De vrouw had haar beide ouders bij zich, en ook de psychiater die haar had begeleid. Elínborg had grote druk op haar en haar ouders moeten uitoefenen om haar mee te krijgen. Ten slotte was haar moeder het met Elínborg eens geweest en spoorde ze haar dochter vastberaden aan de politie te helpen.

Niets in de woning was van plaats veranderd vanaf het moment dat het lichaam van Runólfur liggend op de vloer was aangetroffen. De sporen van de moord waren nog duidelijk zichtbaar, en de jonge vrouw durfde niet verder toen ze het zwarte gestolde bloed op de vloer zag.

'Ik wil hier niet naar binnen,' zei ze en ze keek vragend naar Elínborg.

'Ik weet het, Unnur,' zei Elínborg bemoedigend. 'Het duurt maar heel even en dan kun je naar huis.'

Unnur liep aarzelend door het halletje de kamer binnen en vermeed naar het bloed te kijken. Ze keek naar de posters met de superhelden en naar de bank en de huiskamertafel en de televisie. Ze keek naar het plafond.

'Ik geloof niet dat ik hier ooit geweest ben,' fluisterde ze, heel zacht in zichzelf. Ze liep voetje voor voetje de kamer uit, de keuken in. Elínborg volgde haar als haar schaduw. Ze hadden de auto van Runólfur bekeken, die de politie in bewaring had, maar die kwam Unnur niet bekend voor.

Het was natuurlijk ook heel goed mogelijk dat ze zich niets wílde herinneren.

Ze liepen nu door de slaapkamerdeur en Unnur staarde naar het twee-persoonsbed aan haar voeten. Het dekbed lag op de vloer; twee kleine kussens lagen aan het hoofdeinde. Net als in de kamer was er een parketvloer. Twee nachtkastjes stonden aan weerszijden van het bed. Elínborg stelde zich voor dat die dienden om de inrichting van de kamer af te maken, want Runólfur zou voor zichzelf wel geen tweede nachtkasje nodig hebben gehad. Op beide stonden leeslampjes. Ze getuigden van de smaak van de eigenaar, net als alle andere dingen in het appartement, zoals Elínborg al direct had opgemerkt. Aan beide kanten van het bed lagen vloermatjes. De kleren hingen aan de stangen in de klerenkast, de shirts waren zorgvuldig opgevouwen, sokken en ondergoed lagen in laden. De woning liet zien dat Runólfur zijn leven netjes op orde had gehad en zorgvuldig met zijn spullen omging.

'Ik ben hier nog nooit geweest,' zei Unnur, en Elínborg zag dat ze opgelucht was. Ze stond stil in de deur naar de slaapkamer, alsof ze er niet naar binnen durfde te gaan.

'Weet je het zeker?' zei Elínborg.

'Ik voel hier niks,' zei Unnur. 'Ik herinner me niks van deze plek.'

'We hebben tijd genoeg.'

'Nee, ik kan me niet herinneren dat ik hier geweest ben. Hier niet en in de andere kamers ook niet. Kunnen we nu weg? Ik kan jullie niet helpen. Helaas. Ik voel me beroerd in dit huis. Kunnen we weg?'

Unnurs moeder keek vragend naar Elínborg.

'Maar natuurlijk,' zei Elínborg. 'Dank je wel. Ik weet dat dit niet makkelijk voor je was.'

'Is ze hier binnen geweest?'

Unnur deed één stap de slaapkamer in.

'We denken dat hij een vrouw bij zich had toen hij werd vermoord,' zei Elínborg. 'Hij heeft vlak voordat hij werd aangevallen seks gehad.'

'Die arme ziel,' zei Unnur. 'Ze is hier tegen haar wil naartoe gebracht.'

'Dat zou kunnen.'

'Maar als hij haar die verkrachtingsdrug gegeven heeft, hoe kan ze hem dan hebben aangevallen?'

'Dat weten we niet. We weten niet wat er gebeurd is.'

'Mag ik nu naar huis?'

'Natuurlijk. Wanneer je maar wilt. Bedankt dat je dit hebt willen doen, ik weet dat het moeilijk voor je was.'

Elínborg begeleidde hen weer naar buiten en nam voor het huis in Þingholt afscheid van hen. Ze zag de familie de straat uit gaan. Het was een triest gezelschap. Ze dacht bij zichzelf dat ze alle drie slachtoffer waren van geweld en vernedering van de grofste soort. De beslotenheid van hun eigen leven was geschonden en er het enige wat ze konden doen was stil huilen.

Elínborg trok haar jas dicht om zich heen toen ze naar de auto liep en vroeg zich af of ze weer zo'n zware, slapeloze nacht voor de boeg zou hebben.

12

Fríða leek tamelijk veel op Lóa. Ze was van ongeveer dezelfde leeftijd, iets steviger, ze had donker haar en mooie bruine ogen achter een fragiel brilletje. Dat de politie bij haar langskwam was niet echt een verrassing voor haar. Ze zei dat ze al min of meer op het punt had gestaan om contact op te nemen, nadat ze gehoord had van de drug die op de plaats van de moord was aangetroffen. Ze was open en levendig, en bereid Elínborg alles te vertellen wat ze wist.

'Het is om doodsbenauwd van te worden als je het in de krant leest,' zei ze. 'Ik wist niet wat ik doen moest, het was ook zo choquerend. En dan te bedenken dat je een keer met die man naar huis bent gegaan. Hij had míj wel kunnen vergiftigen.'

'Ben je bij hem thuis geweest?' vroeg Elínborg.

'Nee, hij kwam hier. Het is maar één keer geweest, en dat was genoeg ook.'

'Wat is er dan gebeurd?'

'Ja, dat is zo moeilijk,' zei Fríða. 'Ik weet eigenlijk niet hoe ik het moet zeggen. Ik kende hem tamelijk goed, maar zonder dat we… met elkaar geweest zijn of zo. En ik ben ook niet gewend om zulke dingen te doen. Absoluut niet. Ik… er wás trouwens iets met hem.'

'Je bent niet gewend om wát te doen?'

'Met ze naar bed te gaan,' zei Fríða met een pijnlijk glimlachje. 'Alleen maar als ik helemaal zeker zou zijn.'

'Zeker waarvan?'

'Dat ze fatsoenlijk waren.'

Elínborg knikte alsof ze wist wat Fríða bedoelde. Toch was ze daar helemaal niet zo zeker van. Ze keek het appartement rond. Fríða zei dat ze alleen woonde, samen met de twee katten die om Elínborgs voeten heen draaiden. Die trokken zich niets van haar aan. Een van de twee sprong op haar schoot. Het appartement lag op de tweede verdieping van een flatgebouw in een betere buurt van Reykjavík. Vaag waren door het kamerraam, tussen twee andere flatgebouwen door, de contouren van de Bláfjöll te zien.

'Nee, ik bedoel, ik heb wel eens op van die datingsites gekeken, en bij Players en zo,' voegde Fríða er ter verklaring aan toe en ze werd nu een beetje verlegen. 'Je probeert de beste eruit te pikken. Alleen, de markt is... die jongens zijn geen droomprinsen.'

'De markt?'

'Je weet wel wat ik bedoel.'

'Ben je vanwege Runólfur opgehouden met fitnessen?' vroeg Elínborg.

'Zo zou je het wel kunnen zeggen, in zekere zin, ja. Ik had er geen trek in om hem nog eens tegen te komen. Toen hoorde ik dat hij zelf ook gestopt was en ergens anders naartoe was gegaan. Ik heb hem nooit meer teruggezien, tot op het journaal dan.'

'Hij was dus niet fatsoenlijk, zoals jij dat noemt?' zei Elínborg. Ze duwde de kat weg, die miauwend op de vloer sprong en in de keuken verdween. Nu sprong de andere kat op haar schoot. Ze was niet bijzonder op katten gesteld, en het leek wel of die zich dat bewust waren: ze probeerden met taaie volharding bij haar te komen, als om haar op andere gedachten te brengen. Stoppen kwam niet in ze op.

'Ik had hem nooit thuis moeten uitnodigen,' zei Fríða. 'Hij wilde dat we naar hem zouden gaan, maar dat heb ik geweigerd. Toen werd hij een beetje nijdig, al probeerde hij dat niet te laten merken.'

'Was hij gewend zijn zin te krijgen, denk je? Was dat het?'

'Dat weet ik niet. Weten jullie wat van hem?'

'Bijna niks. Heeft hij wel eens wat over zichzelf verteld?'

'Heel weinig.'

'We weten dat hij van buiten de stad kwam.'

'Daar heeft hij nooit iets van verteld. Ik dacht dat hij uit Reykjavík kwam.'

'Heeft hij wel eens wat over zijn vrienden of familie gezegd?'

'Nee, in dat opzicht kende ik hem ook al niet zo goed. We praatten over fitness en films en dat soort dingen. Hij vertelde me niks over zichzelf of over de mensen met wie hij omging. Ik weet wel dat hij een vriend had die hij Eddi noemde. Maar die heb ik nooit gezien.'

'Wat vond je van Runólfur, als je afgaat op de korte tijd dat je hem gekend hebt?'

'Hij vond dat hij het geweldig met zichzelf had getroffen,' zei Fríða, en ze duwde haar bril wat hoger op haar neus. 'Dat weet ik gewoon. Hij aanbad zichzelf. Zoals daar bij De Firma. Hij zag er goed uit en dat mocht iedereen weten ook. Liep altijd kaarsrecht, en als er vrouwen in zijn buurt waren liet hij goed merken dat hij er was. Het leek alsof hij zich steeds moest laten zien.'

'Dus…'

'En verder zat er echt iets fout bij hem,' onderbrak Fríða Elínborg.

'Fout?'

'Je weet wel… met vrouwen.'

'Er is een verkrachtingsdrug bij hem thuis gevonden, maar we weten niet zeker of hij die heeft gebruikt,' zei Elínborg. Ze zei er niet bij dat het middel ook in zijn lichaam was aangetroffen.

'Nee, dat bedoel ik niet,' zei Fríða. 'Ik heb wel gelezen over die rohypnol die jullie hebben gevonden. Het verbaasde me niks.'

'Hoezo?'

'Hij was totaal geschift, die ene keer dat we… nou ja, je weet wel…'

'Ik weet niet helemaal of…'

'Het is niet echt leuk om het erover te moeten hebben,' verzuchtte Fríða.

'Je hebt hem dus behoorlijk goed gekend,' zei Elínborg en ze probeerde te begrijpen welke kant het gesprek op ging.

'Nee, eigenlijk niet,' zei Fríða. 'Niet echt goed. Ik kende eigenlijk alleen maar van die knullen die bij zo'n sportschool naar binnen stappen en denken dat ze het voor het zeggen hebben. Maar híj was altijd reuze correct als hij met me praatte. We kletsten wel eens met elkaar en één keer heeft hij me gevraagd of we niet eens uit eten konden gaan. Ik was daar best voor in. Hij was oké, dat was het punt niet. Had een vlotte babbel, kon geestig zijn en zo. En toch merkte ik… merkte ik dat het niet helemaal goed zat met hem.'

'Praatte hij daar wel eens over?'

'Nee, helemaal niet. Niet tegen mij. Als dat ter sprake kwam deed hij een beetje stuntelig en gegeneerd, weet je. En toen werd hij gewoon creepy.'

'O ja?'

'Ja, hij wilde dat ik…'

'Nou?'

'Ach, ik weet ook niet of…'

'Wat wilde hij?'

'Dat ik me dood hield.'

'Dood?' zei Elínborg.

Fríða keek haar aan.

'Dood,' herhaalde ze.

'Bedoel je…?' Het was Elínborg niet helemaal duidelijk wat Fríða beschreef.

'Ik mocht me niet bewegen, als je begrijpt wat ik bedoel. Ik moest alleen maar stilliggen en mocht nauwelijks ademhalen. Toen begon hij me te slaan en uit te schelden. Hij ging maar door. Het leek wel of hij in een andere wereld was.'

Fríða rilde.

'Zo pervers als wat!' zei ze.

'Maar het was geen verkrachting?'

'Nee. En echt pijn heeft hij me ook niet gedaan. Het waren geen harde klappen.'

'En wat heb jij gedaan?'

'Ik verstijfde helemaal. Hij scheen er een kick van te krijgen, en toen was het ineens afgelopen. En daarna was het eigenlijk maar een zielenpoot. Hij ging gewoon weg zonder wat te zeggen. Ik lag doodstil; ik wist eigenlijk niet wat er gebeurde. Ik heb er met niemand over gepraat, op de een of andere manier was dat te… je schaamt je er gewoon voor. Het was geen verkrachting, maar ik voelde me alsof ik verkracht was. Op het ogenblik denk ik: zoals het gegaan is, was het precies zoals hij wilde. Zo zat het, denk ik.'

'En heb je hem daarna nooit meer gezien?'

'Nee. Ik ging hem uit de weg en hij heeft ook nooit meer contact gezocht. Nog een geluk. Ik voelde me misbruikt. Ik wilde hem van mijn levensdagen niet meer terugzien. Nooit meer.'

'En daarna ben je gestopt met fitnessen?'

'Ja, natuurlijk. Ik… het is net of ik er smerig van word, alleen al als ik erover praat, en al helemaal nu ik over hem gelezen heb, over wat er gebeurd is.'

'Wist je of weet je iets van andere vrouwen in zijn leven?'

'Nee,' zei Fríða. 'Ik weet niks van hem en ik wil niks weten ook.'

'Heeft hij het niet over andere vrouwen gehad, of…?'

'Nee. Helemaal niet.'

Elínborg klopte op de deur. De dealer die Berti na sterk aandringen genoemd had heette Valur en woonde met zijn vriendin en twee kinderen in een flat aan de Fellsmúli. Het onderzoek was maar weinig opgeschoten. Elínborg was nog niets wijzer geworden over de sjaal, en de kledingzaken in Reykjavík en omgeving beweerden dat ze geen poloshirts met de opdruk 'San Francisco' verkochten.

Een man van in de veertig deed open en staarde Elínborg aan. Hij had een klein kind op zijn arm en keek met uitdagende blik beurtelings naar haar en Sigurður Óli. Elínborg had het maar beter gevonden Sigurður Óli mee te nemen. Van deze Valur wist ze niet zo veel af. Zo nu en dan was hij op de stranden van de afdeling narcotica aan komen spoelen, als gebruiker en als verkoper, maar hij werd niet als een grote vis beschouwd. Hij was een keer opgepakt wegens hasjsmokkel op kleine schaal en had daarvoor een voorwaardelijke straf gekregen. Het was niet uitgesloten dat Berti tegen haar had gelogen. Mogelijk wilde hij Valur in moeilijkheden brengen. Misschien wilde hij zich op hem wreken. Of misschien had hij maar wat gezegd om zijn Binna te kalmeren.

'Wat willen jullie?' vroeg de man met het kind op zijn arm.

'Ben jij Valur?' vroeg Elínborg.

'En wat gaat jullie dat aan?'

'Wat ons dat aangaat?' zei Elínborg.

'Ja.'

'We moeten...'

'We moeten hem spreken,' zei Sigurður Óli bot. 'Nou, wat dacht je ervan?'

'Had je wat?' vroeg de man.

'Ik zou maar netjes blijven, vriend,' zei Sigurður Óli.

'Ben jij Valur?' vroeg Elínborg weer, die zich afvroeg of het geen vergissing was geweest Sigurður Óli mee te nemen.

'Ik heet Valur,' zei de man. 'En wie ben jij?'

Hij nam het kind op zijn andere arm en keek beurtelings naar hen.

'We zijn bezig informatie te verzamelen over een man die Runólfur heet,' zei Elínborg, en ze stelde zichzelf en Sigurður Óli voor. 'Zouden we even mogen binnenkomen om een praatje te maken?'

'Jullie komen er hier niet in,' zei Valur.

'Oké,' zei Elínborg. 'Kende jij die Runólfur?'

'Ik weet van geen Runólfur.'

Het kind hield een speelgoedje vast, waar het onophoudelijk op knaagde, een zoet hummeltje, veilig onder de hoede van haar vader. Elínborg stond op het punt te vragen of ze het even mocht vasthouden.

'Ze hebben hem de keel doorgesneden, bij hem thuis,' zei Sigurður Óli.

Valur keek hem aan en had moeite zijn verachting verbergen.

'Daar ken ik hem echt niet beter door,' zei hij.

'Kun je ons vertellen waar je was toen zijn keel werd doorgesneden?' zei Sigurður Óli.

'We denken dat jij...'

Elínborg kwam niet verder.

'Móét ik eigenlijk met jullie praten?' zei Valur.

'We zijn alleen maar bezig informatie te verzamelen,' zei Elínborg. 'Verder niks.'

'Ja, jullie kunnen naar de hel lopen,' zei Valur.

'Of je geeft hier antwoord op onze vragen, of je gaat met ons mee,' zei Elínborg. 'Jij mag het zeggen.'

Valur bleef hen beurtelings aankijken.

'Ik zie er het nut niet van in om met jullie te praten,' zei hij en hij probeerde de deur voor hun neus dicht te smijten. Sigurður Óli gaf er een duw tegen en leunde ertegenaan.

'Dan ga je met ons mee,' zei hij.

Valur staarde hen aan vanachter de halfgesloten deur. Hij zag in dat het hun ernst was en hij wist dat hij niet zomaar van hen af was, ook al liet hij hen deze keer niet binnen.

'Idioot,' zei hij, en hij liet de deur los.

'Sukkel,' zei Sigurður Óli, en hij baande zich een weg naar binnen.

'Heerlijk,' zei Elínborg en ze volgde Sigurður Óli de woning in. Het was er een grote bende van wasgoed, kranten en etensresten, en er hing een niet te harden zure lucht. Valur was met het jongste kind alleen thuis. Hij legde het op de vloer. Het ging rustig rechtop zitten, trok zich niets van het bezoek aan, knauwde op haar speelgoed en kwijlde overvloedig.

'Wat willen jullie?' zei Valur, zich tot Elínborg richtend. 'Willen jullie soms beweren dat ik hem om zeep geholpen heb?'

'Is dat dan zo?' vroeg ze.

'Nee,' zei Valur. 'Ik kende die man niet eens.'

'Wij denken dat je hem heel goed gekend hebt,' zei Sigurður Óli. 'Moet je hier eigenlijk niet eens een keer opruimen?' voegde hij eraan toe en keek om zich heen.

'Hoezo?'

'Ach man, kijk om je heen, dat is toch niet om aan te zien,' zei Sigurður Óli.

'Ben jij wel helemaal goed bij je hoofd?' zei Valur. 'Wie zegt dat ik hem goed gekend heb?'

'We hebben zo onze bronnen,' zei Elínborg.

'Dan is er iemand tegen jullie aan het liegen geweest.'

'Het zijn bronnen waar we van op aan kunnen,' zei Elínborg, die even niet wilde denken aan Mini-Berti.

'Wie? Wie beweert dat?'

'Dat gaat je niet aan,' zei Sigurður Óli. 'Wij hebben begrepen dat jij Runólfur kende, dat je spul aan hem verkocht hebt en het een en ander voor hem regelde.'

'Misschien was hij je nog geld schuldig,' zei Elínborg. 'Misschien ben je te ver gegaan toen je het kwam halen.'

Valur staarde haar aan.

'Hé wacht eens even, wat... wat is dit voor geouwehoer? Wie beweert dat? Ik kende die man niet, totaal niet. Iemand wil me wat in mijn schoenen schuiven. Moet ík hem vermoord hebben? Dat kan toch helemaal niet? Ik ben daar nooit in de buurt geweest, ik ben nooit bij hem in de buurt geweest. Niet eens geprobeerd zelfs!'

Het kind keek omhoog naar haar vader en stopte met knagen op het speelgoed.

'We kunnen je meenemen,' zei Elínborg. 'We kunnen je opsluiten. We kunnen zorgen dat je officieel als verdachte wordt aangemerkt. En zoals de zaak er nu voor staat, zit er waarschijnlijk ook weinig anders op. We moeten snel met iets komen. We kunnen je een aantal dagen vasthouden. Je neemt een advocaat. Dat kost het een en ander. De kranten en de televisie zullen zeggen dat we in verband met de zaak een man gearresteerd hebben. Ze gaan foto's van je opdelven. Er lekt iets uit bij het bureau – je weet hoe dat gaat, hè? De roddelpers brengt in het weekend op de voorpagina's een interview met je vriendin. De kleine meid hier samen met haar op de foto. Ik zie de kop al voor me: "Mijn Valur Is Geen Moordenaar!"'

'Wat... waarom denken jullie dat ik wat zou weten?'

'Speel geen spelletjes, man,' zei Elínborg en tilde het kind van de vloer. 'Jij laat een stelletje dokters recepten voor jezelf schrijven, voor alle mogelijke medicijnen. En die verkoop je dan weer voor exorbitante prijzen. Drugs op recept. Rohypnol bijvoorbeeld. Waarschijnlijk verkoop je die het meest aan cocaïnegebruikers om de klap van hun kater op te vangen. We hebben begrepen dat je ze ook van cocaïne voorziet, dus je bent zo'n beetje van algemeen nut voor ze. Misschien gebruik je zelf wel cocaïne. Ja, volgens mij is dat nogal aan je te merken ook. En dat is geen goedkoop spul. Hoe kun jij je dat eigenlijk permitteren?'

'Wat moet je met mijn kind?' zei Valur.

'Dus er is zo af en toe iemand die rohypnol gebruikt om…'

'Wil je wel van haar afblijven?' zei Valur en hij pakte het kind van haar af.

'Sorry. Dus er is zo af en toe iemand die rohypnol gebruikt om bij vrouwen in hun drankje te doen en dan gebruik te maken van het feit dat ze weerloos zijn. Dat noemen wij verkrachters. De vraag is dus deze: verkoop jij rohypnol aan verkrachters?'

'Nee,' zei Valur.

'Weet je het zeker?'

'Ja.'

'Hoe kun je daar zo zeker van zijn? Jij weet toch niet wat de lui aan wie jij drugs levert ermee doen?'

'Dat wéét ik gewoon. En die Runólfur kende ik niet.'

'Gebruik jij die drug zelf bij vrouwen?'

'Nee, wat voor…?'

'Is die flatscreen van jou?' vroeg Sigurður Óli, en hij wees naar een gloednieuw 42 inch plasmascherm in de kamer.

'Ja,' zei Valur, 'die is van mij.'

'Laat me het bonnetje dan eens zien,' zei Sigurður Óli.

'Het bonnetje?'

'Je zult toch wel een bonnetje hebben van zo'n duur toestel?'

'Ik… oké,' zei Valur, 'ik heb wel eens wat verkocht, dat weten jullie, ik sta in jullie dossiers. Maar dat doe ik niet meer. Drugs op recept heb ik nooit veel verkocht. De laatste keer dat ik rohypnol verkocht heb is al een halfjaar geleden. Aan een of andere idioot die ik nooit eerder gezien had, en die ik later niet meer teruggezien heb ook.'

'Niet aan Runólfur?' zei Elínborg, die doorhad dat Valur over van alles wilde praten, zolang het maar niet over het plasmascherm ging.

'Hij was ontzettend gestrest en zei dat hij Runólfur heette. Wilde me een hand geven alsof we een soort bijzondere ontmoeting hadden. Hij zei dat hij bij een neef van hem over me gehoord had. De naam heeft hij ook nog genoemd, maar die zei me niks. Het was net of hij dit voor de eerste keer van zijn leven deed.'

'Is hij vaak bij je geweest?'

'Nee, alleen maar die ene keer. Ik wist niet wie het was. Meestal kende ik ze wel, de klanten. Deze freak hoorde niet bij mijn vaste klantenkring.'

'En wat wilde hij met die rohypnol?'

'Hij zei dat hij dat kocht voor een vriend van hem. Dat zeggen ze meestal als ze het nog niet zo vaak gedaan hebben. Ze weten niet eens hoe zielig ze dan zijn.'

'En was het echt rohypnol?'

'Ja.'

'Hoeveel heeft hij gekregen?'

'Eén buisje. Tien tabletten.'

'Is hij hier geweest? Bij jou thuis?'

'Ja.'

'Was hij alleen?'

'Ja.'

'En het wás Runólfur?'

'Ja. Nee. Hij zei dat hij Runólfur heette, maar het was hem niet.'

'Het was niet die Runólfur die ze zijn keel hebben doorgesneden?'

'Het was niet die man van de krantenfoto's, nee.'

'En hij deed zich dus voor als Runólfur?'

'Weet ik veel. Misschien heette hij óók zo, toevallig. Je denkt toch zeker niet dat dat mij ook maar ene moer interesseert?'

'Hoe zag hij eruit?'

'Dat weet ik niet meer.'

'Je doet je best maar.'

'Zo ongeveer even lang als ik, ik denk in de dertig, bol gezicht, en al kaal aan het worden. Baardje. Ik weet het niet goed meer.'

Elínborg keek naar Valur en ineens zag ze de man voor zich met wie ze in haar kantoor had gesproken, de vriend van Runólfur. Eðvarð. Eddi. De beschrijving klopte tamelijk goed, half kaal en met een warrige baard.

'Nog meer?' vroeg ze.

'Nee. Meer weet ik niet.'

'Nou, hartelijk dank, hoor.'

'Ja, 't is goed met je. Sodemieter nou maar op.'

'Valur past tenminste goed op zijn kind,' zei Elínborg toen ze in de auto stapten. 'Ze had een droge luier om en ze had net te eten gehad, het kindje was helemaal gelukkig bij haar pappa.'

'Het is wel een smeerlap.'

'Ja, natuurlijk.'

'Heb je nog wat van Erlendur gehoord?' vroeg Sigurður Óli.

'Nee, niks. Zei hij niet dat hij een dag of wat naar de Oostfjorden wilde?'

'Hoe lang is dat geleden?'

'Al zeker een week.'

'Wat moet hij met zo'n lange vakantie?'

'Ik zou het niet weten.'

'En wat wou hij daar doen in het oosten?'

'Weer eens terug naar zijn geboortestreek.'

'Heb jij nog wat gehoord van die vrouw die hij regelmatig ziet?'

'Valgerður? Nee. Die kan ik wel eens bellen. Kijken of zij iets van hem gehoord heeft.'

13

Het was al avond toen ze naar Eðvarðs woning reden. Hij woonde in een bouwvallig huis aan de Vesturgata, een beetje achteraf; hij was ongetrouwd en kinderloos. Zijn auto stond bij het huis, een Japanse stationcar, al een flink aantal jaren oud. Een bel zagen ze niet. Elínborg klopte op de deur. Ze hoorden wat geluid in huis, maar er deed niemand open. Achter twee ramen scheen licht, en ze hadden het schijnsel van een tv gezien, dat plotseling verdween. Ze klopten opnieuw, en toen voor de derde keer, met een hoop kabaal. Eindelijk kwam Eðvarð aan de deur. Hij herkende Elínborg direct.

'Storen we misschien?' vroeg ze.

'Ja, nee, dit is... is er iets aan de hand?'

'We zouden je graag nog wat vragen over Runólfur willen stellen,' zei Elínborg. 'Mogen we binnenkomen?'

'Jullie komen eigenlijk erg ongelegen,' zei Eðvarð. 'Ik... ik wilde net weggaan.'

'Het duurt maar even,' zei Sigurður Óli.

Ze stonden op de stoep; Eðvarð wilde hen duidelijk niet binnenlaten.

'Ik kan op het moment eigenlijk geen mensen ontvangen,' zei hij. 'Ik zou het erg prettig vinden als jullie misschien morgen of zo konden komen.'

'Ik ben bang dat dat niet gaat,' zei Elínborg. 'Zoals ik zei, het gaat over Runólfur en we moeten echt even met je praten.'

'Wat is er dan met Runólfur?' vroeg Eðvarð.

'Het is misschien beter om dat binnen te bespreken.'

Eðvarð keek de straat door. Het was donker rondom het huis, want het licht van de straatlantaarns reikte niet zo ver, en zelf had hij geen buitenlantaarn. Een tuin rondom het huis was er niet, maar vlak bij de huismuur stond een eenzame boom, een dode els met kale, gekromde takken, die zich als een klauw over het dak uitstrekten.

'Nou ja, kom dan maar binnen. Ik weet niet wat jullie van me willen,' hoorden ze hem heel zacht zeggen. 'We waren alleen maar bevriend.'

Ze gingen een kleine kamer binnen met simpele meubels, die alle hun beste tijd gehad leken te hebben. Een grote, nog bijna nieuwe flatscreen-tv hing aan een van de muren en een nieuwe pc met een enorm scherm stond op het bureau. Allerlei computerspelletjes lagen over de tafels verspreid en stonden in rijen op planken, evenals een hele partij films, op dvd en video. Op tafels en stoelen lagen nogal wat papieren en studieboeken.

'Ben je bezig werkstukken na te kijken?' vroeg Elínborg.

'Bedoel je dit?' zei Eðvarð en hij keek naar de stapel papieren op zijn tafel. 'Ja, ik moet hier eens van af. Het wordt anders zo'n berg.'

'Verzamel je films?' vroeg Elínborg.

'Nee, verzamelen doe ik ze niet speciaal, maar toch heb ik er nogal wat, zoals je ziet. Ik koop wel eens films van videotheken als ze failliet gaan. Dan heb je ze bijna gratis. Soms kun je voor honderd kronen een film krijgen.'

'En heb je die allemaal bekeken?' vroeg Sigurður Óli.

'Nee, nou ja, misschien wel. De meeste wel.'

'Je zei dat je Runólfur heel goed hebt gekend,' zei Elínborg. 'Toen we elkaar laatst gesproken hebben.'

'Ja, behoorlijk goed. Ik kon prima met hem overweg.'

'Allebei belangstelling voor film, als ik me goed herinner.'

'Ja, we gingen wel eens naar de bioscoop.'

Elínborg merkte dat hij minder op zijn gemak was dan toen ze elkaar de eerste keer spraken, alsof hij het heel ongemakkelijk vond mensen over de vloer te hebben. Hij ontweek hun blikken en wist geen raad met zijn handen, die tastend over het bureau gingen. Ten slotte stak hij ze in zijn zakken, maar in minder dan geen tijd zat hij alweer aan hoofd of armen te krabben en aan de doosjes van de films te frunniken. Elínborg besloot een eind te maken aan zijn kwellende onzekerheid. Ze pakte een film van een stoel. Het was een oude Hitchcock, *The Lodger*. Elínborg had alles vooraf zorgvuldig overdacht en wilde de eerste vraag al stellen, maar Sigurður Óli was zoals gewoonlijk weer eens ongeduldig geworden. Wanneer hij merkte dat de ondervraagde niet zeker van zijn zaak was of weinig zelfvertrouwen had, kon hij het hem bijzonder lastig maken. In zo'n geval was hij een kei in het boven tafel brengen van de feiten.

'Waarom heb je ons niet verteld dat je verkrachtingsdrugs gekocht hebt?' vroeg hij aan Eðvarð.

'Hè?' zei Eðvarð.

'En dat je jezelf Runólfur noemde. Ben je voor hém naar een dealer gegaan?'

Elínborg keek verbijsterd naar Sigurður Óli. Ze was er heel duidelijk over geweest dat zíj het gesprek wilde leiden. Hij zou alleen maar ter ondersteuning met haar meegaan.

'Waarom was dat?' ging Sigurður Óli verder, en hij keek naar Elínborg, niet goed wetend hoe hij haar woedende blik moest interpreteren. Hij vond dat hij het behoorlijk goed deed. 'Waarom deed jij je voor als Runólfur?'

'Ik weet niet... wat...?' mompelde Eðvarð en hij stak zijn handen in zijn zakken.

'We hebben een man gesproken die jou zo'n halfjaar geleden rohypnol verkocht heeft,' zei Sigurður Óli.

'Hij heeft precies jou beschreven,' zei Elínborg. 'Hij zei dat je de naam Runólfur hebt gebruikt.'

'Mij beschreven?' zei Eðvarð.

'Jazeker, hij heeft ons een heel goede beschrijving van jou gegeven,' zei Elínborg.

'Nou?' zei Sigurður Óli tegen Eðvarð.

'Wat nou?' zei Eðvarð.

'Zit daar wat in?' vroeg Sigurður Óli.

'Wie beweert dat allemaal?'

'Je dealer!' riep Sigurður Óli. 'Probeer eens te luisteren als we je wat vertellen.'

'Zou ík even met hem mogen praten?' zei Elínborg rustig.

'Zeg maar tegen hem dat we hem naar die dealer zullen brengen als hij zo doorgaat; dan zorgen we wel dat die ons de waarheid vertelt.'

'Ik deed het voor Runólfur,' zei Eðvarð toen hij het dreigement van Sigurður Óli hoorde. 'Hij had me gevraagd of ik het wilde doen.'

'Waar had hij die drug voor nodig?' vroeg Elínborg.

'Hij zei tegen me dat hij moeilijk in slaap kon komen.'

'En waarom ging hij dan niet naar de dokter?'

'Toen hij vermoord was wist ik pas echt wat die rohypnol voor goedje was. Daar had ik geen idee van.'

'Dacht je nou echt dat we dat geloven?' zei Elínborg.

'Je moet niet denken dat je het tegen een stel imbecielen hebt!' zei Sigurður Óli.

'Nee, serieus. Ik weet niks van drugs af.'

'Hoe heeft Runólfur die man gevonden?' vroeg Elínborg.

'Dat heeft hij me niet verteld.'

'We hebben begrepen dat jij het had over een neef van je.'

Eðvarð dacht even na.

'Dat wilde híj weten. De gast die de drugs verkocht. Die was ontzettend gestrest. Wilde weten hoe ik heette, wie me naar hem toe gestuurd had. Een vreselijk onaangename kerel. Runólfur had me gestuurd. Ik heb zijn naam gebruikt. Dat van mijn neef heb ik verzonnen.'

'Waarom heeft Runólfur die drug niet gewoon zelf gekocht?' vroeg Elínborg.

'We waren vrienden. Hij zei...'

'Ja?'

'Hij zei dat hij de dokters en hun diagnoses niet vertrouwde. Hij vertelde me ook in vertrouwen dat hij wel eens wat dronk en dat de rohypnol dan hielp tegen zijn kater. Hij zei dat hij er niet onnodig de aandacht op wilde vestigen dat hij rohypnol gebruikte, omdat dat een berucht middel was. Hij vond het geen prettig idee om er bij een dokter om te moeten vragen. Dat is wat hij mij gezegd heeft. Ik wist niet wat hij precies bedoelde.'

'Maar waarom heeft hij jou dan gestuurd?'

Eðvarð aarzelde.

'Hij vroeg of ik dat voor hem wilde doen,' zei hij toen.

'Waarom?'

'Dat weet ik niet. Hij vond het niet prettig om zelf te gaan en...'

'Ja?'

'Ik heb niet zoveel vrienden. Runólfur en ik konden heel goed met elkaar overweg. Ik wou hem helpen. Hij kwam met zijn probleem bij mij en ik zei dat ik het wel voor hem zou regelen. Zo simpel was het. Ik wou hem helpen.'

'Hoeveel heb je gekocht?'

'Eén buisje.'

'En bij wie heb je nog meer gekocht?'

'Bij wie nog meer? Bij niemand. Het was alleen die ene keer.'

'Waarom heb je me dat een paar dagen geleden niet verteld?'

Eðvarð haalde zijn schouders op.

'Ik dacht dat ik dan ergens bij betrokken zou raken waar ik niks mee te maken had.'

'Vind jij dat je er niks mee te maken hebt als je rohypnol koopt voor iemand die mogelijk een verkrachter is?'

'Ik wist toch niet waarvoor hij dat spul wilde gebruiken?'

'Waar was je toen Runólfur werd aangevallen?'

'Hier, thuis.'

'Is er iemand die dat kan bevestigen?'

'Nee. Ik ben 's avonds meestal alleen thuis. Jullie denken toch niet serieus dat ik het gedaan heb?'

'We denken niks,' zei Elínborg. 'Bedankt voor je hulp,' voegde ze er bruusk aan toe.

Ze was nog ziedend op Sigurður Óli toen ze weer in de auto stapten.

'Wat bezielde jou?' zei ze toen ze de auto startte.

'Hoe bedoel je?'

'Je hebt het verknald, idioot. Dít heb ik nog nooit meegemaakt. Je gaf het hem allemaal op een presenteerblaadje. We wéten niet of hij voor Runólfur gekocht heeft! Wat weet jij daarvan? Hoe haal je het in je hoofd om hem dat te vertellen? Waarom geef je dat allemaal weg?'

'Waar heb je het over?'

'Nou gaat Eðvarð helemaal vrijuit.'

'Vrijuit? Denk jij dat hij dat spul voor zichzelf gekocht heeft?'

'En waarom niet?' zei Elínborg. 'Misschien was het spul dat Runólfur gebruikte wel van hem. Misschien is hij op de een of andere manier wel medeplichtig. Misschien heeft hij Runólfur wel aangevallen.'

'Die druiloor?'

'Ja, begin maar weer! Kun je nou niet eens één keer proberen een klein beetje respect voor de mensen op te brengen?'

'Ik hoef hem toch zeker niet te helpen als hij met zo'n leugen aan komt zetten? Als hij tegen ons liegt heeft hij dat ongetwijfeld al lang van tevoren bekokstoofd.'

'Geef nou eens een keer toe dat je fout zat,' zei Elínborg. 'Je hebt er een puinhoop van gemaakt. Totaal.'

'Wat krijgen we nou? Zoiets kun je niet zomaar zeggen.'

'Hij zoog het uit zijn duim. Volgens mij heeft hij alles gelogen wat hij daarna gezegd heeft.'

Elínborg slaakte een diepe zucht.

'Zoiets heb ik nog nooit meegemaakt.'

'Wat niet?'

'Het lijkt wel of iedereen met wie ik praat de moordenaar van die man zou kunnen zijn.'

14

Haar vader was naar de slaapkamer gegaan om te rusten. Het was maandag en er lag een bridgeavond in het verschiet, bij een van zijn medespelers thuis. Zo lang Elínborg zich kon herinneren was hij 's maandagsavonds met dezelfde bridgers samengekomen. De jaren waren zonder afwisseling voorbijgegaan met doubletten en slem. Aan de speeltafel waren ze waardig oud geworden, de jonge mannen die haar ooit over het hoofd aaiden en plaagden, die speelden, die de hapjes opaten die haar moeder serveerde. Ze waren stuk voor stuk bescheiden en vriendelijk, altijd geïnteresseerd in de geheimen van het bridgen. Elínborg had het spel nooit geleerd en haar vader had ook nooit laten merken dat hij het haar wel wilde leren. Hij was een goede bridger, had deelgenomen aan toernooien en verscheidene keren kleine prijzen gewonnen, die hij in een la bewaarde. Maar de leeftijd ging zijn tol eisen. Nu moest hij 's middags een dutje doen om goed helder te zijn als 's avonds het spel zou beginnen.

'Ben jij dat, liefje?' zei haar moeder toen Elínborg de deur opendeed. Ze had een huissleutel en liet zichzelf binnen.

'Ja, ik dacht: ik wip eens langs.'

'Toch geen problemen?'

'Nee hoor. Hoe is het met jou?' vroeg Elínborg.

'Prima. Ik denk erover om te gaan leren boekbinden,' zei haar moeder. Ze zat in de kamer en keek de advertenties in een dagblad door. 'Mijn vriendin Anna is ermee begonnen en die zei dat het echt iets voor mij was.'

'Wat leuk. Je kunt de ouwe man ook wel meenemen.'

'Nee, die heeft er geen zin in. Hoe is het met Teddi?'

'Die maakt het best.'

'En jij?'

'Prima, hoor. Een hoop te doen.'

'Ja, dat is je aan te zien, je ziet er een beetje moe uit. Ik heb over die vreselijke moord in Þingholt gelezen. Ik hoop niet dat jij je daarmee moet bezighouden. Niks voor gewone mensen om daarin te roeren.'

Elínborg kende deze toespraak. Haar moeder was er niet blij mee dat ze haar stek in het politiewerk leek te hebben gevonden, zoals ze dat noemde. Ze vond het geen passend werk voor haar dochter. Niet dat het niet belangrijk zou zijn, o nee, maar omdat ze het een naar idee vond dat Elínborg het tegen echte criminelen zou moeten opnemen. Er waren mensen – van een heel ander slag dan zij – die misdadigers achtervolgden, arresteerden, verhoorden en in bewaring stelden. Haar dochter hoorde nou eenmaal niet bij dat soort mensen. Elínborg had er nooit zin in gehad om met haar over haar werk te gaan ruziën. Ze wist dat haar moeder er in de allereerste plaats zo over mopperde omdat ze bang was: háár dochter tussen lui die zulke verschrikkelijke daden begingen. Elínborg hield er algauw rekening mee en deed wat ze kon om haar aandeel in het opsporen van beruchte misdadigers te bagatelliseren. Ze stelde de zaken vaak luchtiger voor dan ze waren, om haar moeder al te grote zorgen te besparen. Misschien was ze daar wel te lang mee doorgegaan. Soms leek het Elínborg of haar moeder totaal ontkende dat ze dit werk deed.

'Nu en dan vraag ik me wel eens af waar ik nou eigenlijk mee bezig ben,' zei ze.

'Natuurlijk,' zei haar moeder. 'Wil je warme chocola?'

'Nee, dank je, ik wou alleen maar even weten of het goed gaat met jullie. Ik moet snel naar huis.'

'Lieverd, maak je niet zo druk, zo lang duurt een kopje chocola niet. En bij je thuis zijn ze allemaal volwassen. Neem het er maar even van.'

Voordat ze het wist had haar moeder een pot voor de dag gehaald, er een bodempje water in gedaan en een tablet chocolade, die in een mum van tijd begon te smelten. Elínborg ging aan de keukentafel zitten. Haar moeders tas hing aan een stoel en ze herinnerde zich hoe ze als klein meisje die tas vanbinnen altijd zo lekker vond ruiken. Het was fijn weer in haar oude huis te zijn, en ze voelde de behoefte even de dagelijkse drukte te ontlopen om zichzelf te hervinden.

'Niet dat het zulk slecht werk is,' zei Elínborg. 'Soms lukt het om iets te verbeteren, mensen achter de tralies te krijgen, geweld tegen te gaan, slachtoffers te helpen.'

'Natuurlijk,' zei haar moeder. 'Ik weet alleen niet waarom jíj je daarmee bezig moet houden. Ik had nooit gedacht dat je zo lang bij de politie zou blijven werken.'

'Nee,' zei Elínborg. 'Ik weet het. Maar zo is het nou eenmaal gelopen.'

'Dat met die geologie heb ik eigenlijk ook nooit begrepen. Of met die Bergsveinn.'

'Hij heet Bergsteinn, mamma.'

'Ik snap niet wat je ooit in hem gezien hebt. Teddi, dat is een heel ander verhaal. Op hem kun je rekenen. Die zal je nooit in de steek laten. En Valþór, hoe maakt die het?'

'Prima, denk ik. We praten niet zoveel met elkaar de laatste tijd.'

'Is dat nog steeds vanwege Birkir?'

'Ik weet het niet. Misschien is het de moeilijke leeftijd.'

'Ja, hij wordt volwassen natuurlijk. Maar hij komt wel weer bij je terug. Leuke jongen, Valþór. En knap ook.'

Dat is Theodóra toch ook, dacht Elínborg. Maar ze zei niets. Valþór had bij haar moeder altijd een streepje voor gehad. Dat ging soms ten koste van de andere kinderen, en Elínborg had dat wel eens met haar besproken. 'Onzin,' had haar moeder toen gezegd.

'Hoor je wel eens wat van Birkir?' vroeg ze.

'Soms, niet zo heel vaak.'

'Heeft hij ook geen contact met Teddi?'

'Niet meer dan met mij.'

'Ik weet dat Valþór hem altijd nog mist. Hij zegt dat hij niet weg had moeten gaan.'

'Birkir wou weg,' zei Elínborg. 'Ik weet niet waarom Valþór daar altijd weer over begint. Ik denk dat wij er allemaal wel overheen zijn. De verhouding tussen Birkir en ons is heel goed, al horen we maar zelden van hem. En hij maakt het best. Valþór en hij spreken elkaar wel eens, maar daar krijg ik niks van te horen. Valþór vertelt me nooit wat. Ik hoor het van Teddi.'

'Ik weet het, Valþór kan wel eens een dwarskop zijn, maar...'

'Birkir heeft ervoor gekozen om bij zijn vader te gaan wonen,' zei Elínborg. 'Daar stond ik verder buiten. Hij heeft hem opgespoord, hoewel zijn vader al die jaren nooit naar hem heeft omgekeken en niet één keer naar hem gevraagd heeft. Geen enkele keer. En ineens werd hij in het leven van Birkir nummer een.'

'Het is wél zijn vader.'

'En wij? Wat waren wij dan? Alleen maar gastouders?'

'Kinderen willen op die leeftijd nou eenmaal hun eigen weg gaan. Ik hoef alleen maar aan jou zelf te denken. Jij wilde toch ook met alle geweld het huis uit?'

'Ja, maar dit is wel wat anders. Het lijkt wel of we nooit zijn ouders zijn geweest. Alsof hij alleen maar als gast bij ons is geweest. Zo zijn we nooit met hem omgegaan. Hij noemde jou zijn oma, Teddi en ik waren zijn pappa en mamma. En op een dag was het allemaal over en uit. Ik werd kwaad op hem. Teddi ook. Best dat hij zijn vader wilde leren kennen, dat is begrijpelijk natuurlijk, maar dat hij zijn band met ons opeens negeerde, dat was niet te verteren. Dat heb ik hem gezegd ook, maar hij luisterde niet naar me. Ik weet niet wat er misgegaan is.'

'Misschien is er helemaal niks misgegaan. Het loopt nou eenmaal zoals het loopt.'

'Misschien hebben we toch niet genoeg gedaan. Niet genoeg tijd aan hem besteed. Op een dag worden ze wildvreemden voor je, omdat je er niet genoeg voor ze was. Je bént niemand voor ze. Ze leren zichzelf wel te redden. Leren dat ze je niet nodig hebben. En dan gaan ze weg en zijn ze verdwenen. Praten nooit meer met je.'

'Maar zo moet het ook,' zei haar moeder. 'Ze moeten op zichzelf passen. Ze moeten zichzelf redden en niet van een ander afhankelijk zijn. Hoe dacht je dat het zou zijn als jij nog hier woonde? Daar moet je toch niet aan denken? Ik vind het al mooi genoeg dat ik je vader hier elke dag over de vloer heb.'

'Waarom heb ik dan altijd het gevoel dat ik niet genoeg voor ze zorg?'

'Volgens mij heb je het prima gedaan, lieverd. Daar moet je je echt geen zorgen over maken.'

De slaapkamerdeur ging open en haar vader kwam binnen.

'Ben jij dat, lieverd?' zei hij en hij streek over zijn ongekamde haar. 'Kom je een moordenaar afleveren?'

'Ach, doe niet zo gek,' zei haar moeder. 'Denk je soms dat zíj achter moordenaars aan zit?'

Nadat ze bij haar ouders was vertrokken ging Elínborg weer naar het bureau en werkte daar tot laat in de avond. Toen ze thuiskwam was het al over tienen. Teddi was met de kinderen naar een hamburgertent en een ijssalon geweest, iets waar ze volmaakt gelukkig mee waren. Ze ging even bij Valþór naar binnen om te vragen hoe het met hem was. Hij keek tv en was tegelijkertijd aan het internetten; hij scheen het vreselijk druk te hebben. Aron zat bij hem en staarde naar de tv; er kon nauwelijks een vluchtige groet voor zijn moeder af. Teddi was naar een vergadering, zeiden ze.

Theodóra was al naar bed. Elínborg gluurde haar slaapkamer in. Naast het bed brandde een schemerlampje. Theodóra was in slaap gevallen. Het boek dat ze las, was uit haar handen gegleden en lag open op de vloer. Heel zacht liep Elínborg naar het bed toe. Ze wilde het schemerlampje uitdoen. Theodóra was erg zelfstandig. Anders dan de jongens hoefde je er haar niet aan te herinneren dat ze haar kamer moest opruimen. Dat deed ze elke dag. Ze maakte 's morgens voor ze naar school ging haar bed op. Ze had heel wat boeken, die ze in een keurige boekenkast op rij had gezet, en op haar bureautje lag nooit rommel.

Elínborg nam het boek van de vloer. Het was een van de boeken die vroeger van haar waren geweest en die ze aan het meisje had gegeven, een avonturenverhaal van een bekende Engelse schrijver, vertaald in een zeer verzorgd IJslands dat voor de jongeren van vandaag niet meer zo gemakkelijk te behappen was. Het verhaal maakte deel uit van een serie waar Theodóra mee wegliep. Elínborg herinnerde zich hoe zíj ervan gesmuld had en hoe ze had gewacht op elk nieuw boek dat in die serie uitkwam. Ze glimlachte in zichzelf en sloeg de bladzijden om, zwaar papier, verguld op snee. De rug was versleten en het omslag door kleine handen bevuild. Ze zag dat ze haar naam in houterig lopend schrift op het titelblad had geschreven. Elínborg 3 G. Het boek was prachtig geïllustreerd met tekeningen van angstwekkende scènes uit het verhaal, en naar één ervan bleef Elínborg een tijdje kijken.

Ze had het gevoel dat er iets belangrijks in te vinden moest zijn.

Ze staarde naar de tekening tot ze zag wat het was wat haar getroffen had.

Toen maakte ze Theodóra wakker.

'Sorry, liefje,' zei ze toen Theodóra wakker was geworden. 'Je oma wou verschrikkelijk graag dat ik je de groeten deed. En ik wil je nog wat vragen.'

'Wat?' zei Theodóra. 'Waarom maak je me wakker?'

'Ik ben vergeten waar dit boek over ging. Zie je die man hier op de tekening, deze hier? Wie is dat?'

Theodóra kneep haar ogen half dicht en tuurde naar de afbeelding.

'Waarom vraag je dat?' vroeg ze.

'Gewoon, omdat ik het wil weten.'

'Moest je me daar nou met alle geweld voor wakker maken?'

'Ja, sorry, je mag zo weer verder slapen. Wie is deze man in het verhaal?'

'Ben je bij oma geweest?'

'Ja.'

Theodóra keek weer naar de afbeelding.

'Weet je niet meer wie dit is?'

'Nee,' zei haar moeder.

'Dit is Robert,' zei Theodóra. 'Hij is de slechterik.'

'Waarom heeft hij dat geval aan zijn been?' vroeg Elínborg.

'Zo is hij geboren,' zei Theodóra. 'Hij heeft een spalk, omdat hij geboren is met een misvormd been.'

'Ja, juist,' zei Elínborg. 'Hij had aangeboren misvormingen.'

'Ja.'

'Mag ik dit boek lenen? Je hebt het morgenavond terug.'

'Waarvoor?'

'Ik moet het laten zien aan een vrouw die Petrína heet. Ik denk dat ze een man met zo'n been bij haar in de straat gezien heeft. Wat doet die man in het verhaal ook alweer?'

'Dat is een echte engerd,' zei Theodóra en ze geeuwde. 'Ze zijn allemaal bang van hem. Robert probeert de kinderen te doden. Hij is de slechterik.'

15

Petrína kon zich Elínborg in het begin niet goed meer herinneren. Ze stond achter de halfopen deur van haar huis en bekeek haar wantrouwig, terwijl Elínborg het haar probeerde uit te leggen. Ze vertelde haar dat ze een paar dagen daarvoor bij haar was geweest om te vragen naar een man die Petrína voor haar huis op straat had gezien.

'Wat voor man?' vroeg Petrína. 'Van het energiebedrijf? Die zijn nog steeds niet langs geweest.'

'Zijn ze nou nóg niet geweest?' vroeg Elínborg.

'Ze hebben zich nog steeds niet laten zien, die kerels,' zei Petrína met een diepe zucht. 'Ze kijken niet naar me om.'

'Ik zal ze voor je bellen. Zou ik even binnen mogen komen om met je te praten over de man over wie je me verteld hebt?'

Petrína staarde haar aan.

'Kom dan maar,' zei ze.

Elínborg volgde haar naar binnen en deed de deur achter zich dicht. De sigarettenwalm die er bij haar vorige bezoek had gehangen kwam haar ook nu weer tegemoet. Ze keek in de richting van de met aluminiumfolie beklede slaapkamer. Maar die was dicht. De twee breipennen die Petrína gebruikte om het elektromagnetische veld te meten, lagen in de kamer op de vloer. Het had er alle schijn van dat ze ze neergegooid had. Het speet Elínborg dat ze haar niet wat serieuzer genomen had. Er waren nu al verscheidene dagen verloren gegaan, en dat in een zaak waarin er toch al zo weinig aanwijzingen waren. De kreupele man die Petrína vanuit het raam gezien had, zou wel eens een belangrijke getuige kunnen zijn. Misschien had hij iets gezien of gehoord wat ertoe deed, of was hij iemand tegengekomen. Misschien had hij vanwege een ongeluk of invaliditeit een beugel om zijn voet, die Petrína een antenne noemde, geobsedeerd als ze was door elektromagnetische golven en uranium.

Petrína was vermoeider dan toen ze elkaar voor het eerst zagen. Ze leek niet meer zo heftig, alsof de felheid de laatste dagen was afgezwakt en ze de strijd tegen de elektromagnetische golven had opgegeven. Misschien was ze doodmoe van het wachten op de mensen van het energiebedrijf. Die zouden, vermoedde Elínborg, wel nooit bij het mensje langskomen. Ze herinnerde zich dat ze het energiebedrijf had willen bellen om naar Petrína te informeren, maar ze had er geen werk van gemaakt. Nergens scheen ze haar hoofd neer te kunnen leggen of beschutting te vinden tegen de levensgevaarlijke golven. Elínborg zag dat ze nu ook haar tv met aluminiumfolie had bekleed. Op de keukentafel zag ze een ander, kleiner aluminiumpakket, waarvan ze aannam dat het een radio was.

'Ik zou je graag een tekening willen laten zien in een boek van me,' zei Elínborg en ze pakte het avonturenboek van Theodóra.

'Een tekening in een boek?'

'Ja.'

'Wil je me dat boek dan cadeau doen?'

'Dat gaat jammer genoeg niet,' zei Elínborg.

'Ja, nee, dát gaat natuurlijk niet,' zei Petrína gepikeerd. 'Je kunt het me niet cadeau doen, hè? Hoe kom ik er ook op.'

'Het spijt me, mijn dochter...'

'Jij bent toch die mevrouw van de politie?'

'Ja, dat klopt,' zei Elínborg. 'Dus je weet nog wie ik ben.'

'Je had me beloofd achter die lui van het energiebedrijf aan te gaan.'

'Ik ga het doen,' beloofde Elínborg. 'Ik ben het gewoon vergeten,' zei ze en ze schaamde zich dat ze de arme stakker in de steek gelaten had. 'Direct als we gepraat hebben zal ik bellen.'

Elínborg haalde het boek uit haar tas en zocht de afbeelding op van de slechte Robert, die om zijn ene been, van de knie tot de enkel, een heel bijzondere spalk droeg, gemaakt van twee ijzeren stangen. Ze waren aan zijn schoen bevestigd en met leren banden vastgemaakt.

'Je hebt me verteld over een man die je voorbij je huis zag lopen, in dezelfde nacht dat er één straat verderop een ernstig misdrijf gepleegd is. Jij zat aan het raam en je wachtte op de mensen van het energiebedrijf.'

'Die zijn nooit gekomen.'

'Ik weet het. Je zei dat die man kreupel liep en iets om zijn ene been had. Je beschreef dat als een antenne, en je zei dat er massieve golven van af kwamen.'

'Ja, massieve golven,' zei Petrína en ze glimlachte, zodat haar kleine geelbruine tanden te zien waren.

'Wat hij om zijn been had, was dat zoiets als dit?' vroeg Elínborg en ze reikte haar het boek met de afbeelding aan.

Petrína legde haar half opgerookte sigaret neer, pakte het boek aan en bekeek de afbeelding nauwkeurig.

'Wat is dit voor boek?' vroeg ze na lang en ingespannen gekeken te hebben.

'Een avonturenboek dat mijn dochter aan het lezen is,' zei Elínborg, die nauwelijks kon ademen vanwege de sigarettenrook. 'Daarom kun je het ook niet krijgen. Helaas. Is dit net zo'n antenne als je bij die man hier buiten gezien hebt?'

Petrína gunde zich royaal de tijd om hierover na te denken.

'Precies hetzelfde is hij niet,' zei ze ten slotte. 'Hij had zo'n soort beugel hier, die man, die tot aan zijn knie kwam.'

'Kon je dat duidelijk zien?'

'Ja.'

'Was het geen antenne?' vroeg Elínborg.

'Ja, het zag er beslist uit als een antenne. Is dit een oud boek?'

'Had hij zijn been in het gips?'

'Gips? O nee. Wie heeft je dat nou weer verteld?'

'Zou het volgens jou geen klompvoet geweest kunnen zijn?'

'Een klompvoet? Onzin!'

'Of was het meer alsof die man pasgeleden een ongeluk had gehad? Dat ze toen zijn been gespalkt hadden?'

'Zijn been was veel groter,' zei Petrína. 'Echt waar. Vast en zeker om de signalen te kunnen opvangen. Ik heb ze gehoord.'

'Heb jij die signalen gehoord?'

'Ja,' zei Petrína beslist en ze nam een trek van haar sigaret.

'Daar heb je me niks van verteld toen we elkaar laatst spraken.'

'Je hebt er ook niet naar gevraagd.'

'En wat hoorde je dan?'

'Dat gaat je niks aan. Jij denkt toch dat ik gek ben.'

'Dat denk ik helemaal niet. En dat heb ik niet gezegd ook. Ik vind jou helemaal niet gek,' zei Elínborg, en ze probeerde het te laten klinken alsof het niet dwars tegen haar overtuiging in ging.

'Je hebt het energiebedrijf niet gebeld. En je zei dat je dat wel zou doen. Je vindt mij een raar oud mens dat er maar wat op los leutert over elektrische golven.'

'Ik heb je volkomen serieus genomen. Er zijn heel wat mensen die zich zorgen maken over elektromagnetische golven, microgolven, telefoons en wat je tegenwoordig allemaal niet hebt.'

'Door die mobieltjes wordt je brein gekookt. Het wordt gekookt alsof het een ei is, totdat het hard wordt en je het niet meer kunt gebruiken,' zei Petrína en ze sloeg met haar vuist op haar hoofd. 'Ze fluisteren tegen je. Ze fluisteren je alle mogelijke duivelse slechtheid in.'

'Ja, die dingen zijn het ergste,' haastte Elínborg zich te zeggen, en ze pakte Petrína's hand, zodat ze ophield zichzelf te slaan.

'Ik heb het ook niet zo goed gehoord, omdat die man zo'n haast had. Hoewel, erg snel vooruit kwam hij niet. Hij kwam hier langs en hij hinkelde als een gek op zijn antenne. Het was...'

'Ja?'

'Het leek wel, die man, of zijn leven op het spel stond.'

'En wat heb je gehoord?'

'Gehoord? Ik kon niks horen van wat hij zei.'

'Maar je zei dat je zijn signalen gehoord had.'

'Dat wel, maar ik heb niet gehoord wat hij in de telefoon zei. Ik hoorde alleen maar gezoem. Dat waren de golven. Van wat hij zei heb ik niks gehoord. Zo'n haast had hij. Hij liep zo hard als hij maar kon. Horen kon ik niks.'

Elínborg staarde de vrouw aan en probeerde een samenhang te ontdekken in wat ze beschreef.

'Wat is er?' zei de oude vrouw toen Elínborg haar een hele tijd zwijgend had aangestaard. 'Geloof je me soms niet? Ik kon niks horen van wat hij zei.'

'Had hij een mobieltje?'

'Ja.'

'En sprak hij daarin?'

'Ja.'

'Weet je nog hoe laat het toen was?'

'Het was nacht.'

'Kun je iets preciezer zijn?'

'Waarom?'

'Leek hij opgewonden toen hij telefoneerde?' vroeg Elínborg. Ze probeerde elk woord zo duidelijk mogelijk te uit te spreken.

'Ja, dat kon je heel goed zien. Die man had verschrikkelijke haast. Dat was me volkomen duidelijk. Maar door dat been van hem kwam hij niet zo vlug vooruit als hij wilde.'

'Weet je wáár in de straat verderop die misdaad gepleegd is? Weet je welk huis het was?'

'Natuurlijk wel. Op nummer 18. Dat heb ik in de krant gelezen.'

'Liep de man met de telefoon in die richting?'

'Ja, dat deed hij. Dat deed hij echt. Met dat been en dat mobieltje.'

'Heb je hem uit een auto zien stappen? Heb je hem langs dezelfde weg terug zien komen? Heb je hem nog teruggezien?'

'Nee. Nee. En nee. Is dat een leuk boek dat je dochter aan het lezen is?'

Elínborg hoorde de vraag niet. Ze dacht erover na hoe iemand uit het huis op nummer 18 weg zou kunnen komen. Ze herinnerde zich een pad dat door de naastgelegen tuin liep, en vandaar naar de dichtstbijzijnde straat.

'Heb je een idee hoe oud die man ongeveer was?' vroeg ze.

'Nee, daar weet ik niks van. Ik ken die man niet. Denk jij soms dat ik hem ken? Ik ken hem helemaal niet. En ik weet ook niet hoe oud hij was.'

'Je zei dat hij een muts op had.'

'Is het leuk?' vroeg Petrína weer. Ze gaf Elínborg geen antwoord, maar reikte haar het boek aan. Ze was moe geworden van al die gekkigheid over de man die ze gezien had toen ze bij het raam op de mensen van het energiebedrijf zat te wachten. Ze wilde over iets anders praten, iets anders doen.

'Ja, het is heel leuk,' zei Elínborg.

'Wil je er niet een klein stukje uit voorlezen?' zei Petrína en ze keek vragend naar Elínborg.

'Voorlezen?'

'Zou je dat willen doen? Een paar bladzijden maar. Het hoeft echt niet veel te zijn.'

Elínborg aarzelde. Ze had in de jaren dat ze bij de politie werkte alle mogelijke levenservaring opgedaan, maar nooit had iemand haar een zo bescheiden vraag gesteld.

'Ja hoor, ik lees je voor,' zei ze. 'Natuurlijk doe ik dat.'

'Dank je wel, lieve kind.'

Elínborg opende het boek bij het eerste hoofdstuk en begon te lezen over de avonturen van de kinderen en hun strijd tegen de kreupele Robert, die met een spalk liep en die vreselijke geheimen koesterde en die hen allemaal om zeep wilde helpen. Ze had nauwelijks een minuut of tien voorgelezen toen Petrína op haar stoel in slaap was gevallen, vredig zo te zien, en helemaal vrij van zorgen over elektromagnetische golven en uranium.

***

Toen Elínborg in de auto was gestapt, belde ze eindelijk het energiebedrijf. Ze werd verbonden met een vrouw die deskundig was op het gebied van elektromagnetische velden. Het kwam wel vaker voor dat ze telefoontjes kreeg van ongeruste mensen, zei ze. Ze kende Petrína en haar probleem heel goed, zei dat ze verschillende keren bij haar was geweest en haar erop had gewezen dat ze zou kunnen proberen de elektrische snoeren te vervangen. De deskundige zei er wel bij dat haar metingen niet wezen op sterke elektromagnetische golven in de woning. Ze beschreef Petrína als grappig getikt. Bij de sociale dienst kwam Elínborg te weten dat een vertegenwoordiger van de dienst haar regelmatig bezocht. Ze was excentriek en eigenaardig, maar goed bij de tijd en in de meeste opzichten in staat zichzelf te redden.

Elínborg wilde juist voor de derde keer bellen, nu naar haar huis, toen het mobieltje in haar hand overging. Het was Sigurður Óli.

'Eðvarð, die creep, zit me niet lekker,' zei hij. 'Heb je tijd om even naar het bureau te komen?'

'Wat is er dan?'

'Tot straks.'

16

Het kostte Elínborg maar een paar minuten om vanuit Þingholt op het bureau aan de Hverfisgata te komen, waar Sigurður Óli op haar wachtte, samen met hun collega Finnur van de recherche, een ouwe rot in het vak.
Ze hadden in de kantine wat zitten praten, en het gesprek was op het onderzoek naar de moord gekomen, op Eðvarð, en hoe hij voor zijn vriend
Runólfur rohypnol had gekocht.

'En?' zei Elínborg. Ze kwam bij hen zitten en keek hen beurtelings aan.
'Wat is er met Eðvarð?'

'Voor ons is het nieuws als hij rohypnol gekocht heeft,' zei Finnur. 'Of het
nou voor hemzelf was of voor een ander.'

'Hoezo? Ken je hem dan?'

'Jazeker, en met de zaak waar ik op doel ben jij ook goed bekend, je bent
er nog samen met ons aan begonnen,' zei Finnur. 'Erlendur was er ook altijd erg in geïnteresseerd. Het is ons nooit gelukt om dat meisje te vinden.
Ze was negentien jaar. Verdwenen uit haar huis in Akranes. Ze hebben ons
toen om hulp gevraagd.'

'In Akranes?'

'Ja.'

Elínborg staarde hen beurtelings aan.

'Hé, wacht eens even... heb je het over Lilja? Heb je het over het meisje
van Akranes?'

Finnur knikte.

'Het blijkt dat Eðvarð haar gekend heeft,' zei Sigurður Óli. 'Hij gaf les op
de middelbare school in Akranes toen ze verdween. Hij was een van de
mensen die Finnur verhoord heeft. Die herinnerde zich hem direct toen
ik over hem begon, maar hij wist niet dat Eðvarð op de zwarte markt verkrachtingsdrugs gekocht had.'

'Aangezien hij van Valur af wist moet hij zich wel verrekte goed op de
hoogte gesteld hebben, want Valur is niet makkelijk te vinden,' zei Finnur.

'Die is heel erg op zijn hoede en heel wantrouwig. Ze zeggen dat hij gestopt is, maar we vermoeden dat hij zich nog altijd bezighoudt met heling
en met het dealen in alle mogelijke drugs. Ik geloof echt niet dat je zomaar
vanaf de straat bij Valur binnenstapt om drugs van hem te kopen, spul dat
je alleen op doktersrecept kunt krijgen of wat dan ook. Daar zit heus wel
een of ander verhaal achter.'

'Valur zegt dat hij hem nog nooit had gezien,' zei Elínborg.

'Er hoeft helemaal niks waar te zijn van wat Valur zegt,' zei Finnur. 'Dus
ze zouden best elke dag contact met elkaar kunnen hebben.'

'Maar zijn verklaring klopte wel. Hij gaf ons een beschrijving van Eðvarð.'

'Dan is dat misschien omdat hij wil dat we die uit het circuit halen. Misschien is hij wel bang voor Eðvarð. Jullie zouden eigenlijk nog eens met
Valur moeten praten. Kijken of die twee elkaar beter kennen dan hij wil
toegeven. Eruit zien te krijgen dat hij Eðvarð kent. Hem meer laten vertellen over de zaken die hij met hem gedaan heeft.'

'Ik kan me niet voorstellen dat er iemand benauwd is voor die Eðvarð,'
zei Sigurður Óli. 'Dat is toch maar een zielige figuur?'

'Denk jij dat Eðvarð op de een of andere manier iets te maken heeft met
de verdwijning van Lilja?' vroeg Elínborg.

Finnur haalde zijn schouders op.

'Hij was een van de velen die we verhoord hebben, we hebben met bijna
iedereen daar gepraat.'

'Heeft hij haar lesgegeven?'

'Niet in het schooljaar waarin ze verdwenen is, maar het jaar ervoor wel,'
zei Finnur. 'Overigens is het helemaal niet zeker of er iemand bij haar verdwijning betrokken was. Mij hoor je dat niet zeggen. We zijn ook niet
verder gekomen toen we onderzocht hebben of het een misdrijf was of
zelfmoord. Had dat meisje er simpelweg, zonder duidelijke reden, een
eind aan gemaakt? Of was het een ongeluk? Maar daar konden we ook al
geen verklaring voor vinden.'

'Wanneer was het ook al weer? Is het nu zes of zeven jaar geleden?'

'Zes,' zei Finnur. 'Het was in 1996. Ik herinnerde me die Eðvarð weer
toen Sigurður zijn naam noemde en een beschrijving van hem gaf. We
hebben toen met alle docenten gepraat; hij was een van hen. Ik heb zelf
met hem gesproken. Ik weet nog dat hij in Reykjavík woonde en elke dag
met de auto heen en weer reisde. Siggi zei dat hij nu hier in Breiðholt les-
geeft.'

'Vier jaar geleden is hij in Akranes gestopt,' zei Sigurður Óli. 'En noem me geen Siggi.'

'Het waren vrienden, hij en Runólfur,' zei Elínborg. 'Naar ik van Eðvarð begrepen heb, waren het zelfs dikke vrienden.'

Ze haalde zich de geschiedenis van het meisje van Akranes weer voor de geest. De politie in Akranes kreeg een melding van haar moeder, die zich zorgen maakte omdat ze al meer dan een etmaal niets van haar dochter had gezien of gehoord. Die dochter heette Lilja en woonde bij haar ouders. Ze was van huis naar haar vriendin gegaan. Lilja had gezegd dat ze samen naar de bioscoop wilden. Misschien zou ze ook wel bij haar vriendin blijven slapen, iets wat ze wel vaker deed. Dat was op vrijdag. Lilja had geen mobieltje en haar moeder belde op zaterdagmiddag naar de vriendin, die bevestigde dat ze met Lilja naar de bioscoop had willen gaan. Maar ze had niets meer van haar gehoord. De vriendin was er toen van uitgegaan dat Lilja bij haar opa en oma buiten Akranes was.

Toen er op zondag nog niets van Lilja was vernomen werd er een opsporingsbericht naar alle media gezonden, maar dat leverde niets op. Een uitgebreide zoekactie en later een onderzoek brachten maar bar weinig aan het licht. Lilja zat op de middelbare school en leefde een doodnormaal leven. Ze ging naar school, ging in het weekend met vriendinnen uit of was bij haar grootouders van moederskant, die in de Hvalfjord een paardenboerderij hadden. Ze was een echt paardenmeisje, 's zomers werkte ze bij hen en ze droomde er al van om ooit volledig op de boerderij te kunnen meedraaien. Van drank- of drugsproblemen was niets bekend. Ze had geen vriendje, maar wel een kring van goede vriendinnen, die over haar verdwijning in paniek waren. Er werden reddingseenheden ingezet en inwoners van Akranes namen deel aan de zoekactie in de omgeving van de boerderij. Lilja werd nooit gevonden en er was er geen enkele aanwijzing voor wat er op wat er die vrijdag in Akranes met haar gebeurd was.

'Wisten haar vriendinnen niks?' vroeg Elínborg.

'Nee,' zei Finnur. 'Alleen maar dat ze niet konden geloven dat ze zelfmoord zou hebben gepleegd. Dat vonden ze wel de meest onwaarschijnlijke optie. Zij hielden het erop dat ze een ongeluk had gekregen of vermoord was. De zaak is nooit opgelost.'

'Je kunt je zeker niet herinneren wat Eðvarð destijds gezegd heeft?' zei Elínborg.

'Dat kun je wel opzoeken, alle rapporten zijn er nog,' zei Finnur. 'Het is natuurlijk niks meer geweest dan wat andere leraren ook al gezegd hadden: dat ze zo'n goeie, serieuze leerlinge was, en dat ze geen idee hadden wat er met haar gebeurd kon zijn.'

'En dan blijkt nu ineens dat Eðvarð op zoek is naar een verkrachtingsdrug?'

'Ik wilde gewoon dat jullie hiervan weten,' zei Finnur. 'Als hij op de een of andere manier met die Runólfur te maken heeft, dan vind ik dat verdacht. Iemand die in Akranes werkte toen dat meisje verdween. Iemand die rohypnol koopt. Ik vind dat we daar eens beter naar zouden moeten kijken.'

'Dat spreekt vanzelf,' zei Elínborg. 'Bedankt. We houden contact.'

'Als je het goedvindt zou ik het graag willen blijven volgen,' zei Finnur en hij nam afscheid.

'Ik zit ineens te denken...' zei Elínborg, en ze verzonk midden in de zin in gedachten.

'Wat?' zei Sigurður Óli.

'Zo gaat de zaak er toch wel een beetje anders uitzien,' zei Elínborg. 'Die twee, Runólfur en Eðvarð, en het meisje van Akránes. Als die nou eens op de een of andere manier iets met elkaar te maken hebben?'

'Hoe dan?'

'Dat weet ik niet. Zou het niet kunnen dat Runólfur iets van Eðvarð wist, en dat hij daar een hoge prijs voor heeft moeten betalen? Dat Eðvarð van hem af moest? Zou het niet kunnen dat de drugs die we op Runólfur gevonden hebben van Eðvarð waren, en dat Runólfur ze van hem afgepakt heeft? Dat hij niet van plan was om ze te gebruiken?'

'En dat er dus ook geen vrouw bij hem is geweest, de nacht dat zijn keel werd doorgesneden?'

'Als het eens een afrekening tussen die twee was?'

'Tussen Runólfur en Eðvarð?'

'Stel dat Runólfur heeft gedreigd te gaan praten over iets wat hij wist. Dat hij Eðvarð onder druk gezet heeft. Zou het kunnen dat Runólfur iets van Eðvarð te weten is gekomen dat niet door de beugel kon en dat hij gedreigd heeft er zijn mond over open te doen?'

'Eðvarð kan natuurlijk liegen zoveel hij maar wil,' zei Sigurður Óli. 'Hij weet dat die rohypnol bij Runólfur thuis aangetroffen is. Dat is op het journaal geweest. Lekker makkelijk voor hem om te zeggen dat hij dat spul voor Runólfur heeft gekocht.'

'Met een beetje hulp van jou erbij,' zei Elínborg, die de verleiding niet kon weerstaan.

'Nee, het is zoals ik zeg: al lang voordat we bij hem thuis geweest zijn heeft hij besloten wat voor verklaring hij zou gaan afleggen. Gaan we hem ophalen?'

'Nee, nog niet,' zei Elínborg. 'We moeten ons beter voorbereiden. Nog een keer met Valur gaan praten. Ik wil de rapporten over het meisje van Akranes ook nog lezen. En dan gaan we weer naar hem toe.'

Elínborg vroeg het dossier over de verdwijning van Lilja op. Daarin stond dat Eðvarð docent exacte vakken was geweest op de middelbare school in Akranes. Zijn verklaring was heel kort en nietszeggend. Hij zei niets te weten over Lilja's doen en laten op de vrijdag dat ze verdwenen was. Als leerlinge kon hij zich haar heel goed herinneren. Hij had haar het jaar daarvoor lesgegeven en vond haar geen buitengewoon goede, wel een sympathieke en rustige leerlinge. Hij zei dat hij die vrijdag al vroeg klaar was geweest met zijn lessen en toen naar Reykjavík was gereden, waar hij woonde.

En dat was het dan.

17

Het zoeken naar de kreupele man die Petrína zo haastig in de richting van het huis met nummer 18 in Þingholt had zien lopen, had weinig opgeleverd. De getuige was dan ook niet erg betrouwbaar en haar beschrijving van de man fragmentarisch. Elínborg dacht aan de beschrijving van de beugel van de man en kwam op het idee contact op te nemen met een orthopedisch arts. Die beugel kon wijzen op een eenvoudige beenbreuk, maar er kon net zo goed meer aan de hand zijn.

De arts, een vrouw die Hildigunnur heette, ontving Elínborg op haar kamer. Ze was ongeveer veertig jaar, blond, krachtig gebouwd, een wandelende reclame voor een gezonde levenswijze. De kwestie interesseerde haar nogal. Via de telefoon had Elínborg haar summier verteld wat ze graag wilde weten.

'En wat voor beugel is het nu precies waar je naar op zoek bent?' zei Hildigunnur toen ze waren gaan zitten.

'Dat is het nou juist, dat weten we niet,' zei Elínborg. 'De beschrijving is zeer onbetrouwbaar en als getuigenverklaring niet zo gek veel waard, om eerlijk te zijn. Jammer genoeg.'

'Maar die getuige heeft waarschijnlijk ijzeren stangen gezien, of niet?'

'Ze zei dat ze een antenne gezien had, maar ineens dacht ik aan een soort spalk, van ijzer misschien, die om iemands been wordt vastgezet. De man had een sportbroek aan, kort, of met pijpen die tot aan zijn knieën opgestroopt waren.'

'Liep hij op orthopedische schoenen?'

'Het zou kunnen, we weten het niet.'

'Als die persoon kreupel is, denk ik allereerst aan een klompvoet. Daar hoort een bepaald soort orthopedisch schoeisel bij. En iets anders wat het zou kunnen zijn is degeneratie, atrofie zelfs. Misschien wordt hij behandeld, mogelijk een artrodese.'

Dat laatste zei Elínborg niets.

'Je hebt het misschien over een lange spalk met riempjes om de benen?'

Elínborg keek haar aan.

'Klinkt niet zo gek,' zei ze.

'Dan hoeft het niet meer te zijn dan een simpele beenbreuk,' zei Hildigunnur en ze glimlachte.

'Dat hebben we onderzocht,' zei Elínborg, 'maar we hebben niks bruikbaars kunnen vinden. De politie heeft navraag gedaan bij de ziekenhuizen. Het was een enorme klus, maar er is niks uit gekomen.'

'Wel, als we nog even doorgaan met hardop denken: je hebt ook nog misvormingen aan de voet, bijvoorbeeld door kinderverlamming, een bekend verschijnsel in ons land. Had hij die beugel alleen maar om een van zijn voeten?'

'Voor zover we daar achter kunnen komen wel, ja.'

'Weet je hoe oud hij ongeveer is, die man?'

'Niet precies, helaas.'

'De laatste uitbraak van kinderverlamming hier is in 1955 geweest. Het jaar daarop, 1956, is er een begin gemaakt met vaccinatie en sindsdien komt de ziekte niet meer voor.'

'Als er een verband is met kinderverlamming is hij dus ouder dan vijftig?'

'Ja, maar je zou ook nog kunnen denken aan de zogenaamde Akureyriziekte.'

'De Akureyriziekte?'

'Dat was een besmettelijke ziekte, die een aantal kenmerken van kinderverlamming had. Het was er ook familie van, neemt men aan. Het eerste geval werd in 1948 ontdekt, in de buurt van Akureyri. Als ik me goed herinner is er zo'n zeven procent van de stadsbevolking ziek geworden, en er waren ook wat ziektegevallen op het gymnasium van Akureyri. Bij de interne leerlingen. Maar ik geloof niet dat iemand er een blijvende invaliditeit aan heeft overgehouden. Hoewel, dat zou ik nog wel eens mis kunnen hebben.'

'Bestaan er rapporten over wie er bijvoorbeeld kinderverlamming gehad hebben?'

'Zonder enige twijfel, die moeten er zijn. Er gingen veel mensen naar het ziekenhuis voor epidemische ziekten in Reykjavík. Je zou ernaar kunnen informeren bij het ministerie van Volksgezondheid. Misschien hebben ze nog wel een stel van die rapporten.'

Elínborg ging tegen etenstijd niet naar huis. Ze belde Teddi en zei dat ze het druk had en niet wist wanneer ze weg kon. Teddi was aan zulke mededelingen gewend en zei haar dat ze voorzichtig moest zijn. Elínborg vroeg hem erop te letten dat Theodóra de volgende dag haar breiwerk mee naar school zou nemen, ze moest voor morgen vijftien toeren af hebben. Theodóra had een geweldige hekel aan alles wat ze met haar handen moest doen, of het nu om karweitjes of om huiswerk voor de handwerkles ging. Elínborg had zelf bijna alle mutsen gebreid die haar dochter voor school moest maken.

Ze beëindigde het gesprek, stopte het mobieltje in haar zak en drukte op de deurbel. Ze hoorde het geluid van de bel in het huis. Een hele tijd gebeurde er niets. Ze belde nog een keer en hoorde gerommel binnen; eindelijk ging de deur open. Er verscheen een nogal slonzige vrouw in een witte badjas. Elínborg groette haar.

'Is Valur er ook?' vroeg ze.

'Wie ben jij?'

'Ik ben van de politie, ik heet Elínborg. Ik heb kortgeleden ook al met hem gepraat.'

De vrouw bekeek haar een hele tijd en riep toen naar Valur dat er iemand voor hem was.

'Gebruikt hij zijn huis om te dealen?' vroeg Elínborg plompverloren.

De vrouw keek of ze de vraag niet begreep. Valur kwam aan de deur.

'Jij weer?' zei hij.

'Heb je zin om een eindje met me te gaan rijden?' vroeg Elínborg.

'Wie is dat?' vroeg de vrouw in de badjas.

'Niks,' zei Valur, 'ga jij maar naar binnen, ik regel dit wel.'

'Jazeker, jij regelt alles!' riep de vrouw minachtend, en ze ging weer naar binnen, waar het gehuil van een kind te horen was.

'Kun je me niet met rust laten?' zei Valur. 'Ben je alleen? Waar is die idioot die je toen bij je had?'

'Het gaat niet lang duren,' zei Elínborg, die hoopte dat zíj het kind niet had wakker gemaakt. 'We gaan een eindje rijden en klaar is Kees.'

'Rijden, waarheen? Wat is dit verdomme voor gelul?'

'Dat zul je wel zien. Je kunt nog in een goed blaadje komen bij de politie. Ik ga ervan uit dat een man in jouw positie dat wel kan gebruiken.'

'Ik werk niet voor jullie,' zei Valur.

'O nee? Ik heb anders gehoord dat je wél voor ons werkt. Dat je best wilt samenwerken, al doe je dan ook onbeschoft tegen me. Een vriend van me op de afdeling narcotica heeft me verteld dat jij ze daar het een en ander over je collega's hebt ingefluisterd. Hij zei me dat je minder moeilijk zou doen als ik dat aan je zou vertellen. Ik kan hem wel gaan halen, hoor, dan gaan we met z'n drieën. Maar ik wil hem alleen maar lastigvallen als het absoluut noodzakelijk is. Het is een familieman hè, net als jij.'

Valur dacht na.

'Wat wil je dat ik doe?' zei hij toen.

Ze wachtte in de auto en toen hij eindelijk naar buiten kwam reed ze met hem naar het achteraf staande huisje aan de Vesturgata, waar Eðvarð woonde. Onderweg legde ze Valur uit wat hij moest doen. Het was doodsimpel: het enige wat er van hem verlangd werd was dat hij de waarheid sprak. Ze wilde Eðvarð niet naar het bureau roepen om hem daar door Valur te laten identificeren als de man die zichzelf Runólfur had genoemd en die rohypnol van hem gekocht had. Ze wilde zijn rust niet te veel verstoren, hem niet zenuwachtig maken. Niet in dit stadium tenminste. Wel wilde ze bevestigd hebben dat hij de man was die zaken had gedaan met Valur. Ze had eens goed met haar vriend op de afdeling narcotica gepraat en hij had, na flink onder druk gezet te zijn, toegegeven dat zijn afdeling soms dezelfde belangen had als Valur. Beide partijen wilden de straatverkoop van drugs terugdringen, al hadden ze daar nogal verschillende redenen voor. Elínborgs vriend bleef echter stug ontkennen dat Valur ongestoord onder de beschermende vleugels van de afdeling mocht werken. Dat zou nooit kunnen.

'Jullie weten toch dat hij verkrachtingsdrugs verkoopt?' zei Elínborg.

'Dat is nieuw voor ons,' was het antwoord.

'Maak het nou. Jullie weten alles over hem.'

'Hij dealt niet meer, dat weten we. Toch heeft hij nog heel wat contacten in de drugswereld. Dat zijn dingen die wij moeten afwegen en beoordelen. Er bestaan op dit gebied geen simpele procedures. Dat zou jij toch net zo goed moeten weten als ik.'

Ze stopte dicht bij Eðvarðs huis en zette de motor af. Valur zat op de passagiersplaats.

'Ben je hier wel eens eerder geweest?' vroeg ze.

'Nee,' zei Valur. 'Kunnen we er nou een punt achter zetten?'

'Hier woont de man die zichzelf Runólfur noemde. Jij moet voor me vaststellen of we het over dezelfde man hebben. Ik wil hem aan de deur zien te krijgen. Het kan nooit moeilijk voor je zijn om hem te herkennen.'

'En kunnen we dan aftaaien?'

Ze liep naar het huis en klopte op de deur. Het schijnsel van de tv drong door de dunne gordijnen naar buiten. Die waren Elínborg al opgevallen toen ze daar met Sigurður Óli geweest was. Ooit waren ze wit geweest, nu waren ze bruin uitgeslagen. Ze klopte nog een keer, harder, en wachtte geduldig. De gammele auto van Eðvarð stond voor het huis, net als de vorige keer.

Eindelijk ging de deur open. Eðvarð verscheen.

'Hallo, daar ben ik weer,' zei Elínborg en ze verontschuldigde zich voor de overlast. 'Het is nogal klungelig van me, maar kan het zijn dat ik mijn tas heb laten liggen toen ik hier gisteren was, zo'n leren tas, een handtas, bruin?'

'Je tas?' zei Eðvarð.

'Of ik heb hem ergens laten liggen, of hij is gestolen, ik begrijp er niks van. Dit is de enige plek waar hij nog zou kunnen zijn. Heb jij hem niet gezien?'

'Nee, helaas,' zei Eðvarð. 'Hier is hij niet.'

'Weet je het echt zeker?'

'Ja. Je tas is hier niet.'

'Zou je… zou je toch niet even willen kijken? Ik blijf hier wel zolang wachten.'

Eðvarð bekeek haar een hele tijd.

'Dat lijkt me niet nodig. Hij ís hier niet. Was er verder nog iets?'

'Nee,' zei Elínborg terneergeslagen. 'Sorry voor de overlast. Veel geld zat er niet in, maar nou moet ik al mijn bankpassen en mijn rijbewijs opnieuw aanvragen, en…'

'Tja… helaas,' zei Eðvarð.

'Bedankt.'

'Tot ziens.'

Valur wachtte op haar in de auto.

'Denk je dat hij je gezien heeft?' vroeg Elínborg toen ze de auto startte en wegreed.

'Nee, hij heeft me niet gezien.'

'Was hij het?'

'Ja, dit is dezelfde man.'

'De man die zichzelf Runólfur noemde en die rohypnol van je gekocht heeft?'

'Ja.'

'Jij zegt dat hij maar één keer bij je geweest is, zo'n halfjaar geleden. Je zei dat je hem helemaal niet kende, dat je hem nooit eerder gezien had. Een neef van hem zou hem jouw naam genoemd hebben. Je zit toch niet tegen me te liegen, hè?'

'Nee.'

'Het is verschrikkelijk belangrijk dat je precies vertelt hoe het zit.'

'Laat me met rust. Ik heb hier verder niks over te melden. Ik heb niks te maken met jullie zaak. Het zal me een rotzorg wezen wat er voor jou belangrijk is en wat niet. Als je me maar naar huis brengt.'

De rest van de rit zwegen ze. Valur stapte zonder een woord te zeggen uit voor de flat waar hij woonde en knalde het portier achter zich dicht. Elínborg reed naar huis, diep in gedachten. Op de radio werd een schlager gedraaid van een zangeres die ze lange tijd erg goed had gevonden. … *ik fluister je naam, maar krijg geen antwoord…* Ze dacht aan Eðvarð en het meisje van Akranes, en of hij iets kon weten van haar verdwijning, zes jaar geleden. Eðvarð was nog nooit met de politie in aanraking geweest. De relatie tussen hem en Runólfur kon wel eens de sleutel zijn tot wat er in het appartement van Runólfur was gebeurd. Daarvoor hoefde je niet eens al te veel belang te hechten aan het feit dat Eðvarð, toen hij een halfjaar tevoren rohypnol kocht, de naam van zijn vriend had gebruikt. Het was mogelijk dat Eðvarð de verkrachtingsdrug aan Runólfur geleverd had. Wanneer was dat begonnen? Met welke bedoeling? Gebruikte Eðvarð het zelf? Wie was de man die Petrína had gezien toen hij haastig naar het huis met nummer 18 in Þingholt liep? Wat ze over die man had gezegd nam Elínborg serieus, al kon je over allerlei andere dingen alleen maar je twijfels hebben. Waarom had hij zo'n haast gehad? Had hij iets gezien? Had hij iets te maken met de tandoorivrouw die bij Runólfur in huis was geweest, naar de politie toch wel aannam? Was hij nog iets anders dan alleen een getuige? Was hij de man die Runólfur te lijf was gegaan?

Al die vragen liet ze de revue passeren, zonder ook maar op één ervan een antwoord te vinden. Het knaagde aan haar geweten dat ze haar gezin de afgelopen dagen zo verwaarloosd had. Alsof het niet genoeg was dat ze nooit thuis was, zat ze de weinige uren die ze bij haar gezin doorbracht met haar gedachten helemaal bij haar werk. Ze vond dat het zo niet kon, maar was niet bij machte het anders te doen. Zo ging dat met die moeilijke zaken. Ze lieten je niet met rust. In de loop der jaren was ze steeds meer gaan genieten van de rust die van het gezinsleven samen met Teddi uitging. Ze wilde bij Theodóra zitten en haar met haar breiwerk helpen. Ze wilde meer over Valþór weten, begrijpen hoe hij bezig was uit te groeien tot een jongeman die algauw uit huis zou gaan. Waarschijnlijk zou hij zo goed als helemaal uit haar bestaan verdwijnen, op een enkel telefoongesprek na, waarin ze geen van beiden nog iets te zeggen zouden hebben. Onregelmatig langskomen. Misschien had ze hem in de belangrijke jaren dat zijn karakter gevormd werd verwaarloosd, omdat ze ondanks alles haar werk voor liet gaan, er constant mee bezig was, meer dan met haar eigen gezinsleden. Ze wist dat ze dit niet kon terugdraaien, maar ze kon proberen de schade te herstellen. Als het al niet te laat was. Zou ze dan alleen via zijn weblog nog iets van hem te weten kunnen komen? Ze wist verder ook niet meer hoe ze hem kon benaderen.

Eerder die dag had ze op haar werk eventjes zijn weblog bekeken. Daarop beschreef hij een voetbalwedstrijd die hij op tv had gezien, politieke discussies over milieubescherming in een populair praatprogramma – waarbij hij, naar Elínborgs mening, nogal duidelijk een kapitalistisch standpunt innam – zijn leraar op school, aan wie hij behoorlijk de pest had, en ten slotte zijn moeder, die hem nooit met rust kon laten, en zijn broer vroeger ook niet. Die was het land uit gevlucht en woonde nu bij zijn echte vader in Zweden. Ik ben vreselijk jaloers op hem, schreef Valþór. Ik denk erover om op kamers te gaan. Ik heb hier geen zin meer in.

Geen zin waarin? dacht Elínborg bij zichzelf. We hebben in geen weken met elkaar gepraat.

Elínborg klikte Reacties (1) aan. Daar stonden twee woorden: Moeders, waardeloos!

18

De man staarde naar Elínborg, die in het trapportaal stond. Het was in een flatgebouw in Kópavogur; hij wilde haar niet binnenlaten, zodat ze haar gesprek aan de voordeur moest voeren. Dat ging haar niet zo vlot af. Ze had een lijst te pakken gekregen met tegen de twintig namen van mensen die ooit verbleven hadden in de Epidemie, zoals het ziekenhuis voor epidemische ziekten in Reykjavík genoemd werd. Het waren de laatste patiënten die kinderverlamming hadden opgelopen voordat men midden vorige eeuw was begonnen met vaccineren.

De man was erg wantrouwig en stond half achter de deur, zodat Elínborg eerst niet eens kon zien of hij een spalk om een van zijn benen had. Ze vertelde hem dat de politie wilde spreken met mensen die in hun jonge jaren in de Epidemie hadden verbleven. Het had te maken met een misdaad die in de stad was gepleegd, in Þingholt om precies te zijn.

De man hoorde haar aan en wilde weten waarnaar ze precies op zoek was. Ze vertelde het hem: naar iemand die mogelijk nog met een spalk om zijn been liep.

'Dan ben je bij mij aan het verkeerde adres,' zei de man hij en deed de deur verder open, zodat zijn beide benen te zien waren. Hij droeg geen spalk.

'Kun jij je nog zo'n jongen herinneren, een die met jou in de Epidemie is geweest en die mogelijk een spalk nodig had, ik bedoel in zijn verdere leven?'

'Dat gaat jou niks aan, liefie,' zei de man. 'En het beste maar weer.'

Daarmee was het gesprek afgelopen. De man met wie Elínborg nu gepraat had was de derde van de Epidemie-patiënten. Vóór deze ontvangst was ze veel vriendelijker te woord gestaan, maar het vele werk had nog niet tot enig resultaat geleid.

De volgende op de lijst was een man die in een rijtjeshuis in de Vogarbuurt woonde. Die was behulpzamer toen hij Elínborgs uitleg gehoord had. Hij ontving haar vriendelijk en nodigde haar binnen. Hij droeg geen spalken om zijn benen, maar ze ontdekte algauw dat hij zijn linkerarm niet kon gebruiken.

'Overal in het land hebben mensen kinderverlamming gekregen, de laatste keer dat het heerste,' zei de man, die Lúkas heette. Hij was de zestig gepasseerd, slank, kwiek in zijn bewegingen. 'Ik was veertien, ik woonde in Selfoss, en nooit zal ik vergeten hoe ontzettend ziek ik ben geweest, laat ik je dat vertellen. Door mijn hele lichaam had ik pijn, net als bij een zware griep, en ik was van top tot teen verlamd, ik kon me niet meer bewegen. Nooit in mijn hele leven heb ik meer zó geleden.'

'Het is een vreselijke ziekte geweest,' zei Elínborg.

'Geen levende ziel die op het idee kwam dat dit wel eens kinderverlamming zou kunnen zijn,' zei Lúkas. 'Dat kwam gewoon bij niemand op. De mensen dachten dat het een gewone griepepidemie was. Maar toen bleek dat het wel een beetje anders lag.'

'En jij werd naar het ziekenhuis voor epidemische ziekten gebracht?'

'Ja, toen duidelijk werd wat er echt aan de hand was werd ik in quarantaine gezet, en toen naar Reykjavík gestuurd, naar de Epidemie. Daar zaten mensen van overal uit het land, het meest kinderen en jongelui. Ik vind dat ik er nog goed van afgekomen ben. Ik ben grotendeels hersteld, en ik heb in de Sjafnargata hard aan mijn revalidatie gewerkt, maar mijn arm kan ik sinds die tijd niet meer gebruiken.'

'Kun jij je nog mannen of jongens in de Epidemie herinneren die met een spalk liepen, met een beugel of iets dergelijks?'

'Ik weet niet hoe het verdergegaan is met de mensen die ik daar heb leren kennen. Je verliest het contact zo gauw. Dus daar kan ik je waarschijnlijk niet mee helpen. Maar ik kan je wél zeggen dat de lui daar, de kinderen die daar samen met mij zaten, niet van plan waren bij de pakken te gaan neerzitten.'

'De mensen zullen wel heel verschillend met hun lot zijn omgegaan,' zei Elínborg.

'Ik zeg vaak dat de toekomst voor ons werd uitgesteld, maar wij wilden die weer oppakken, en dat hebben we gedaan ook. Volgens mij dachten de meesten dat we ons hierdoor niet moesten laten tegenhouden. Geen mens haalde het in zijn hoofd om het op te geven. Dat kwam gewoon bij niemand op.'

Elinborg reed door de Hvalfjordtunnel, en vervolgens in een harde noordenwind naar Akranes. Ze had een afspraak gemaakt met de ouders van Lilja, het verdwenen meisje. Ze had haar moeder gesproken, die nog wel eens naar de politie belde om te horen of er nieuws was in de zaak van haar dochter. Toen ze hoorde dat de politie met haar over de verdwijning van Lilja wilde spreken was ze eerst wat gespannen geweest, maar Elínborg had haar direct verteld dat er in die zaak geen nieuwe ontwikkelingen waren, jammer genoeg. Haar bedoeling was alleen maar te zien of Lilja's ouders nog iets wisten dat in het onderzoek van nut zou kunnen zijn.

'Ik dacht dat dat afgesloten was,' zei de vrouw aan de telefoon.

'We zijn inderdaad nog niet verder gekomen.'

'Maar wat wil je dan?' zei de vrouw, die Hallgerður heette. 'Waarom bel je me dan eigenlijk?'

'Ik heb begrepen dat jij wel eens belt om naar de zaak te informeren,' zei Elínborg. 'Een collega van me herinnerde me een dag of wat geleden weer aan Lilja. Destijds ben ik zijdelings bij het onderzoek betrokken geweest, en ik vroeg me ineens af of je niet bereid zou zijn mijn geheugen wat op te frissen. Nog eens alles wat er gebeurd is met me door te nemen. We proberen zoveel als maar kan van zulke zaken te leren. We zijn altijd aan het bijleren.'

'Dat kan ik me voorstellen,' zei de vrouw aan de telefoon.

Ze wachtte het bezoek op en had de huisdeur al open voor Elínborg uit de auto was gestapt. Ze begroetten elkaar op de stoep, in een bijtende kou, en de vrouw nodigde haar binnen. Ze was iets ouder dan Elínborg, heel slank, levendig en nu gespannen vanwege de komst van de politie. Ze was alleen thuis, zei ze. Haar man was scheepsmachinist en hij was 's morgens afgevaren. Ze woonden in een oud vrijstaand huis met een grote tuin, die inmiddels aan de herfst ten prooi was gevallen. In de huiskamer stond een grote foto van Lilja, een paar maanden voor haar verdwijning genomen. Elínborg herinnerde zich dat deze foto tijdens de zoekactie in de kranten had gestaan. Hij toonde een vriendelijk meisjesgezicht met donker haar en mooie bruine ogen. Om de foto zat een zwarte rouwlijst; hij stond op een degelijke ladekast. Een kaarsvlammetje stond onrustig voor de foto te flakkeren.

'Ze was een heel gewoon kind,' zei Hallgerður toen ze waren gaan zitten. 'Een lieve meid. Ze had voor van alles en nog wat belangstelling, en ze genoot als ze bij haar oma en opa in de Hvalfjord was. Daar was ze altijd met de paarden bezig. Ze had een heleboel vriendinnen hier in de stad. Je zou wel eens met Áslaug kunnen praten. Die twee waren onafscheidelijk, al vanaf de kleuterschool. Ze werkt hier in de bakkerswinkel. Moeder geworden van twee kinderen. Getrouwd met een fijne knul uit Borgarnes. Áslaug is echt heel bijzonder. Die houdt nog altijd contact. Komt zo af en toe eens binnenwippen om wat te kletsen. Dan heeft ze haar twee dochtertjes bij zich, zulke prachtige kinderen.' -

In haar woorden klonk het gemis door; het ontging Elínborg niet, hoewel Hallgerður haar best deed het niet te laten merken.

'Wat denk jij dat er gebeurd is?' vroeg Elínborg.

'Ik heb mezelf daar al die jaren mee gekweld, en er is maar één ding dat ik nu zeker weet, en dat is dat dit Gods wil was. Ik weet nu dat ze gestorven is, ik heb me ermee verzoend en ik weet dat ze bij God is. Wat er met haar gebeurd is kan ik niet zeggen. Net zomin als jullie.'

'Ze wilde bij een vriendin blijven slapen?'

'Ja, bij Áslaug. Ze hadden het erover gehad om 's avonds bij elkaar te komen en naar een of andere film te gaan. Ze bleven vaak bij elkaar slapen, zonder het speciaal aan te kondigen. Soms belde Lilja op, dan was ze bij Áslaug en wilde daar blijven slapen. En Áslaug precies eender als ze bij ons was. Dat spraken ze niet van tevoren af. Lilja had toen ook gezegd dat ze van plan was die avond naar Áslaug te gaan.'

'Wanneer heb je haar voor de laatste keer gesproken?'

'Dat was op de vrijdag dat ze verdwenen is. "Tot ziens," zei ze. Dat was het laatste wat ze tegen me gezegd heeft. "Tot ziens." Simpeler kan een gesprek niet zijn. Zoals je tegen elkaar praat als er niet veel te vertellen valt. Dat was het enige wat ze me nog wilde zeggen. Verder niks. Ik heb goed afscheid van haar genomen, denk ik. "Dag lieverd," zei ik. Dat heeft me geholpen toen het erop aankwam. "Dag lieverd." Dat was alles.'

'Was ze misschien somber, de dagen daarvoor? Ging het niet goed met haar, om wat voor reden dan ook?'

'Helemaal niet. Lilja was nooit somber. Altijd fleurig en positief, altijd bereid er voor je te zijn. Ze was volkomen open en eerlijk, ze had de onschuld die alle goede mensen in zich hebben. Ze ging prettig met andere mensen om en anderen gingen prettig om met haar. Dat was gewoon zo. Ze vertrouwde de mensen. Ze geloofde niet dat er in mensen kwaad zou kunnen steken; dat had ze ook nooit ervaren. Ze had altijd alleen maar goede mensen leren kennen.'

'Pesten op school is tegenwoordig nogal eens in het nieuws. Zou ze daar ook last van gehad kunnen hebben?' vroeg Elínborg.

'Daar heeft ze nooit mee te maken gehad,' zei Hallgerður.

'En het ging goed met haar op school?'

'Ja. Lilja kon goed mee. Wiskunde was haar lievelingsvak en ze had het er wel over om aan de universiteit natuurkunde of wiskunde te gaan studeren. Ze wilde ook wel graag weg, naar Amerika. Ze zei dat je daar het best terechtkon voor die vakken.'

'Werd er hier goed in lesgegeven?'

'Ik denk het wel. Ik heb er haar nooit over horen klagen.'

'Zei ze wel eens iets over de lessen? Over leraren of zo?'

'Nee.'

'Heeft ze het ooit gehad over een leraar die Eðvarð heette?'

'Eðvarð?'

'Dat was haar docent exacte vakken,' zei Elínborg.

'Waarom vraag je dat?'

'Ik...'

'Kende hij mijn dochter op de een of andere manier?'

'Hij heeft haar het schooljaar voor ze verdween lesgegeven. Ik ken hem gewoon. Ik weet dat hij hier in die tijd lesgegeven heeft.'

'Ze heeft het nooit over een Eðvarð gehad. Is dat iemand van hier? Ik kan me niet herinneren dat ik haar ooit speciaal over hem heb horen praten. Tenminste, niet meer dan over andere leraren.'

'Nee, natuurlijk, het kwam ook alleen maar bij me op om naar hem te vragen omdat ik hem ken. Eðvarð woont in Reykjavík. Hij reed iedere dag op en neer. Toen hij hier lesgaf was hij nog tamelijk jong. Hij heeft een vriend die Runólfur heet. Kun je je herinneren of Lilja díe naam wel eens genoemd heeft?'

'Runólfur? Is dat ook een vriend van je?'

'Nee,' zei Elínborg, die zelf vond dat ze zich nu op glad ijs begaf. Ze kon er niet toe komen om Hallgerður de waarheid te vertellen en de verdenking ter sprake te brengen, terwijl er waarschijnlijk geen enkel verband viel aan te nemen tussen Lilja en de veronderstelde verkrachter in Reykjavík. Ze wilde de vrouw zoveel als ze kon sparen, ze had immers bitter weinig om van uit te gaan. Toch wilde ze deze namen noemen: je kon nooit weten.

'Maar waarom vraag je nú ineens naar Lilja, en waarom noem je de na-

140

men van die mannen?' vroeg Hallgerður. 'Is er soms iets bekend geworden dat je me niet mag vertellen? Wat is je bedoeling nou eigenlijk?'

'Helaas,' zei Elínborg. 'Ik had misschien beter geen namen kunnen noemen. Zij hebben niks met Lilja's verdwijning te maken.'

'Ik ken ze in ieder geval niet.'

'Nee, dat verwachtte ik ook niet.'

'Runólfur? Heette die man die in Reykjavík vermoord is niet zo?'

'Ja.'

'Is híj dat? Is dat de man waar je me naar vraagt?'

Elínborg aarzelde.

'Die Eðvarð kende Runólfur,' zei ze.

'Kende Runólfur? Ben je daarom hierheen gekomen? Heeft die Runólfur op de een of andere manier iets met mijn Lilja te maken?'

'Nee,' zei Elínborg, 'er is geen nieuws in de zaak van Lilja. Het enige wat we weten is dat Eðvarð en Runólfur vrienden waren.'

'Ik ken ze niet, ik heb die namen nooit gehoord.'

'Dat verwachtte ik ook niet.'

'Maar wat hebben ze dan met Lilja te maken?'

'Niks.'

'Maar je bent toch hier gekomen omdat je iets wilde weten?'

'Ik wilde alleen maar weten of jij die namen eerder gehoord had. Dat is echt alles.'

Elínborg veranderde haastig van gespreksonderwerp, vroeg tamelijk gedetailleerd naar Lilja's dagelijks leven en verzekerde haar moeder dat de politie haar ogen openhield voor verdere aanwijzingen in de zaak, ook al waren er dan flink wat jaren overheen gegaan. Ze bleef nog tamelijk lang bij de vrouw zitten en nam pas afscheid toen de schemer inviel. Hallgerður liep met haar mee naar de auto. Ze stond in de gure noordenwind zonder dat ze daar iets van leek te merken.

'Het is in elk geval goed te weten dat jullie aan Lilja blijven denken.'

'We doen ons best.'

'Heb jij ook iemand die je heel na stond op deze manier verloren?' vroeg ze Elínborg.

'Nee, niet op deze manier, als je bedoelt dat...'

'Het is alsof de tijd stilstaat. En die komt pas weer op gang als we eindelijk weten wat er gebeurd is.'

'Het is natuurlijk verschrikkelijk als er zoiets gebeurt.'

'Het droevige ervan is dat er nooit een eind aan komt, we kunnen niet eens fatsoenlijk afscheid van haar nemen,' zei Hallgerður en ze glimlachte mat, haar armen over haar borst gekruist. 'Er is met Lilja iets verdwenen dat we nooit meer terugkrijgen.'

Ze streek met haar hand door haar haar.

'Misschien wijzelf wel.'

Het was rustig in de bakkerswinkel waar Áslaug werkte. Bij de deur hing een bel die een onaangenaam gerinkel liet horen toen Elínborg er naar binnen ging. De noordenwind was nog verder aangetrokken en joeg Elínborg nu bijna met zweepslagen de winkel in. De behaaglijke geuren van versgebakken brood en taarten drongen haar neus en mond binnen. Achter de toonbank stond een jonge vrouw met een schort voor; ze gaf iemand wisselgeld. Ze sloot de kassa en glimlachte naar Elínborg.

'Heb je ook ciabatta's?' vroeg Elínborg.

De vrouw keek op de planken.

'Ja, nog twee.'

'Dan wil ik die wel hebben. En een gesneden volkoren alsjeblieft.'

De vrouw achter de toonbank deed de ciabatta's in zakken en pakte een volkorenbrood. Ze had een naambordje op haar schort. Áslaug. Ze waren alleen in de bakkerswinkel.

'Alsjeblieft,' zei de jonge vrouw.

Elínborg reikte haar creditcard aan.

'Ik heb begrepen dat jij een goede vriendin was van Lilja,' zei Elínborg. 'Jij bent toch Áslaug?'

De vrouw keek haar aan.

'Ja,' zei ze, en ze tikte met haar vinger op het naambordje. 'Ik heet Áslaug. Heb jij Lilja gekend?'

'Nee, ik ben van de politie, district Reykjavík, en ik was hier in de buurt,' zei Elínborg. 'Ik heb met mijn collega hier in Akranes gesproken, en we kregen het over Lilja en hoe ze verdwenen is. Ze zeiden dat jij haar beste vriendin was.'

'Ja,' zei Áslaug. 'Dat klopt. Wij waren... het is altijd zo'n prima meid geweest. Hebben jullie het over ons gehad?'

'We hebben over de verdwijning van Lilja gepraat, ja,' zei Elínborg, en ze nam haar creditcard terug. 'Ze wilde toch bij jou blijven slapen?'

'Ja, dat had ze tegen haar moeder gezegd. Ik dacht dat ze gewoon de stad uit was gegaan. Dat deed ze zo vaak. Ik heb er verder niet over nagedacht. 's Morgens had ik haar nog gesproken. We zouden misschien 's avonds naar de bioscoop gaan, en we hebben het er nog over gehad of ze daarna niet bij mij zou komen logeren. We waren bezig een reis naar Denemarken te plannen. Gewoon wij met ons tweeën. En toen... toen gebeurde het.'

'Het was alsof de aarde haar had opgeslokt,' zei Elínborg.

'Het was gewoon niet te geloven,' zei Áslaug. 'Zo absurd. Volkomen absurd dat zoiets kan gebeuren. Maar ik wéét gewoon dat ze geen zelfmoord gepleegd heeft. Ze heeft een of ander absurd ongeluk gekregen en... Ze kwam vaak aan de kust. Het enige wat ik kan bedenken is dat ze gevallen en bewusteloos geraakt is, en dat ze toen verdronken is, of iets van dien aard.'

'Zelfmoord sluit je uit?'

'Ja, absoluut. Dat kan ik me met de beste wil van de wereld niet voorstellen. Ze was op zoek naar een verjaardagscadeautje voor haar opa. Dat heeft ze me die ochtend nog verteld. En daarna is ze nog gezien in een sportzaak hier, die spullen voor paarden verkoopt – haar opa is een groot paardenman. Daar hebben ze haar het laatst gezien, en toen is ze verdwenen. En geen mens die er wat vanaf weet.'

'Wat ze wilde kopen hadden ze niet in die sportzaak,' zei Elínborg, die de verklaringen van de getuigen had doorgekeken.

'Nee.'

'En dat was dan einde verhaal.'

'Zoals ik zei, het is onbegrijpelijk. En ik heb er helemaal niet aan gedacht om naar haar te vragen toen ik 's avonds nog niks van haar gehoord had. We hadden niks definitief afgesproken en ze ging vaak naar haar grootouders buiten de stad, zonder dat ze dat vertelde. Ik dacht dat ze gewoon daar naartoe was gegaan.'

De bel rinkelde en er verscheen een nieuwe klant in de deuropening. Áslaug voorzag hem van koffiebroodjes en bolletjes. Er kwam nog een klant. Elínborg wachtte geduldig.

'Hoe ging het met haar ouders?' vroeg ze toen ze weer alleen waren.

'Op en neer,' zei Áslaug. 'Het heeft hun huwelijk wel erg op de proef gesteld. Hallgerður werd heel gelovig en ging bij een sekte. Áki, haar vader, is totaal anders. Die zwijgt alleen maar.'

'Je hebt samen met haar op school gezeten, is het niet?'

'Altijd, zo lang ik me kan herinneren.'

'Op het vwo ook?'

'Ja, ook.'

'Ging het daar misschien niet goed met haar?'

'O jawel, het ging prima. Met ons allebei. Ze was echt steengoed in wiskunde. Natuurkunde en al die exacte vakken deed ze het liefst. Ik was meer een talenmeisje. We dachten er zelfs over om in Denemarken te gaan studeren. Wij tweeën samen. Dat zou…'

'Ze had het er ook over om naar Amerika te gaan.'

'Ja, ze wilde weg, ze wilde in het buitenland wonen.'

Opnieuw ging de deur open. Áslaug hielp vier klanten voordat Elínborg haar naar Eðvarð kon vragen. Ze was Áslaug dankbaar dat die hun gesprek niet voortzette zolang er anderen konden meeluisteren.

'Had ze ook een lievelingsdocent?' vroeg ze. 'Op het vwo?'

'Nee, dat geloof ik eigenlijk niet,' zei Áslaug. 'Ze waren allemaal heel aardig.'

'Herinner jij je nog een leraar die Eðvarð heette? Hij gaf exacte vakken, meen ik.'

'Ja, die kan ik me nog wel herinneren. Maar hij is er allang niet meer. Ik heb nooit les van hem gehad. Lilja wel, dat weet ik nog.'

'En ze heeft nooit iets over hem gezegd, zover je je kunt herinneren?'

'Nee, voor zover ik weet niet.'

'Maar je herinnert je hem nog wel?'

'O ja. Hij heeft me een keer een lift naar de stad gegeven.'

'Naar de stad? Wat bedoel je, naar het centrum hier?'

Áslaug glimlachte, voor het eerst in hun gesprek.

'Nee,' zei ze. 'Eðvarð woonde in Reykjavík. Hij heeft me een keer een lift gegeven naar Reykjavík.'

'Wacht eens even. Was dat pasgeleden?'

'Pasgeleden? Welnee. Dat is al jaren terug gebeurd. Toen hij hier lesgaf. Het was nog voordat Lilja verdween, want ik herinner me dat ik het er met haar over gehad heb. Hij was heel aardig. Waarom wil je dat weten?'

'En hoe ging dat? Heeft hij je in de stad afgezet?'

'Ja. Ik stond op de bus te wachten. Hij stopte en gaf me een lift. Ik wilde in Reykjavík gaan winkelen en toen heeft hij me naar Kringlan gereden, het winkelcentrum.'

'Deed hij dat wel vaker, mensen een lift geven?'

'Dat zou ik niet weten,' zei Áslaug. 'Hij was gewoon heel aardig. Ik kon wel bij hem logeren als ik wou.'

'Bij hem thuis?'

'Ja. Hoezo? Waarom stel je al die vragen?'

'En ben je ook naar zijn huis gegaan?'

'Nee.'

'Heeft Lilja ooit een lift van hem gehad?'

'Dat zou ik niet weten.'

De deur ging open en er kwam een nieuwe klant binnen. Direct daarna weer een andere, en algauw stond de winkel vol mensen. Elínborg pakte haar broden, groette Áslaug vluchtig en ging naar buiten, met het geluid van de rinkelende bel in haar oren.

***

Ze reed naar Reykjavík en kwam juist voor sluitingstijd bij de oosterse winkel. Jóhanna was er niet; een meisje verving haar. Toen Elínborg naar Jóhanna vroeg vertelde ze dat ze zo nu en dan voor haar inviel. Elínborg kon zich niet herinneren het meisje ooit eerder in de winkel te hebben gezien. Ze zei dat ze Jóhanna goed kende en haar eigenlijk had willen spreken. De invalster was een nichtje van Jóhanna, een vriendelijk glimlachende, behulpzame jonge vrouw van rond de vijfentwintig. Ze moest steeds vaker in de winkel helpen, vertelde ze, omdat het met de gezondheid van haar tante al ongeveer een jaar lang niet zo goed ging. Je kon onmogelijk zeggen wat haar scheelde; waarschijnlijk oververmoeidheid, zei het meisje openhartig, en ze voegde eraan toe dat haar tante heel flink was, altijd werkte en niet zo goed op haar gezondheid lette als ze eigenlijk zou moeten. Elínborg had het gevoel dat het die dag niet zo druk was geweest en dat het meisje blij was dat ze met iemand een praatje kon maken.

'Jij kunt me misschien ook wel helpen, als je hier zo vaak in de winkel staat,' zei Elínborg. 'Ik heb het Jóhanna ook al uitgelegd. Ze weet dat ik van de politie ben en dat ik probeer een jonge vrouw te vinden, met donker haar, die mogelijk bij jullie in de zaak komt en tandoorikruiden koopt, of zelfs een tandooripot.'

De invalster schudde diep in gedachten het hoofd.

'Ze kan een sjaal gedragen hebben,' zei Elínborg. 'Die zou ik je wel kunnen laten zien, alleen heb ik hem nu niet bij me.'

'Een sjaal...' zei het meisje nadenkend.

'Jóhanna wilde het wel voor me nagaan.'

145

'Ik heb deze herfst maar één tandooripot verkocht,' zei het meisje. 'En dat was niet aan een jonge vrouw met een sjaal. Dat was aan een oudere man.'

'En je weet niks van een vaste klant, een vrouw met donker haar? Iemand die geïnteresseerd is in Indiase gerechten, of in oosterse gerechten in het algemeen, of die gewoon van specerijen houdt? Iemand die in het Verre Oosten geweest is misschien?'

Het meisje schudde haar hoofd.

'Ik had je graag willen helpen,' zei ze.

'Die man die die pot gekocht heeft, weet je nog of die alleen was?'

'Ja. Dat weet ik nog omdat ik hem geholpen heb die pot naar zijn auto te dragen.'

'O ja?'

'Ja, hij wilde niet dat ik hem hielp, maar ik zei dat het helemaal geen moeite was.'

'Had hij dan hulp nodig?'

'Ja, hij was kreupel,' zei het meisje. 'Had een beetje een raar been. Maar hij was reuze aardig. Bedankte me wel honderd keer.'

19

Elínborg had de indruk dat die mensen hun zaakjes goed voor elkaar hadden. Ze wist dat hij economie had gestudeerd en afdelingschef was op het ministerie van Landbouw, en dat zijn vrouw bij een bank werkte. Ze woonden in een rijtjeshuis in een gewilde buurt van de stad. De woning had leren meubels in de kamer, een eiken eetkamertafel, een nog bijna nieuwe keuken, parket op de vloeren. Aan de muren hingen twee mooie olieverfschilderijen en een aantal tekeningen. En overal verspreid stonden er foto's van het gezin, het echtpaar op verschillende leeftijden, de drie kinderen vanaf de wieg tot in hun studententijd.

Ze had ervoor gekozen alleen op pad te gaan. Ze wilde hem niet meer verontrusten dan nodig was, als hij inderdaad de man was die ze zocht. Het meisje dat Jóhanna in de oosterse winkel hielp had de bon opgezocht van de tandooripot die ze hem aan het eind van de zomer had verkocht; hij had die met zijn creditcard betaald. Hij had zijn naam met heldere, fraaie letters op de bon geschreven. Geen hanenpoten. Sommige mensen zetten alleen hun initialen op de bon en zelfs die konden nog onleesbaar zijn. Zijn handtekening zag er fraai uit, weloverwogen, vertrouwenwekkend.

Elínborg had hem opgebeld en ze hadden een tijd afgesproken. Ze had eerst twee naamgenoten van hem aan de lijn gehad, die niet begrepen waarom de politie hen belde. Toen kreeg ze de man die ze moest hebben. Hij vroeg of ze wilde dat hij naar het bureau zou komen, maar Elínborg koos ervoor hem een thuiswedstrijd te laten spelen. Door de telefoon kreeg ze de indruk dat hij een beetje opgelucht was. Ze had gezegd dat ze van de politie was en bezig met het opsporen van getuigen in verband met de moord in Þingholt.

'Er is een man gesignaleerd met een beugel om zijn been, alsof hij invalide was of zijn been gebroken had,' zei Elínborg.

'O ja?'

'Hij had een spalk om zijn ene been. We hebben verschillende pogingen gedaan om hem te vinden, en toen kwamen we op het idee dat jij wel eens de man kon zijn met wie we moeten praten.'

Aan de andere kant werd gezwegen. Hij wist inderdaad waar het om ging, zei de man toen. Hij herinnerde zich, zei hij, dat hij omstreeks die tijd iets in Þingholt te doen had gehad.

'Wat... hoe kan ik jullie helpen?'

'We proberen getuigen te vinden, maar die zijn er maar bitter weinig,' zei Elínborg. 'Ik wilde alleen maar eens met je doornemen of je iets vreemds hebt gezien toen je door Þingholt liep.'

'Ga je gang,' zei de man beleefd, 'al zou ik niet weten hoe ik jullie kan helpen.'

'Dat begrijp ik. Laten we maar zien hoe ver we komen,' zei Elínborg.

En nu zaten ze bij hem thuis in de kamer. Zijn vrouw was nog niet van haar werk terug en de kinderen waren het huis uit, vertelde hij Elínborg zonder dat ze hem ernaar had gevraagd.

'Het is maar een routineonderzoek, maar ja, het moet nou eenmaal gebeuren,' zei Elínborg. 'Je vindt het niet erg dat ik je ermee lastigval?'

'Je zei dat er niet veel getuigen waren,' zei de man, die Konráð heette. Hij was in de zestig, tamelijk klein van stuk, maar stevig gebouwd. Hij had dik, kortgeknipt haar, dat flink begon te grijzen, een breed gezicht met lachrimpels om zijn mond, brede schouders en grote handen. Hij bewoog zich langzaam voort, vanwege de spalk aan zijn ene been. Elínborg moest ineens denken aan de hersenspinsels van Petrína. Ze zag een ijzeren stang aan de beugel, die goed kon doorgaan voor een antenne boven een statisch geladen tv-scherm. Konráð had een wijde sportbroek aan. In de pijpen zaten ritssluitingen, die openstonden; de pijpen fladderden om zijn benen terwijl hij liep, zodat de beugel glinsterde.

'Heb je ook geprobeerd me op mijn werk te bereiken?' vroeg hij.

'Nee, ik heb gewoon hierheen gebeld,' zei Elínborg.

'Gelukkig, ik ben de afgelopen dagen wat grieperig geweest. Waren jullie naar me op zoek?'

'Eigenlijk wel,' zei Elínborg. 'Er is in de buurt van het huis in Þingholt waar die man is vermoord, iemand gesignaleerd met een spalk om zijn been, en een van de opties was dat de man in kwestie invalide zou kunnen zijn. Toen hebben we een orthopedisch arts gevonden, die sprak over patiënten met kinderverlamming die behandeld werden in het ziekenhuis voor epidemische ziekten, en we kregen een lijst waar jouw naam op stond.'

'Ik heb in de Epidemie gelegen, dat klopt. Laat ik nou nog net bij de laatste uitbraak hier, in 1955, kinderverlamming heb gekregen. Dít ben ik erbij ingeschoten,' zei Konráð en hij klopte op de spalk. 'Ik heb nooit meer echt de kracht in mijn been teruggekregen. Maar als je bekend bent met de Epidemie weet je dat natuurlijk.'

'Het heeft niet veel gescheeld,' zei Elínborg. 'Het jaar daarop zijn ze met de vaccinatie begonnen.'

'Dat klopt, ja.'

'En toen ben je een tijdlang in de Epidemie geweest?' zei Elínborg. Ze merkte dat hij niet helemaal op zijn gemak was.

'Inderdaad ja.'

'Daar zul je het als jongen niet makkelijk mee gehad hebben.'

'Nee,' zei Konráð. 'Het was moeilijk om zoiets mee te moeten maken. Echt heel moeilijk – maar je bent hier niet gekomen om het daarover te hebben.'

'Je weet natuurlijk wat er in Þingholt is gebeurd,' zei Elínborg. 'We proberen op alle mogelijke manieren informatie te krijgen. Jij bent daar toen onderweg langs gekomen, nietwaar?'

'Jawel, maar ik ben niet echt dicht bij dat huis geweest. Ik had mijn auto 's avonds daar in de buurt neergezet, maar ik wilde die daar niet de hele nacht laten staan. Het was zaterdagavond en we hadden afgesproken, mijn vrouw en ik, om uit te gaan. Het kan zijn dat ik niet meer helemaal nuchter was toen ik de auto heb opgehaald. We waren in verschillende bars geweest. Ik weet wel dat je dan niet moet gaan rijden, maar ik moest er ook niet aan denken om de auto daar te laten staan.'

'Is dat niet een beetje erg dicht bij huis, als je hem in Þingholt laat staan terwijl je helemaal naar het centrum wilt?'

'Ach, je let er toch ook een beetje op dat hij niet beschadigd wordt. In het centrum kan het er nog wel eens ruig aan toe gaan. Het lijkt wel of ze daar alles slopen, als het er maar lang genoeg staat.'

'Ja, idioten genoeg,' zei Elínborg. 'Dus jullie waren een avond uit?'

'Zo kun je het noemen, ja.'

'En toen heb je de auto weer opgehaald?'

'Ja.'

'Wilde je vrouw hem niet halen? Jij zit toch met dat been?'

'Ze... zij had het meeste gedronken,' zei Konráð, en hij glimlachte. 'Ik vond het veiliger om zelf te gaan. Je moet niet denken dat we dit elk weekend doen, hoor. En trouwens, zo ver hoefde ik nou ook weer niet te lopen. We waren niet verder gekomen dan de Bankastræti en de Laugavegur.'

'En je was alleen toen je de auto ophaalde?'

'Ja. Heeft er soms iemand gezien dat ik hem achterna hinkelde, met dit hier?'

Konráð glimlachte. Elínborg merkte dat hij dat heel veel deed. Ze vroeg zich af hoe oprecht zijn lachje deze keer was, of ze hem al moest vertellen over de oosterse winkel en de tandooripot en over de sjaal die ze bij Runólfur had gevonden, de sjaal die zo opvallend naar India rook. Ze besloot daar nog mee te wachten. Verhoren afnemen was niet haar favoriete bezigheid. Elínborg vond het vervelend om mensen in een web van leugens te moeten vangen. Wat de man tot nu toe had gezegd was voor het merendeel gelogen, daar was ze van overtuigd, en ze zou gehaaid te werk moeten gaan om hem zijn mond voorbij te laten praten. Hem met irrelevante vragen een beetje in verwarring brengen. Hopelijk liet hij zich dan iets van belang ontvallen en hielp hij haar ongewild de zaak beter te begrijpen. In dat opzicht vond ze die verhoormethode wel wat hebben van het kinderspelletje van de vrouw uit Hamburg, waarbij je nooit 'zwart', 'wit', 'ja' of 'nee' mag zeggen op een vraag. Als ze het bij het juiste eind had, beseften ze beiden dat hij bepaalde dingen niet mocht zeggen. Naarmate het spel langer duurde zou het moeilijker voor hem worden zijn concentratie vast te houden.

'Het is niet mis wat er gebeurd is in Þingholt,' zei Elínborg, zonder hem rechtstreeks te antwoorden. 'Vond je niet dat je contact met ons moest opnemen? Je bent daar tenslotte geweest in de nacht dat die man aangevallen is.'

'Daar heb ik geen moment aan gedacht,' zei Konráð. 'Als ik gemeend had dat ik jullie er op de een of nadere manier mee kon helpen had ik het wel gedaan. Maar volgens mij is dat helaas niet het geval.'

'Je bent gewoon rustig naar je auto toe gelopen?'

'Zo zou je het kunnen zeggen, ja. Ik weet niet wat jouw man gezien heeft. Dat zou wel interessant zijn om te weten. Tussen twee haakjes, ik heb vanwege mijn vrouw wel geprobeerd een beetje voort te maken. Ze heeft me onderweg nog gebeld.'

'Dus je hebt met haar gebeld?'

'Ja, ik heb haar gesproken. Maar wil je iets bijzonders weten, heb je bepaalde vragen? Ik had me niet gerealiseerd dat het in dit gesprek helemaal om míj draaide.'

'Je moet het me maar niet kwalijk nemen,' zei Elínborg. 'We proberen zo goed als we kunnen de betrouwbaarheid van getuigen na te gaan. Dat is nou eenmaal onderdeel van de procedure.'

'Ja, dat begrijp ik,' zei Konráð.

'En vergeet niet dat alles ertoe doet, hoe onbelangrijk het jou ook lijkt. Hoe laat was het ongeveer toen je daarheen ging?'

'Daar heb ik niet speciaal op gelet, maar het kan zo rond tweeën zijn geweest dat we thuiskwamen.'

'Heb je nog andere mensen daar in de buurt gezien?'

'Dat zou ik niet kunnen zeggen. Zien lopen heb ik niemand. In de eerste plaats zijn veel van de straten daar nou niet bepaald goed verlicht. En verder had ik de auto ook niet dicht bij dat huis staan waar het drama gebeurd is, naar ik heb begrepen. Ik was er nog een behoorlijk eind van af.'

'In verband met die moord zijn we op zoek naar een jonge vrouw.'

'Dat heb ik in de krant gelezen.'

'En je hebt geen jonge vrouw daar in de buurt gezien?'

'Nee.'

'Ook niet een die samen met een man was?'

'Nee.'

'We zijn niet helemaal zeker van het tijdstip van overlijden, maar het kan best rond twee uur geweest zijn.'

'Het enige wat ik gezien heb was een stille straat, waar ik snel doorheen gelopen ben. Iets bijzonders heb ik helaas niet kunnen ontdekken. Ik zou echt wel beter opgelet hebben als ik geweten had dat ik in deze zaak nog getuige zou worden.'

'Waar in de straat stond je auto precies?'

'Nee, hij stond niet in die straat. Die ben ik alleen maar doorgelopen omdat dat de kortste weg was. De auto stond één straat verderop. Daarom heb je ook niet veel aan me. In de straat waar de misdaad heeft plaatsgevonden ben ik nooit geweest.'

'Heb je daar in de buurt iets gehoord, iets ongewoons?'

'Nee, dat kan ik niet zeggen.'

'Zijn dat je kinderen?' vroeg Elínborg, opeens van onderwerp veranderend. Er stonden drie foto's op een tafeltje: middelbare scholieren tijdens de uitreiking van hun diploma. Twee jongens en een meisje, die in de camera glimlachten.

'Ja, dat zijn mijn zoons en mijn dochter,' zei Konráð, alsof hij blij was dat hij over iets anders kon praten. 'Zij is de jongste. Altijd tegen de jongens opboksen. De oudste is geneeskunde gaan studeren, mijn jongste zoon economie, net als ik, en zij studeert techniek.'

'Arts, econoom en ingenieur?'

'Ja, het zijn fijne kinderen.'

'Ik heb zelf vier kinderen. Eén zit er op de handelsschool,' zei Elínborg.

'Mijn dochter studeert aan de universiteit. En onze dokter is zijn studie aan het afronden in San Francisco. Komt volgend jaar thuis. Cardioloog.'

'San Francisco?' zei Elínborg.

'Daar is hij drie jaar geweest. Hij heeft het er ontzettend naar zijn zin. We...'

Konráð zweeg.

'Ja,' zei Elínborg.

'Nee, het was niets hoor,' zei hij.

Elínborg glimlachte.

'Je hoort van iedereen dat San Francisco zo'n bijzondere stad is,' zei ze.

'Ja, dat is zo,' zei hij. 'We zijn een paar keer bij onze zoon op bezoek geweest. Geweldig.'

'En jullie dochter?'

'Hoe bedoel je?'

'Is die met jullie mee geweest?' vroeg Elínborg.

'Ja, inderdaad,' zei Konráð. 'De laatste keer dat we gingen. Toen is ze met ons mee geweest. Ze was helemaal weg van die stad, net als wij.'

Ze verliet Konráðs huis en zat net in de auto toen haar mobieltje overging. Het was Sigurður Óli.

'Je had gelijk,' zei hij.

'Is Runólfur bij haar geweest?' vroeg Elínborg.

'Volgens de lijst is hij zo'n twee maanden geleden bij haar geweest. Op twee achtereenvolgende dagen.'

20

Elínborg zag geen reden zich te haasten. Ze liet er een avond en een nacht overheen gaan voor ze weer contact met Konráð opnam. Hij nam zelf de telefoon op en zei dat ze welkom was als ze rond het middaguur zou komen. Hij ging nergens naartoe. Hij wilde weten wat voor reden Elínborg kon hebben om hem weer te willen ontmoeten, maar daar liet ze zich niet over uit; ze zei dat er nog wat vragen waren die ze vergeten was te stellen. Konráð klonk heel rustig door de telefoon. Elínborg kreeg het gevoel dat hij wist welke kant het opging.

Ze vertelde hem niet dat hij op haar initiatief in de gaten werd gehouden. Eigenlijk vond ze een dergelijke controle niet zo nodig, maar ze wilde iedere kans uitsluiten dat hij of zijn naaste familieleden het land zouden verlaten. Elínborg had er ook voor gezorgd dat Eðvarð zou worden tegengehouden, mocht hij een vluchtpoging wagen.

Ze had 's nachts lang wakker gelegen, na een gesprek met Valþór. Toen ze thuiskwam was Elínborg bij hem op de slaapkamer gaan zitten. Teddi sliep al, Theodóra en Aron ook, maar Valþór zat zoals gewoonlijk achter zijn pc, met de televisie aan. Hij antwoordde niet toen ze zei dat ze met hem moest praten.

'Gaat het allemaal wel goed, joh?' vroeg ze.

'Ja hoor,' zei hij kort.

Ze was niet echt in de stemming na zo'n lange dag. Ze wist dat Valþór een goeie jongen was. Hij had altijd erg aan haar gehangen, maar in zijn puberteit was er die vreselijke afweerhouding gekomen, en een streven naar zelfstandigheid dat zich meestal tegen háár keerde.

Na een paar pogingen om hem te benaderen deed ze de tv uit.

Valþór hield op met zijn bezigheden.

'Ik wil eens even met je praten,' zei Elínborg. 'Hoe kun je trouwens én internetten én tv-kijken?'

'Gewoon,' zei Valþór. 'Hoe gaat het met je onderzoek?'

'Gaat nogal. Zeg, ik heb liever niet dat je over mij blogt. Ik wil niet dat je over onze privézaken schrijft. Privézaken van onze familie.'

'Niet lezen dan maar, hè.'

'Het staat op internet, of ik het nou lees of niet. Theodóra vindt het ook niet prettig. Je weblog is te persoonlijk, Valþór. Je zet er dingen op die geen mens wat aangaan. Waarom doe je dat? Voor wie schrijf je dat eigenlijk? En wat zijn dat voor meisjes waar je altijd over schrijft? Denk je soms dat die het leuk vinden als ze dat over zichzelf lezen?'

'Ach,' zei Valþór, 'daar snap jij toch niks van. Iedereen doet het. Het stelt helemaal niks voor. Er is toch zeker niemand die denkt dat het wat te betekenen heeft? Het is alleen maar voor de gein, geen mens die het serieus neemt.'

'Er zijn toch genoeg andere dingen om over te schrijven?'

'Ik zat erover te denken om uit huis te gaan,' zei Valþór.

'Het huis uit te gaan?'

'Ik wil samen met Halli op kamers gaan wonen. Ik heb het er al met pappa over gehad.'

'En waar wil je dan van leven?'

'Ik wil een baantje nemen.'

'Gaat dat niet ten koste van je school?'

'Ik wil gewoon eens kijken hoe het gaat. Ik weet zeker dat ik in een mum van tijd een baan heb. En Birkir is toch ook het huis uit? Helemaal naar Zweden zelfs.'

'Jij bent Birkir niet,' zei Elínborg.

'Nee, precies.'

'Wat bedoel je daarmee?'

'Ach, laat maar zitten. Dat wil je toch niet horen.'

'Wat?'

'Niks.'

'Ik heb tegen Birkir gezegd dat het natuurlijk uitstekend was als hij zijn vader wilde ontmoeten. Het enige wat ik heel raar vond is dat hij zomaar ineens bij zijn vader wilde gaan wonen. In Zweden nog wel! Ik dacht dat wíj zijn familie waren, maar daar was hij het duidelijk niet mee eens. We hebben er een beetje ruzie over gehad. Maar daar moet je mij niet de schuld van geven. Of je vader en mij. Uiteindelijk heeft Birkir ervoor gekozen zijn eigen weg te gaan.'

'Jij hebt hem weggejaagd.'

'Dat is gewoon niet waar.'

'Hij heeft het zelf gezegd. En hij wil verder geen contact meer. Je hoort toch ook nauwelijks meer wat van hem? Hij praat niet meer met jou. Vind jij dat normaal soms?'

'Birkir zat in een moeilijke leeftijdsfase. Net als jij nu. En wou je soms beweren dat dat míjn schuld is?'

'Hij zei dat hij zich nooit een broer van ons drieën gevoeld heeft.'

Elínborg was stomverbaasd.

'Wat zeg je me nou?'

'Dat heeft hij gemerkt, Birkir.'

'Wat gemerkt?'

'Jij bent tegen hem nooit geweest zoals je tegen ons was. Voor hem was het altijd net of hij hier niet hoorde. Alsof hij gast was in zijn eigen huis.'

'Heeft Birkir dat gezegd? Daar heeft hij nooit met mij over gepraat.'

'Je dacht toch zeker niet dat hij zoiets aan jou ging vertellen? Hij heeft het tegen mij gezegd toen hij uit huis ging. Hij heeft me verboden het jou te vertellen.'

'Hij heeft het recht niet om zo te praten.'

'Hij mag zeggen wat hij wil.'

'Valþór, je weet dat Birkir altijd gewoon bij ons gezin gehoord heeft. Ik weet wel, het is niet makkelijk voor hem geweest zijn moeder te moeten verliezen, het is niet makkelijk voor hem geweest om hier in huis te komen en bij zijn oom en tante te gaan wonen, bij mensen die hij nauwelijks kende. En toen kwamen jullie. Ik heb altijd begrip gehad voor zijn positie, en ik heb altijd, altijd, mijn best gedaan ervoor te zorgen dat het goed met hem ging. We hebben nooit onderscheid gemaakt tussen hem en jullie, hij was een van onze kinderen. Je kunt je niet voorstellen hoeveel pijn het me doet als ik hoor dat hij zo praat.'

'Ik wou dat hij niet weggegaan was,' zei Valþór.

'Ik ook,' zei Elínborg.

Konráð ontving haar, evenals de dag daarvoor, in zijn kamer. Hij hinkte voor haar uit en scheen heel rustig en zeker van zijn zaak. Elínborg was alleen. Ze verwachtte geen problemen. Ze was nog even op het bureau gebleven toen de resultaten binnenkwamen van het DNA-onderzoek van een haar die in de sjaal was gevonden en een haar uit Runólfurs bed.

'Ik dacht eigenlijk dat ik je gisteren alles wel verteld had wat ik wist,' zei Konráð toen ze in de kamer waren gaan zitten.

'We krijgen altijd weer nieuwe inlichtingen,' zei Elínborg. 'En ik vroeg me ineens af of je iets weet over een man...'

'Kan ik een kop koffie voor je inschenken?'

'Nee, dank je.'

'Weet je het zeker?'

'Ja hoor, ik wil het alleen maar met je hebben over de man die in Þingholt vermoord werd,' zei ze. Konráð knikte. Hij legde zijn gebrekkige been op een voetenbankje en luisterde naar wat Elínborg te zeggen had.

Ze vertelde hem wat de politie wist. Runólfur was zo'n dikke dertig jaar geleden geboren in een plaatsje ver van Reykjavík. Zijn moeder leefde nog en woonde in dat dorp; zijn vader was een jaar of wat geleden bij een ongeluk om het leven gekomen. Het dorp had betere tijden gekend. De jonge mensen trokken er weg en ook Runólfur zelf was er zodra de gelegenheid zich voordeed tussenuit gegaan. De verhouding tussen hem en zijn moeder was niet best; ze scheen een keiharde tante te zijn, die haar zoon stevig onder de duim hield. Hij had haar nauwelijks nog opgezocht, de weinige keren dat hij daar in de buurt moest zijn. Hij ging in Reykjavík wonen, vond een opleiding die hem geschikt leek, maakte die ook af, en kreeg een baan als monteur bij een telecombedrijf. Hij stichtte geen gezin en was nooit getrouwd. Afgezien van korte, toevallige contacten scheen hij geen relaties met vrouwen te hebben gehad. Hij huurde een woning, maar bleef naar het scheen niet lang op een en dezelfde plaats. In zijn werk had hij voortdurend contact met mensen, zowel bij hen thuis als bij bedrijven. Overal werd hij bijzonder gewaardeerd; hij was ijverig en betrouwbaar. Hij scheen belangstelling te hebben gehad voor superhelden en filmsterren; van andere interesses was niets bekend.

Konráð luisterde zwijgend naar Elínborg en ze vroeg zich af of hij wist waar ze met dit overzicht naartoe wilde. Hij had kunnen vragen wat híj daarmee moest, maar dat deed hij niet. Hij zweeg en luisterde met gefronste wenkbrauwen. Elínborg praatte verder over Runólfur.

'We denken – zo'n geval kennen we trouwens ook – dat die monteur sommigen van de vrouwen die hij tijdens zijn werk voor het telecombedrijf had leren kennen, later weer in de stad ontmoet heeft als hij uitging. Die vrouwen hadden mogelijk gemeen dat ze jong waren, alleenstaand, en dat ze donker haar hadden. Dat hij ze weer tegen het lijf liep zou toeval kunnen zijn, maar onze informatie wijst op het tegendeel.'

Elínborg vertelde dat Runólfur een verkrachtingsdrug te pakken had gekregen, die rohypnol heette. Hij had die bij zich toen hij vermoord werd. De drug werd in zijn zak aangetroffen. De politie had zo haar vermoedens waar hij die vandaan had. Men achtte het in hoge mate waarschijnlijk dat Runólfur een jonge, donkerharige vrouw bij zich had gehad toen hij stierf. Ze had haar sjaal in zijn huis achtergelaten.

De resultaten van het DNA-onderzoek waren vroeg in de morgen binnengekomen. Ze toonden aan dat de haar uit de sjaal en de haar die in het bed van Runólfur was gevonden afkomstig waren van dezelfde persoon.

'Ik heb die sjaal bij me,' ging Elínborg verder. Ze maakte haar tas open, haalde hem tevoorschijn en spreidde hem uit. 'Hij is echt prachtig. Er zat een heel sterke lucht aan, maar die is er eigenlijk al helemaal van af. De lucht van een Indiaas gerecht. Tandoori.'

Konráð zei geen woord.

'We menen te weten dat er een jonge vrouw bij Runólfur thuis geweest is toen hij vermoord werd. We denken dat hij haar op dezelfde manier heeft leren kennen als anderen die hij bij het uitgaan ontmoette, zogenaamd toevallig. Hij kwam bij haar thuis, heeft telefoon geïnstalleerd, een tv geplaatst, bedrading aangelegd of internet aangesloten, of wat zulke monteurs ook allemaal doen. Het is mogelijk dat hij kort daarna terugkwam, onder het voorwendsel dat hij een kleinigheid had laten liggen, een schroevendraaier, een zaklantaarn of iets dergelijks. Als je kennis met hem maakte was hij heel aardig, hij kon zich goed presenteren en maakte vlot een praatje met wildvreemden, zoals met die jonge vrouw. Groot verschil in leeftijd tussen hen was er niet. Ze praatten over koetjes en kalfjes. Hij probeerde tijdens het gesprek bepaalde inlichtingen uit haar los te krijgen. Ze vertelde hem dan wat voor kroegen ze bezocht wanneer ze uitging. En zo kwam hij er ook achter dat de vrouw geen relatie had, dat ze alleen woonde en een universitaire studie volgde. Dat maakte het voor hem makkelijker om haar te benaderen als hij haar in een kroeg zag. Dan kenden ze elkaar al bijna.'

'Ik weet niet waarom je me dit allemaal vertelt,' zei Konráð. 'Ik zie niet in wat ik daarmee te maken heb.'

'Nee,' zei Elínborg. 'Dat begrijp ik best, maar toch wil ik graag je mening erover horen. We hebben verschillende kleine aanwijzingen waarover ik je wat wil vragen. Runólfur kreeg de vrouw zover om met hem mee naar huis te gaan. Hij had de verkrachtingsdrug in zijn zak en het is zeer waarschijnlijk dat hij er in de kroeg al wat van in haar glas heeft gedaan. Maar het is ook mogelijk dat hij het pas deed toen ze bij hem thuis waren.'

Elínborg keek naar de foto van Konráðs dochter als pas geslaagde vwo-leerlinge, de foto die ze de dag daarvoor ook had bekeken.

'We weten niet wat er daarbinnen bij hem gebeurd is,' zei ze. 'Wat we weten is dat Runólfur is vermoord en dat een jonge vrouw, die bij hem in zijn appartement was, verdwenen is.'

'Zoals ik je al zei, ik heb helemaal niks gemerkt toen ik daar in de buurt was. Helaas.'

'Hoe oud is je dochter?'

'Achtentwintig jaar.'

'Woont ze alleen?'

'Ze woont op kamers, vlak bij de universiteit. Waarom vraag je dat?'

'Houdt ze van Indiaas eten?'

'Ze interesseert zich voor zoveel dingen,' zei Konráð.

'Ken je deze sjaal?' vroeg Elínborg. 'Je mag hem wel beetpakken, hoor, als je dat wilt.'

'Dat is niet nodig,' zei Konráð. 'Ik ken hem niet.'

'Er zat een heel sterke lucht van tandoori aan. Die herkende ik direct omdat ik zelf in de oosterse keuken geïnteresseerd ben. Ik heb een speciale tandooripot, die ik veel gebruik en die ik eigenlijk nauwelijks kan missen. Heeft je dochter ook zo'n pot?'

'Ik zou het echt niet weten.'

'We weten dat jij in het begin van de herfst zo'n pot hebt gekocht. Ik kan je de bon laten zien als je dat wilt. Was die dan voor jezelf?'

'Heb jij me onder een microscoop gelegd of zoiets?' vroeg Konráð.

'Ik moet weten wat er bij Runólfur is gebeurd,' zei Elínborg. 'Ik hoop dat jij me verder kunt helpen.'

Konráð keek naar de foto van zijn dochter.

'Er zijn er niet veel die het weten, maar Runólfur had een poloshirt aan toen zijn keel werd doorgesneden,' zei Elínborg. 'We denken dat het van een vrouw was. En ík denk dat het van je dochter was. Je hebt gezegd dat ze met jullie mee geweest is naar San Francisco. Daar komt dat shirt vandaan, denk ik. De naam van de stad staat erop.'

Konráð hield zijn ogen strak op de foto gericht.

'Je bent in die buurt gesignaleerd,' zei Elínborg. 'Je had ongelooflijk veel haast en je praatte in je mobieltje. Volgens mij ben je haar te hulp gekomen. Het moet haar gelukt zijn je te bellen en je het huis te wijzen, en toen je zag hoe de zaken ervoor stonden, toen je zag wat er daar gebeurde, toen je je dochter zag, toen wist je niet meer wat je deed, je pakte een mes...'

Konráð schudde zijn hoofd.

'Is Runólfur niet twee keer bij je dochter thuis geweest, ongeveer twee maanden geleden?' vroeg Elínborg.

Hij gaf haar geen antwoord.

'We hebben een lijst van de opdrachten die Runólfur als monteur heeft uitgevoerd. Je kunt erop zien dat hij in korte tijd twee keer in de woning is geweest van Nína Konráðsdóttir – en dat moet jouw dochter wel zijn.'

'Ik weet echt niet precies wie er allemaal bij mijn dochter over de vloer komen.'

Elínborg merkte dat hij niet meer zo zeker van zijn zaak leek als eerder.

'Heeft ze zijn naam wel eens genoemd?'

Konráð hield zijn ogen nu niet meer op de eindexamenfoto gericht. Hij keek Elínborg lang aan.

'Wat wil je nu eigenlijk zeggen?'

'Ik denk dat jij Runólfur vermoord hebt,' zei ze zacht.

Konráð zat daar, zwijgend. Hij staarde haar aan alsof hij broedde op wat hij moest zeggen, wat hij kón zeggen, zodat Elínborg tevreden was en hem met rust zou laten, zodat de moeilijkheden eens en voor altijd zouden verdwijnen en er niemand meer onaangename vragen zou stellen. Maar de woorden kwamen niet. Hij wist niet wat hij moest zeggen. De seconden tikten weg en algauw was op zijn gezicht de capitulatie te lezen, en later de onmacht, die zich uitte toen hij eindelijk zuchtte: 'Ik... ik kan dit niet.'

'Ik weet dat dit moei...'

'Je begrijpt het niet,' zei hij. 'Jij kunt niet begrijpen hoe verschrikkelijk dit is. Wat voor een nachtmerrie dit voor ons geweest is. Je hoeft niet eens te probéren het te begrijpen.'

'Ik wilde niet...'

'Jij weet niet wat dit geweest is. Jij weet niet wat er gebeurd is. Jij kunt je niet voorstellen...'

'Vertel me dan wat er gebeurd is.'

'Hij heeft met haar gedaan wat hij wou. Dát is wat er gebeurd is. Hij heeft haar verkracht! Hij heeft mijn dochter verkracht!'

Konráð haalde diep adem, hij huilde bijna. Hij vermeed Elínborg in de ogen te kijken. Hij reikte naar de foto van zijn dochter en hield hem tussen zijn handen. Hij staarde naar haar gezicht, met het donkere haar, de mooie bruine ogen en de vrolijke gelaatsuitdrukking, die paste bij een zonnige dag.

Toen slaakte hij een diepe zucht.

'Ik wou dat het waar was. Ik wou dat ík het was die hem doodgemaakt had.'

21

Het telefoongesprek met zijn dochter, die nacht, zou hij nooit meer kunnen vergeten. Hij had haar naam op het display gezien. Nína, met drie hartjes erachter. De gsm lag op het nachtkastje. Al bij de eerste toon nam hij op.

Toen hij op de klok keek schrok hij een beetje.

Daarna hoorde hij de angst in haar stem en viel de wereld om hem heen weg.

'Goeie god,' kreunde hij en hij keek Elínborg aan. Hij had nog steeds de foto van zijn dochter in zijn handen. 'Ik... ik heb in mijn hele leven nooit zoiets gehoord.'

Ze hadden alleen de gebruikelijke zorgen om haar gehad, zoals alle ouders die hebben. Toen Nína nog jonger was en met haar vrienden door de stad zwierf hadden ze haar gemaand voorzichtig te zijn. Berichten over brute geweldplegingen in het stadscentrum, over toenemende agressie, het gebruik van drugs en verkrachtingen, stelden hen niet erg gerust. Ze herinnerden Nína er steeds aan dat ze een mobieltje bij zich moest hebben voor het geval er iets voorviel. Dan moest ze naar huis bellen. Dezelfde zorgen hadden ze ook over haar broers, toen die begonnen uit te gaan.

Tot nu toe was er niets ernstigs voorgevallen. Eén keer was er op een reis naar het zonnige zuiden een portefeuille gestolen. Twee jaar geleden was de jongste zoon bij een auto-ongeluk betrokken geweest, waarbij de schuld aan zijn kant lag. Ze hadden een leven zonder veel problemen gehad, daar ook naar gestreefd, op hun goede naam gelet en ook anderen vriendelijk en met respect behandeld. Konráð en zijn vrouw verschilden zelden van mening en hadden een grote vriendenkring. Ze hielden van reizen, in eigen land en in het buitenland.

Ze hadden het, op eigen kracht, uitstekend gedaan in het leven; ze waren trots op wat ze bezaten, trots op hun kinderen. Hun zoons waren allebei gehuwd. De oudste was in San Francisco getrouwd met een Amerikaanse vrouw, die net als hij geneeskunde studeerde. Ze hadden één kind, een dochtertje dat naar haar IJslandse oma was genoemd. De jongste was twee jaar geleden getrouwd met een vrouw die bij een grote bank werkte. Nína deed het kalmpjes aan. Ze had een jaar lang een relatie gehad met een jonge ICT'er en daarna alleen gewoond.

'Ze is altijd nogal teruggetrokken en bescheiden geweest,' zei Konráð tegen Elínborg, en hij zette de foto weer op het tafeltje. 'Nooit toestanden met haar gehad, en al heeft ze heel wat vrienden, ik geloof toch dat ze zich het beste voelt als ze op zichzelf is. Zo is ze gewoon. En ze heeft nooit een vlieg kwaad gedaan.'

'Daar houden ze heus geen rekening mee,' zei Elínborg.

'Nee,' zei Konráð, 'dat is wel zeker.'

'Wat zei ze toen ze opbelde?'

'Iets wat ik totaal niet begreep. Een onderdrukte schreeuw van angst. Ontzetting en huilen en angst, allemaal in hetzelfde geluid. Ze kon geen woord uitbrengen. Ik wist dat er met haar mobiele telefoon werd gebeld omdat haar naam op het display verscheen, maar eerst dacht ik dat ze hem gestolen hadden. Ik herkende haar stem niet eens. Toen hoorde ik dat ze "pappa" zei en wist ik dat er iets verschrikkelijks gebeurd was. Er moest haar iets onbeschrijfelijk ergs zijn overkomen.'

'Pappa…' hoorde hij onder heftig snikken zeggen.

'Rustig maar,' zei hij in de telefoon. 'Probeer rustig te blijven, kindje.'

'Pappa,' huilde zijn dochter, '…kun je hier komen? Je… moet… moet… je moet komen…'

De stem brak. Hij hoorde zijn dochter door de telefoon kermen. Hij was uit zijn bed gekomen, de gang op gelopen en toen de kamer binnengegaan. Zijn vrouw volgde hem met een bezorgde uitdrukking op haar gezicht.

'Wat is er aan de hand?' vroeg ze.

'Het is Nína,' zei hij. 'Ben je daar, lieverd?' zei hij in de telefoon. 'Nína? Zeg me waar je bent. Kun je dat? Kun je me zeggen waar je bent? Dan kom ik je halen.'

Hij hoorde zijn dochter alleen maar huilen.

'Nína! Zeg me waar je bent.'

'Ik ben thuis… thuis… bij hem.'

'Bij wie?'

'Pappa, je… moet komen… je mag… mag niet de politie bellen.'

'Waar ben je? Heb je pijn? Ben je gewond?'

'Ik... weet... niet wat... wat ik heb gedaan. Het is verschrikkelijk. Dit... verschrikkelijk. Pappa!'

'Nína, wat is er dan gebeurd? Wat heb je gedaan? Heb je een auto-ongeluk gehad?'

Zijn dochter was weer gaan snikken en hij hoorde niets anders dan een onderdrukt jammeren.

'Praat tegen me, lieverd. Zeg me waar je bent. Kun je dat? Zeg me alleen maar waar je bent, dan kom ik je ophalen. Ik kom direct.'

'Er is overal bloed en hij ligt... hij ligt op de vloer. Ik... durf niet, ik durf niet naar de deur...'

'Welk huis is het, liefje?'

'We hebben gewandeld. We zijn hierheen gewandeld. Je... pappa... je mag hier niet komen... je mag je hier niet laten zie... zien. Wat moet ik d... doen? Je moet alleen komen. Alleen jij. Je moet me helpen.'

'Ik kom je halen. Weet je welke straat het is?'

Hij was al begonnen zich aan te kleden, schoot een sportbroek aan en deed een jack over zijn pyjamajasje.

'Ik ga met je mee,' zei zijn vrouw.

Hij schudde het hoofd.

'Ze wil dat ik alleen kom. Jij moet hier blijven wachten. Er is iets met haar gebeurd.'

'Ben je daar nog, liefje?' vroeg hij in de telefoon.

'Ik weet niet... niet hoe de straat heet.'

'Hoe heet de man die daar woont, kan ik hem in de telefoongids vinden?'

'Hij heet Runólfur.'

'Hoe heet hij voluit?'

Zijn dochter gaf hem geen antwoord.

'Nína?'

'Ik geloof...'

'Ja.'

'Pappa? Ben je daar?'

'Ja, kindje.'

'Ik geloof... ik geloof dat hij dood is.'

'Rustig maar, meisje, rustig maar. Ik kom je ophalen en het komt allemaal goed. Je moet me zeggen waar je bent. Hoe ben je gelopen?'

'Er ligt overal bloed.'

'Probeer kalm te blijven.'

'Ik kan me niks herinneren. Helemaal niks. Niks!'

'Het komt wel goed.'

'Ik ben uitgeweest in het centrum.'

'Ja, en toen?'

'Toen heb ik die man ontmoet.'

'Ja?'

Hij merkte dat zijn dochter iets rustiger was geworden.

'Ik ben langs het gymnasium gelopen en toen waar de Amerikaanse ambassade is, of daar in de buurt,' zei ze. 'Je moet alleen komen. En je mag je niet laten zien.'

'Dat is goed.'

'Ik ben zo bang, pappa. Ik weet niet wat er gebeurd is. Ik weet alleen maar dat ik… ik heb hem aangevallen.'

'Waar ben je toen verder naartoe gegaan, kindje?'

'Dat weet ik niet meer. Maar ik was helemaal niet dronken. Ik heb niks gedronken. En toch herinner ik me niks. Ik weet niet wat er met me aan de hand is…'

'Zie je geen bankafschrift of zoiets daar op tafel liggen? Iets met zijn naam erop, het adres van waar je nu bent.'

'Ik weet… weet niet wat er gebeurt.'

Hij deed de garagedeuren open, stapte in de auto en startte de motor. Zijn vrouw had geweigerd thuis te blijven en zat uiterst bezorgd naast hem naar zijn kant van het gesprek te luisteren. Hij reed achteruit de straat op en gaf plankgas.

'Hier heb ik een rekening. Daar staat Runólfur op. En een adres.'

Ze las het voor.

'Heel goed, lieverd,' zei hij. 'Ik ben al onderweg, over hooguit vijf minuten ben ik bij je.'

'Je moet alleen komen.'

'Je moeder komt ook mee.'

'Nee, god nee, ze mag hier niet naar binnen, ze mogen mamma en jou niet zien, ze mogen jou niet zien. Ik wil niet dat iemand dit ziet, ik wil alleen maar naar huis, alsjeblieft, je moet mamma niet meenemen…'

Ze was onbedaarlijk gaan huilen.

'Ik kan dit niet,' kreunde ze.

'Het is goed,' zei hij. 'Ik kom alleen. Ik zal de auto niet in die straat neerzetten, oké? Doe maar rustig. Mamma blijft in de auto wachten.'

'Kom gauw, pappa, kom gauw.'

Hij reed vanaf de Hringbraut de Njarðargata in en sloeg links af. Hij parkeerde de auto op een behoorlijke afstand, vroeg zijn vrouw te wachten, zoals hun dochter wilde, en ging op weg naar het huis waar ze wachtte. Hij haastte zich zoveel hij kon en probeerde ondertussen door de telefoon zijn dochter te kalmeren. Er was geen mens op straat, hij zag niemand die op hem lette. Hij kwam bij het huis en ging eerst de trappen op naar de bovenste verdieping, maar bij de bel zag hij dat daar geen Runólfur woonde. Hij keerde om en vond de ingang aan de kant van de tuin achter het huis. De naam van de bewoner stond boven de klep van de brievenbus.

'Ik ben er, kindje,' zei hij in de telefoon. De deur stond op een kier. Hij duwde hem open en ging naar binnen. Hij zag een man in een bloedplas op de vloer liggen en zijn dochter in een deken gewikkeld tegen de muur zitten, haar knieën opgetrokken tot haar kin. Ze wiegde haar bovenlijf naar voor en naar achter, de telefoon aan haar oor.

Hij deed zijn telefoon uit, liep naar haar toe en hielp haar voorzichtig op de been. Ze viel sidderend in zijn armen.

'Wat heb je gedaan, kind?' steunde hij.

Konráð was klaar met zijn verhaal. Lang staarde hij, alsof hij in een andere wereld verkeerde, naar de spalk om zijn been, en keek toen naar Elínborg.

'Waarom heb je de politie niet gebeld?' vroeg ze.

'Ik had jullie natuurlijk direct moeten bellen,' zei hij. 'Maar in plaats daarvan heb ik haar kleren bij elkaar gepakt en gemaakt dat ik wegkwam. Ik ben niet langs dezelfde weg teruggegaan, maar ik liep door de tuin omlaag naar de dichtstbijzijnde straat, en vandaar liepen we naar de auto en zijn we naar huis gereden. Ik reageerde totaal verkeerd. Ik dacht dat ik mijn dochter beschermde, dat ik ons allemaal beschermde, ons privéleven, maar ik ben bang dat ik alles alleen maar erger heb gemaakt.'

'Ik zal met je dochter moeten spreken,' zei Elínborg.

'Natuurlijk,' zei Konráð. 'Ik heb aan mijn vrouw en mijn dochter verteld dat je hier geweest bent, gisteren. Ik denk dat we allemaal blij zijn dat er een eind komt aan dit verstoppertje spelen.'

'Jullie zullen het nog wel moeilijk krijgen de komende tijd, denk ik,' zei Elínborg en ze stond op.

'We hebben het nog niet aan haar broers durven vertellen. Onze zoons. Het is... We zijn helemaal ten einde raad. Hoe moeten we ze nou vertellen dat hun zus een man de keel heeft doorgesneden? Een man die haar verkracht heeft.'

'Dat kan ik heel goed begrijpen.'

'Dat arme kind. Wat zij heeft moeten doormaken...'

'We moesten nu maar naar haar toe gaan.'

'Het enige wat wij willen is dat ze rechtvaardig en eerlijk behandeld wordt,' zei Konráð. 'Die man heeft haar kwaad gedaan en ze is voor zichzelf opgekomen. Zo zouden jullie de zaak allereerst moeten bekijken, vinden wij. Het was zelfverdediging. Ze moest zich verdedigen. Zo simpel was het.'

22

Nína woonde in een klein huurappartement in de Fálkagata. Konráð belde erheen en zei dat hij naar haar op weg was en dat de politie met hem meekwam. Zijn vrouw, die bij hun dochter was, kwam aan het toestel; en hij vroeg haar de boodschap door te geven. Hij reed voor Elínborg uit in westelijke richting naar de Fálkagata en stopte voor een klein flatgebouw. Samen gingen ze het trappenhuis binnen en klommen ze naar de eerste verdieping. Konráð belde aan en een vrouw van zijn leeftijd kwam aan de deur. Op haar gezicht lag een zeer zorgelijke uitdrukking toen ze Elínborg aankeek.

'Ben je alleen?' vroeg ze. 'Ik zag geen politieauto.'

'Dat is niet nodig,' zei Elínborg. 'Ik verwacht geen moeilijkheden.'

'Goed,' zei de vrouw, en ze gaf haar een hand. 'We zullen geen moeilijkheden maken. Kom binnen.'

'Is Nína hier?' vroeg Elínborg.

'Ja, ze wacht op je. We zijn blij dat het afgelopen is, dat idiote verstoppertje spelen.'

Ze gingen de kamer in en Konráð volgde. Daar stond Nína, met haar armen voor haar borst gekruist en met gezwollen ogen van het huilen.

'Dag Nína,' zei Elínborg en ze stak haar hand uit. 'Ik heet Elínborg. Ik ben van de politie.'

Nína gaf haar een hand. Haar handdruk was klam en zwakjes. Ze deed geen poging om te glimlachen.

'Het is goed dat je er bent,' zei ze. 'Heeft mijn vader je verteld wat er gebeurd is? Hoe het allemaal gegaan is?'

'Ja, hij heeft zijn kant van de zaak verteld. Nu moeten we met jou praten.'

'Ik weet niet wat er gebeurd is,' zei Nína. 'Ik weet er helemaal niks meer van.'

'Maak je daar maar geen zorgen over. We hebben tijd in overvloed.'

'Ik denk dat hij me drugs gegeven heeft.'

'Dat zou kunnen, ja. Zeg, je ouders kunnen wel met je meegaan naar het bureau, maar daarna moeten wij tweeën onder vier ogen met elkaar praten. Begrijp je? Is dat goed?'

Nina knikte.

Elínborg keek de keuken in. Er hing een etenslucht in het appartement die veel leek op die bij haar thuis, de geur van kruiden uit verre landen, van een kookkunst die haar zo bekend was en toch zo vreemd. Ze zag een tandooripot op de tafel bij het aanrecht.

'Ik ben zelf ook helemaal verslingerd aan de Indiase keuken,' zei ze en ze glimlachte.

'O ja?' zei Nína. 'Ik heb hier mensen te eten gehad, juist de avond dat... dat...'

'Ik heb je sjaal bij me,' zei Elínborg. 'Die je die avond droeg. Door de geur ervan dacht ik al dat je met Indiaas eten bezig was geweest.'

'Die waren we nog vergeten,' zei Nína. 'Pappa heeft bij elkaar geraapt wat hij zag. De sjaal ben ik vergeten.'

'En het shirt.'

'Ja, het shirt ook.'

'We moeten met de jongens praten,' zei Konráð. 'Voordat dit groot nieuws wordt en het allemaal in de media terechtkomt.'

'Jullie kunnen op het bureau wel bellen als je dat wilt,' zei Elínborg.

De familie reed gezamenlijk naar het politiebureau aan de Hverfisgata. Deze keer reed Konráð achter Elínborgs auto aan. Toen ze op het bureau kwamen werd Nína naar een verhoorkamer gebracht. Haar ouders mochten in Elínborgs kantoor wachten. Snel verspreidde zich het nieuws dat de politie vooruitgang geboekt had in het onderzoek naar de Þingholtmoord, zoals die in de media werd genoemd, en er begonnen al verslaggevers te bellen. Er werd een verzoek om voorlopige hechtenis naar de districtsrechtbank gestuurd. Konráð had een advocaat gebeld. Hij had al vermoed dat ze er een nodig konden hebben en wist wie hij graag als raadsman wilde. De jurist, die bekendstond om de successen die hij in strafzaken behaald had, legde zijn overige taken neer en was met de officier van justitie ter plaatse toen het verzoek om voorlopige hechtenis behandeld werd. De jongste zoon van het echtpaar ontmoette zijn ouders in Elínborgs kantoor, helemaal verbijsterd over wat zijn moeder hem door de telefoon had verteld. Ongeloof en verwondering sloegen algauw om in woede, eerst jegens zijn ouders, die de zaak voor hem verborgen gehouden hadden, toen jegens Runólfur.

Elínborg had diep medelijden met Nína, die terneergeslagen in de verhoorkamer zat en wachtte op de dingen die komen zouden. Ze zag er niet uit als een koelbloedige moordenares, eerder als een radeloos slachtoffer dat een huiveringwekkende ervaring achter de rug had en nog een zware tijd voor de boeg.

Ze was volkomen bereid alles te vertellen, eindelijk, nu aan het licht was gekomen dat zij de vrouw was die bij Runólfur was toen hij stierf. Ze leek blij te zijn dat ze eindelijk de waarheid kon vertellen en haar hart kon luchten.

'Kende je Runólfur al voordat je hem op de bewuste avond ontmoette?' vroeg Elínborg, toen alle formulieren ingevuld waren en het verhoor kon beginnen.

'Nee,' zei Nína.

'Is hij twee maanden geleden niet bij jou thuis geweest?'

'Jawel, maar daarom kende ik hem nog niet.'

'Kun je me zeggen wat er toen gebeurd is?'

'Niks. Er is niks gebeurd.'

'Je had een monteur nodig, is het niet?'

Nína knikte.

***

Ze wilde de tv naar haar slaapkamer verhuizen en er moest een nieuwe kabel aangesloten en door de muur heen de slaapkamer in geleid worden. Ook had ze problemen met haar ADSL-verbinding. Ze wilde overal in het appartement haar laptop kunnen gebruiken. Dat zouden ze wel voor haar in orde kunnen maken, zei een mevrouw van de klantenservice, toen ze om hulp belde. Later op de dag verscheen er een monteur bij haar aan de deur. Dat was op maandag.

Hij was erg vriendelijk en spraakzaam, misschien twee of drie jaar ouder dan zij; heel zeker van zijn zaak ging hij aan de slag. Ze lette niet erg op wat hij deed. Ze hoorde het geluid van een boormachine in de slaapkamer. Hij moest de plint lostrekken om de kabel erachter te leggen. Ze vond niet dat hij abnormaal lang in haar slaapkamer bleef. Daar dacht ze pas later over na, toen het allemaal achter de rug was.

Toen hij klaar was met zijn werk schreef hij een rekening, die ze meteen met haar creditcard betaalde. Hij praatte nog wat met haar over van alles en nog wat, een inhoudsloos praatje van mensen die elkaar niet kennen, en toen zeiden ze elkaar gedag.

De dag daarna maakte hij het werk af. 's Middags stond hij weer bij haar voor de deur en vroeg of ze soms een steenboor gevonden had die hij gebruikt had toen hij in de muur tussen de woon- en de slaapkamer een gat had geboord. Ze had het ding niet gezien.

'Heb je er bezwaar tegen als ik even rondkijk?' vroeg hij. 'Ik ben op weg naar huis. Ik bedacht ineens dat hij wel eens hier zou kunnen liggen. Ik kan hem nergens vinden en ik heb hem heel vaak nodig.'

Ze gingen samen de slaapkamer in en ze hielp hem zoeken. De tv-kabel liep door een kledingkast heen, die ze openmaakte. Hij keek onder de vensterbank en onder het bed. Ten slotte gaf hij het op.

'Sorry voor het storen,' zei hij. 'Ik ben ook altijd wat kwijt.'

'Ik neem wel contact met je op als ik hem nog vind,' zei ze.

'Dat zou fijn zijn,' zei hij. 'Ik ben een beetje brak na het weekend. Ik heb zaterdagavond te lang in Kaffi Victor gezeten.'

'Die tent ken ik,' zei ze met een glimlach.

'Kom je daar wel eens?'

'Nee, wij gaan meestal naar Kráin.'

'Jullie?'

'Mijn vriendinnen.'

'Nou, hopelijk komt mijn boor nog terecht,' zei hij bij wijze van groet. 'En wie weet zien we elkaar nog eens een keer.'

Ze stond erom bekend dat ze lekker kon koken en ze vond het leuk haar vriendinnen bij zich thuis iets nieuws te laten proeven. Ze had belangstelling gekregen voor de Indiase keuken nadat ze als serveerster in een Indiaas restaurant in Reykjavík gewerkt had. Daar had ze de koks goed leren kennen en die hadden haar verschillende tips gegeven. Langzamerhand had ze een verzameling opgebouwd van kruiden en recepten voor varkensvlees- en kipgerechten, en net als Elínborg had ze veel met lamsvlees geëxperimenteerd. Op de avond waarop ze Runólfur had ontmoet, had ze haar vriendinnen getrakteerd op lamsvlees, dat ze had gebraden in de tandooripot die ze als verjaardagscadeau van haar vader had gekregen. Ze waren tot middernacht bij haar thuis in de Fálkagata geweest. Daarna waren ze de stad in gegaan, maar daar raakten ze elkaar algauw kwijt, de een na de ander. Toen Runólfur een praatje met haar begon had ze juist besloten naar huis te gaan.

Ze was niet echt dronken geweest, en het had haar verrast dat ze zich maar zo weinig kon herinneren – totdat ze in de krant las dat er in het huis van Runólfur rohypnol was gevonden. Ze had voor het eten met haar vriendinnen martinicocktails gedronken, bij het Indiase lamsvleesgerecht rode wijn, en daarna nog wat bier omdat ze dorst had gekregen van het eten.

Van wat er gebeurd was nadat ze Runólfur in de kroeg had ontmoet herinnerde ze zich uiterst weinig. Ze wist nog dat hij naar haar toe gekomen was en dat ze aan de praat waren geraakt over San Francisco. Ze had verteld dat ze daar bij haar broer op bezoek was geweest. Toen haar glas leeg was had hij gevraagd of hij er haar nog een mocht aanbieden als compensatie voor die absurd hoge rekening voor het werk van een paar dagen tevoren. Ze had ja gezegd. Terwijl hij hun drankjes haalde had ze op de klok gekeken. Lang zou ze niet meer blijven.

Van de tocht naar zijn huis in Þingholt herinnerde ze zich alleen flarden. Ze was stomdronken geweest, meende ze, ze had weinig controle over haar bewegingen en was totaal willoos.

Toen de nacht al ver heen was kwam ze langzaam tot zichzelf. Spider-Man keek haar vanaf de muur aan, gereed om haar te bespringen.

In het begin was ze nog totaal van de wereld en dacht ze dat ze thuis was. Toen bedacht ze dat dat niet kon en meende ze dat ze zittend aan de bar in slaap gevallen was.

Dat klopte ook niet. Langzamerhand ontdekte ze dat ze in een bed lag dat ze niet kende, in een slaapkamer waar ze nooit eerder geweest was. Ze was erg draaierig en moe en misselijk. Ze had moeite zich te herinneren wat er gebeurd was. Ze wist niet hoe lang ze al in dit bed had gelegen toen ze besefte dat ze helemaal naakt was.

Ze keek omlaag naar haar lichaam. De situatie kwam haar volkomen absurd voor, maar ze vond het niet nodig haar naaktheid te bedekken.

Spider-Man staarde haar aan. Ze dacht dat hij haar te hulp wilde komen en glimlachte bij het idee. Zij en Spider-Man.

Opnieuw werd ze wakker. Ze had het koud. Ze beefde van schrik. Ze lag naakt in een onbekend bed.

'God,' steunde ze. Ze greep de deken van de vloer en wikkelde die om zich heen. De slaapkamer kende ze niet. Ze riep: 'Hallo.' Een wonderlijk zwijgen was het enige wat haar tegemoet kwam. Voetje voor voetje liep ze de slaapkamer uit. Ze kwam in de kamer, vond een lichtknopje en zag een man op de vloer liggen. Hij lag op zijn rug en ze herinnerde zich vaag hem eerder gezien te hebben, maar ze wist echt niet meer waar.

Toen zag ze het bloed.

En de snee, dwars over zijn keel.

Ze moest overgeven. Het witte gezicht van de man drong zich aan haar op, en de rode, gapende wond. Hij had zijn ogen half gesloten en het leek of hij haar beschuldigend aankeek.

Alsof hij wilde zeggen: jij was het!

'Ik vond mijn mobieltje en toen heb ik naar huis gebeld,' zei Nína. In de verhoorkamer klonk het gonzende geluid van de recorder. Elínborg keek haar aan. Haar verhaal werd aan het eind door pauzes onderbroken, maar het was geloofwaardig. Ze raakte nergens van de wijs, totdat ze moest beschrijven hoe ze in een onbekend huis wakker werd en het lijk van Runólfur zag liggen.

'Je wilde niet de politie bellen?' vroeg Elínborg.

'Ik was zo geschrokken,' zei Nína. 'Ik wist niet wat ik moest doen. Ik kon niet meer logisch denken. Ik voelde me ook zo afschuwelijk. Ik weet niet of dat de nawerking van die drug was, of wat dan ook. Ik was... ik was er zeker van dat ik het gedaan had. Ik was er echt zeker van. En ik was gruwelijk bang. Er kwam niks anders bij me op dan naar huis te bellen en te proberen het te verbergen. Dat afschuwelijke te verbergen. Ik wilde niet dat iemand zou weten dat ik daar geweest was. Dat ik dit gedaan had. Ik... dat idee, ik kon er niet aan denken. Ik kón het niet. Pappa hielp me. Hij heeft alles opgeruimd. Hij heeft alleen maar aan mij gedacht. Dat moet je begrijpen. Hij is geen leugenaar. Hij heeft het voor mij gedaan.'

'Ben je er zeker van dat Runólfur iets in je drankje heeft gedaan?'

'Ja.'

'Heb je gezien dat hij dat deed?'

'Nee. Dan had ik beslist niet uit dat glas gedronken.'

'Nee, daar heb je gelijk in.'

'Ik gebruik geen drugs. En ik slik ook niks. Maar ik was ook helemaal niet zo dronken. Dit was iets anders.'

'Als je meteen contact met ons had opgenomen, hadden we waarschijnlijk kunnen vaststellen dat je rohypnol in je bloed had. Nu kunnen we je verhaal niet bevestigen. Begrijp je?'

'Ja,' zei Nína. 'Ik weet het.'

'Heb je gezien of er nog een derde persoon in het appartement was?'

'Nee.'

'Heb je gezien of Runólfur nog iemand bij zich had in de stad?'

'Nee.'

'Ben je daar zeker van? Geen andere man?'

'Ik kan me er geen herinneren,' zei Nína.

'En je hebt ook niemand met Runólfur aan de bar zien zitten?'

'Nee. Wie zou dat dan moeten zijn?'

'Dat doet er nu even niet toe,' zei Elínborg. 'Er moet bij de aanval een mes zijn gebruikt. Kun je je herinneren hoe dat eruitzag?'

'Nee. Ik weet niks van een mes. Ik heb telkens en telkens weer nagedacht over wat er nou precies gebeurd is, maar ik kan me niet herinneren dat ik die... die Runólfur ben aangevlogen.'

'Hij had een stel messen in de keuken hangen. Kun je je herinneren of je daar bij geweest bent?'

'Nee. Dit is alles wat ik me kan herinneren. Ik ben wakker geworden in een wildvreemd huis bij een man die ik niet kende, en hij lag met een doorgesneden keel in de kamer. Ik weet dat het heel waarschijnlijk is dat ik dat gedaan heb, ik kan me er alleen niks van herinneren. Ik ga ervan uit dat er geen andere verdachten zijn en de omstandigheden zijn niet bepaald in mijn voordeel, maar ik kan me domweg niks meer herinneren van wat er gebeurd is.'

'Heb je seks gehad met Runólfur?'

'Nee.'

'Ben je daar zeker van? Dat is ook weer zoiets dat we nu niet meer kunnen vaststellen.'

'Daar ben ik absoluut zeker van,' zei Nína. 'Belachelijk! Het is een belachelijke vraag.'

'Hoezo?'

'We hebben geen seks gehad. Hij heeft me verkracht.'

'Is het hem gelukt met je te doen wat hij wilde?'

'Ja, maar dat was geen seks.'

'Herinner je je het nog?'

'Nee. Maar ik weet het. Ik wil het er verder niet over hebben. Ik weet dat hij me verkracht heeft.'

'Dat klopt met de feiten die wíj kennen. We weten dat Runólfur kort voor hij stierf seks heeft gehad.'

'Dat nóém je geen seks! Het wás geen seks. Het was een verkrachting.'

'Wat is er daarna gebeurd?'

'Dat weet ik niet.'

Elínborg stopte even met haar ondervraging. Ze wist niet hoe zwaar ze Nína kon belasten. Er kwamen nog massa's vragen bij haar op, vragen waarvan ze vond dat die niet konden wachten. Die moest ze stellen, ook al zou ze de vrouw daar zwaar mee onder druk zetten.

'Hou je niet iets achter?' vroeg Elínborg.

'Hoezo?'

'Heb je je vader niet al veel eerder opgebeld dan je nu zegt? Toen je tot de ontdekking kwam dat je in het appartement bij Runólfur was opgesloten?'

'Nee.'

'Je gaf het hem door, je vertelde hem waar je was en dat je in gevaar was. En toen is hij gekomen om je te redden. Toch?'

'Ach welnee, helemaal niet.'

'Je zegt dat je je niet veel meer kunt herinneren, maar dít weet je nog wel?'

'Ik... ik...'

'Geloof je niet dat je vader hem net zo goed te lijf heeft kunnen gaan?'

'Pappa?'

'Ja.'

'Onzin.'

'We zien wel,' zei Elínborg, en ze trok de stekker uit het stopcontact. 'Voor het moment is dit genoeg.'

Ze liep de gang op en ging haar kantoor binnen. Daar stonden Nína's ouders te wachten.

'Is alles in orde met haar?' vroeg Konráð.

'Ben jij eigenlijk niet wat vergeten te vertellen?' zei Elínborg.

'Vergeten? Wat dan?'

'Jouw rol in deze hele zaak.'

'Mijn rol?'

'Ja, waarom zou ik jullie verhalen moeten geloven? Het komt mij een beetje te goed overeen. Waarom zou ik moeten geloven wat jullie zeggen?'

'Waar héb je het over?'

'Waarom zou jij het zelf niet geweest kunnen zijn die Runólfur de keel heeft doorgesneden?'

'Ben je nou helemaal gek geworden?'

'We kunnen die mogelijkheid niet uitsluiten. Je dochter belde je op, jij ging zo snel je kon naar de plaats in kwestie, sneed Runólfur de keel door en maakte met je dochter dat je wegkwam.'

'En jij denkt echt dat ik dat gedaan heb?'

'Ontken je het?'

'Ja natuurlijk! Ben je nou helemaal gek?'

'Was je dochter bebloed toen je haar vond?'

'Nee, dat is me niet speciaal opgevallen.'

'Had dat niet zo moeten zijn, gezien de manier waarop de moord gepleegd is?'

'Misschien wel, ik weet het niet.'

'Ze was niet bebloed,' zei Nina's moeder. 'Dat weet ik nog.'

'Maar je man?' zei Elínborg. 'Die wel?'

'Nee.'

'We zullen de kleren die hij droeg onderzoeken. Of heb je die soms verbrand?'

'Waarom zou ik die verbrand hebben?' zei Konráð.

'Nina's zaak staat er een stuk beter voor dan die van jou. Zij zou vrijgesproken kunnen worden omdat er sprake was van zelfverdediging. Maar jij zou wel eens voor moord gepakt kunnen worden. Jullie hebben royaal de tijd gehad om jullie verklaringen op elkaar af te stemmen en het eens te worden over wat jullie zouden vertellen.'

Konráð staarde haar aan alsof hij zijn oren niet kon geloven.

'Ik denk niet dat je dit hard kunt maken!'

'Er is één ding dat ik geleerd heb in mijn jaren bij de politie,' zei Elínborg. 'Spelletjes zoals jullie nu spelen zijn bijna altijd gebaseerd op een leugen.'

'Jij dacht dat ik mijn dochter een moord in de schoenen zou schuiven?'

'Ik heb ergere dingen gezien.'

23

Elínborg zat in de auto, dicht bij Eðvarðs huis, knabbelde aan een sandwich en dronk koud geworden koffie. Ze luisterde naar het avondnieuws, waarin de arrestatie van vader en dochter werd bekendgemaakt. Er werd gezegd dat de twee er beiden van werden verdacht een aandeel te hebben gehad in de moord op Runólfur en dat besloten was hen in voorlopige hechtenis te nemen. Het bleef echter een raadsel wat er in het appartement van Runólfur was voorgevallen. Wat had ertoe geleid dat vader en dochter hem van het leven hadden beroofd? Hoe was alles in zijn werk gegaan? Die vragen hadden verschillende vermoedens in het leven geroepen. Voor een gedeelte waren die juist, voor een ander deel niet. In de nieuwsberichten werd de mogelijkheid opgeworpen dat de gearresteerde vrouw door Runólfur was verkracht en dat ze toen wraak genomen had. De politie had geen mededelingen gedaan en ettelijke vragen onbeantwoord gelaten. Journalisten deden vervolgens erg hun best de antwoorden dan maar zelf te geven. Elínborg probeerde zich zoveel mogelijk afzijdig te houden.

De sandwich smaakte niet, de koffie was koud en het zitten in de auto begon oncomfortabel te worden. Toch had ze het gevoel dat ze daar moest zijn. Dadelijk zou ze bij Eðvarð aankloppen om hem te ondervragen over Lilja, het meisje van Akranes, dat zes jaar geleden zo plotseling was verdwenen. Het was koud in de auto. Ze wilde de motor niet laten draaien om niet op te vallen en niet onnodig de lucht te vervuilen. Ze liet de motor nooit stationair draaien. Dat was zo ongeveer de enige regel die ze zichzelf als chauffeur had opgelegd.

Ze was niet dol op een snelle hap, maar ze had honger gehad en was op weg naar Eðvarð langs een winkeltje gekomen. Ze had gezocht naar iets gezonds, maar het was moeilijk kiezen. Dan in vredesnaam maar een tonijnsandwich. De koffie kwam uit een automaat. Hij was nagenoeg ondrinkbaar.

Ze dacht aan Valþór, die zei dat ze onderscheid had gemaakt tussen Bir-

kir en haar biologische kinderen, en dat Birkir dat voortdurend had gemerkt. Voordat hij wegging had Birkir tegen haar gezegd dat hij het altijd
fijn had gehad bij Teddi en haar, maar dat hij zijn vader wilde leren kennen. Ze had hem gevraagd of dat de enige reden was, en dat had hij bevestigd. Ze had hem wel geloofd, maar kreeg toch het gevoel dat hij haar wilde
sparen. Birkir was altijd rustig en trad weinig op de voorgrond. Als een be-
deesde gast op het feest van zijn eigen leven. Zo was hij geweest vanaf het
moment dat hij bij hen in huis kwam. Valþór had veel meer aandacht nodig, Aron ook, en toen kwam het enige meisje, Theodóra, de oogappel van
haar moeder. Had ze Birkir verwaarloosd? Over Teddi scheen hij zich niet
beklaagd te hebben. Misschien was dat bij mannen anders. Die hoefden
niet zo close te zijn. Als ze maar over voetbal konden praten.

Elínborg slaakte een diepe zucht en stapte uit de auto.

Het verbaasde Eðvarð al niet meer dat ze weer langskwam.

'Wat ben je nou weer vergeten?' vroeg hij toen ze aan de deur kwam.

'Sorry voor het storen in elk geval,' zei ze. 'Mag ik even binnenkomen?
Het gaat onder andere over Runólfur. Je hebt misschien wel gehoord dat
we in deze zaak arrestaties hebben verricht?'

'Ik zag het op het journaal, ja,' zei Eðvarð. 'Is de zaak dan nog niet opgelost of zo?'

'Ik denk het wel, ja. Er zijn alleen nog wat losse eindjes, en ineens dacht
ik dat jij me misschien wel zou kunnen helpen om die aan elkaar te kno-
pen. Jij hebt Runólfur tenslotte het beste gekend. Zullen we even gaan zitten?' voegde ze er drammerig aan toe.

Eðvarð bekeek haar, slecht op zijn gemak, en gaf toen toe. Ze volgde hem
de kamer in. Hij pakte een stapel kranten van een stoel en legde die boven
op een stapel oude films.

'Je kunt hier dan wel gaan zitten als je wilt. Weigeren kan ik waarschijnlijk niet, maar ik zou werkelijk niet weten hoe ik je verder nog zou kunnen
helpen. Ik weet nergens van.'

'Dank je,' zei Elínborg, en ze nam plaats. 'Je weet dat we de vrouw gevonden hebben die bij hem was?'

'Ja, dat was op het journaal. Dat hij haar verkracht zou hebben. Heeft hij
dat gedaan?'

'Wat kun je me vertellen over Runólfurs manier van doen?' vroeg Elínborg zonder op de vraag in te gaan.

'Dat zeg ik toch, ik weet nergens van,' zei Eðvarð, die geen moeite deed zijn ongenoegen over Elínborgs bezoek te verbergen. 'Ik weet niet wat je hier komt doen.'

'Ik wil weten hoe zijn houding tegenover vrouwen was. Of je wist dat hij hun mogelijk drugs heeft gegeven en hen toen heeft misbruikt.'

'Van wat hij thuis deed heb ik nooit iets af geweten.'

'Jij vertelde dat hij moeite had met slapen en dat hij daarom rohypnol nodig had. Dat hij die drug niet van de dokter wilde hebben omdat het middel een slechte naam heeft. Jij hebt hem geholpen om aan die verkrachtingsdrug te komen. Om de waarheid te zeggen, ik vind dat je nog geen afdoende verklaring gegeven hebt waarom je Runólfur op die manier hielp. Snap je wat ik bedoel?'

'Ik wist niet dat hij een verkrachter was,' zei Eðvarð.

'Jij hebt gewoon met jezelf afgesproken dat je alles wat hij zei zou geloven?'

'Ik wist niet dat hij loog.'

'Ken je nog meer slachtoffers van hem?'

'Ik? Ik weet verder nergens van, dat zei ik toch?'

'Heeft hij wel eens over andere slachtoffers gepraat, over andere vrouwen die hij had leren kennen, vrouwen die bij hem thuis kwamen?'

'Nee.'

'Hoe vaak heb je rohypnol voor hem gekocht?'

'Alleen maar die ene keer.'

'Heb je het zelf wel eens gebruikt, met een speciale bedoeling?'

Eðvarð staarde haar aan.

'Hoe bedoel je?' zei hij.

'Hebben jullie soms met z'n tweeën vrouwen misbruikt?'

'Waar héb je het over? Ik begrijp níét wat je bedoelt.'

'Jij zegt dat je alleen thuis was op de avond dat Runólfur werd aangevallen,' zei Elínborg en ze pakte onopvallend haar mobieltje. 'Er is niemand die dat kan bevestigen. Je zegt dat je tv-gekeken hebt. Maar zou het soms kunnen dat je bij Runólfur bent geweest?'

'Ik? Nee.'

'Dat jij hem de keel hebt doorgesneden?'

Eðvarð ging opgewonden staan.

'Ik? Ben je wel helemaal lekker?'

'En waarom niet?' zei Elínborg.

'Ik ben er zelfs niet in de buurt geweest! Ik was hier in huis, en daarna heb ik het alleen maar op het journaal gezien. Jullie hebben de daders toch? Wat kom je hier dan nog doen? Ik heb helemaal niks gedaan. Waarom zou ík in godsnaam Runólfur vermoorden?'

'Dat weet ik niet,' zei Elínborg. 'Als jíj me dat nou eens vertelde. Misschien hadden jullie wel een geheim. Misschien wist hij iets van je, iets wat niet zo fijn was en waarvan je niet wilde dat anderen het wisten.'

'Wat? Wat dan? Waar héb je het over?'

'Rustig maar. Ik wou je nog iets vragen.'

Eðvarð aarzelde en liet zich toen weer langzaam in zijn stoel zakken. Zijn ogen bleven op Elínborg gericht. Het was haar gelukt hem in verwarring te brengen, hem onzeker te maken. Bang was ze niet voor hem. Ze had het moeten opnemen tegen mannen die haar angst inboezemden, maar dit was er niet zo een. Ze durfde de confrontatie met hem in haar eentje wel aan. Maar al was ze dan niet bang, ze had toch haar voorzorgsmaatregelen genomen. Elínborg had er geen idee van wie deze man in werkelijkheid was of naar welke middelen hij zou kunnen grijpen als hij zich bedreigd voelde. In de buurt van het huis reed een politieauto rond. Ze liet haar mobieltje van de ene hand in de andere rollen. Ze hoefde maar op één toets te drukken of de politie kwam het huis binnen.

'Je hebt een tijd lesgegeven in Akranes,' zei ze. 'Op de middelbare school. Exacte vakken, naar ik begrepen heb. Dat heb ik toch goed, hè?'

Eðvarð zat stomverbaasd naar haar te kijken.

'Ja.'

'Dat is al een aantal jaren geleden. Toen ben je daar gestopt en ben je in Reykjavík les gaan geven. Toen je in Akranes leraar was is er iets gebeurd; een meisje, een leerlinge van de school, is verdwenen, en sindsdien heeft niemand ooit meer iets van haar gehoord. Weet je dat nog?'

'Ik weet nog dat ze verdwenen is, ja,' zei Eðvarð. 'Waarom vraag je daar nu naar?'

'Dat meisje heette Lilja. Ik heb begrepen dat jij haar het jaar voor ze verdween hebt lesgegeven. Klopt dat?'

'Ik heb haar één jaar in de klas gehad,' zei Eðvarð. 'Maar wat is er eigenlijk aan de hand? Waarom vraag je naar haar? En wat heb ík met haar te maken?'

'Wat kun je me vertellen over dat meisje, over Lilja? Wat weet je nog van haar?'

'Niks,' zei Eðvarð aarzelend. 'Ik kende haar helemaal niet. Ik heb haar lesgegeven, oké, maar ik heb tientallen leerlingen lesgegeven. Ik ben daar verscheidene jaren leraar geweest. Heb je dat ook aan andere docenten van die school gevraagd? Of vraag je het alleen maar aan mij?'

'Ik ben van plan om ook met anderen te gaan praten, ja. Daar ben ik feitelijk al mee begonnen,' zei Elínborg. 'Ik wil die zaak opnieuw gaan bekijken en ineens dacht ik dat ik jou er wel eens naar zou kunnen vragen, omdat jouw naam genoemd werd.'

'Míjn naam?'

'Destijds heeft de politie met je gepraat. Ik heb het rapport gezien. Jij reed elke dag met de auto op en neer tussen Akranes en Reykjavík, 's avonds en 's morgens. Dat stond in het rapport. Vrijdags was je vroeg klaar. Dat heb ik toch allemaal goed, hè?'

'Dat zal wel, ja, als het in dat rapport staat. Ik weet dat allemaal niet meer.'

'Wat voor meisje was Lilja?'

'Ik kende haar niet.'

'Had jij in die tijd een behoorlijke auto?'

'Gewoon die hier nou voor het huis staat.'

'Kregen er wel eens leerlingen een lift naar de stad van je? Als ze daar iets te doen hadden of als ze uit wilden?'

'Nee.'

'Je hebt ze nooit een lift gegeven?'

'Nee.'

'Nooit?'

'Nee, daar begon ik niet aan.'

'En als ik je nou vertel dat ik weet van een meisje dat een keer van jou een lift naar de stad heeft gehad, en dat je toen bij Kringlan hebt afgezet?'

Eðvarð dacht na.

'Denk je soms dat ik tegen je zit te liegen?' zei hij.

'Dat weet ik niet,' zei Elínborg.

'Als er al eens iemand een lift van me heeft gehad, dan is dat absoluut een uitzondering geweest. Misschien dat iemand het me gevraagd heeft. Een docent of zo. Van leerlingen kan ik het me niet herinneren.'

'Degene met wie ik gesproken heb hoefde je niet eens om een lift te vragen. Jij hebt haar zelf in Akranes opgepikt. Je stopte en je bood haar een lift aan. Kan je je niet meer herinneren dat er iets dergelijks voorgevallen is?'

Eðvarð had een rood gezicht gekregen, en zijn handen, waarmee hij rusteloos over kranten en doosjes van films had zitten strijken, lagen nu beweginloos op het tafelblad. Het zweet stond op zijn voorhoofd. Het was warm in zijn huis. Elínborg liet haar mobiel nog steeds van de ene hand in de andere rollen.

'Nee,' zei hij. 'Ze hebben je wat voorgelogen.'

'Ze stond op de bus te wachten.'

'Ik kan me niks van dien aard herinneren.'

'Ze sprak anders heel lovend over je, hoor,' zei Elínborg. 'Je hebt haar bij het winkelcentrum afgezet. Ze wilde naar de stad om wat dingetjes te kopen. Ik zie niet in waarom ze dáárover nou zou moeten liegen.'

'Ik kan me er niks van herinneren.'

'Het was een leerlinge van de school.'

Eðvarð reageerde niet.

'Lilja is op vrijdag verdwenen, toen jij vroeg klaar was op school en weer naar Reykjavík ging. Ik heb begrepen dat je om twaalf uur vrij was. Destijds hebben ze het niet aan je gevraagd, maar ben je toen rechtstreeks naar Reykjavík gereden? Direct om twaalf uur?'

'Wou je soms beweren dat ik allebei die meisjes én Runólfur heb vermoord? Ben jij eigenlijk wel goed bij je hoofd? Ben je soms gek geworden?'

'Ik beweer helemaal niks,' zei Elínborg. 'Wil je antwoord geven op mijn vraag?'

'Ik weet niet of ik wel antwoord hoef te geven op dergelijke belachelijke vragen,' zei Eðvarð. Het leek of hij zich vermande en wilde laten zien dat hij niet van plan was dit over zijn kant te laten gaan.

'Dat mag jij weten. Maar die vragen moet ik je stellen. Je kunt ze nu beantwoorden of je doet het later. Heb jij Lilja die vrijdag in Akranes gezien, toen je weer naar Reykjavík ging?'

'Nee.'

'Heb je haar een lift naar de stad gegeven?'

'Nee.'

'Weet je iets van wat Lilja die vrijdag gedaan heeft?'

'Nee. En het is beter dat je nu vertrekt. Ik heb je niks meer te zeggen. Ik weet niet waarom je me niet met rust laat. Ik heb Runólfur gekend. Dat was alles. Hij was een heel goede vriend van me. Ben ik nou soms ineens de schuldige in al die zaken van jou?'

'Je hebt anders wel een dealer opgezocht en drugs voor Runólfur gekocht.'

'En wat dan nog? Ben ik dan een moordenaar?'

'Dat zijn jouw woorden.'

'Mijn woorden? Waarom zoek jij me steeds weer op? Dat zijn mijn woorden helemaal niet!'

'Ik heb helemaal niet gezegd dat jij die misdaad gepleegd hebt,' zei Elínborg. 'Jij begint er steeds weer over. Ik vraag je alleen maar of je Lilja op de dag dat ze verdwenen is een lift naar Reykjavík hebt gegeven. Meer hoef ik niet te weten. Je hebt een auto. Je reed heen en weer. Je kende Lilja. Vind je dan dat ik abnormale vragen stel?'

Eðvarð gaf haar geen antwoord.

Elínborg stond op en stopte haar mobieltje in haar jaszak. Er zouden met Eðvarð geen moeilijkheden komen. De vragen schenen hem in een neerslachtige stemming te hebben gebracht, maar veel meer eigenlijk niet. De gespannenheid en de nervositeit hoorden gewoon bij zijn natuur. Ze kon het niet met zichzelf eens worden of hij nu loog of niet.

'Het kan heel goed zijn dat ze die dag naar Reykjavík is gegaan en dat ze daar is verdwenen,' zei Elínborg. 'Dat is een mogelijkheid. Ik vroeg me gewoon ineens af of jij niet iets wist van wat ze allemaal gedaan had. Ik heb helemaal niks gesuggereerd over jóúw aandeel in haar verdwijning. Dat heb je zelf gedaan.'

'Je probeert me op het verkeerde been te zetten.'

'Je hebt Lilja lesgegeven in de exacte vakken, en je hebt gezegd dat ze geen bijzonder goede leerlinge was.'

'Nou en?'

'Haar moeder zegt dat ze in die vakken heel erg goed was en dat wiskunde haar lievelingsvak was.'

'Wat heeft dat met de zaak te maken?'

'Nou, als het zo'n goeie leerlinge was kan ze best jouw belangstelling gewekt hebben.'

Eðvarð zweeg.

'Maar daar wilde je liever niet op ingaan, daar wilde je niet de aandacht op vestigen.'

'Laat me met rust,' zei Eðvarð.

'Bedankt voor je hulp,' zei Elínborg.

'Laat me met rust,' zei Eðvarð nog eens. 'Laat me gewoon met rust.'

24

De officiële verhoren van vader en dochter begonnen de volgende ochtend vroeg. Elínborg had daarbij de leiding. Het eerst praatte ze met Nína. Ze werd de verhoorkamer binnengebracht, waar Elínborg haar opwachtte. Aansluitend zou haar vader verhoord worden. Nína leek rustig en bedachtzaam toen ze Elínborg groette. De spoedbalie voor slachtoffers van verkrachting had haar psychologische begeleiding aangeboden.

'Heb je wat kunnen slapen?' vroeg Elínborg.

'Ja, een beetje wel, voor het eerst sinds een hele tijd,' zei Nína, zittend naast haar advocaat, een man van rond de vijftig. 'Maar heb jíj goed geslapen?' vroeg ze beschuldigend. 'Want mijn vader heeft niks gedaan. Hij is me alleen maar te hulp gekomen. Hij is onschuldig.'

'Hopelijk,' zei Elínborg.

Ze zei het niet, maar zelf had ze voortreffelijk geslapen, nadat ze een tabletje had genomen. Dat deed ze maar hoogstzelden, alleen als het echt nodig was, omdat ze liever geen medicijnen gebruikte, van wat voor soort dan ook. De laatste nachten had ze wakker gelegen en was ze uitgeput op haar werk gekomen. Ze was bang dat ze het zo niet zou kunnen volhouden en had toen ze in bed stapte een pilletje onder haar tong gelegd.

Net als de vorige dag vroeg Elínborg eerst naar wat Nína vóór haar ontmoeting met Runólfur had gedaan. Nína vertelde dat verhaal zonder wijzigingen en sprak duidelijk en beslist. Het leek alsof ze eindelijk klaar was voor het gevecht, in alles wat er gebeurde, in de nieuwe positie waarin ze zich bevond en in het proces dat in het verschiet lag. Ze voelde zich lichter dan de dag daarvoor, alsof de vage nachtmerrie, de ontkenning en de vrees eindelijk hadden plaatsgemaakt voor de werkelijkheid waar men niet omheen kon.

'Toen je vader je te hulp kwam, zoals je vertelt, hoe is hij toen het appartement binnengekomen?' vroeg Elínborg.

'Dat weet ik niet, ik denk dat de deur nog openstond, of niet op slot was. Hij was gewoon binnen, opeens.'

'Je hebt niet voor hem opengedaan?'

'Nee, dat heb ik niet gedaan, ik denk het niet tenminste. Ik weet het niet meer. Ik was in een soort nachtmerrieachtige toestand. Maar dat moet híj je wel kunnen vertellen.'

Elínborg knikte. Konráð had haar verteld dat de deur niet helemaal dicht was toen hij het huis in kwam.

'En jij bent pas naar de deur gelopen toen hij eraan kwam en de deur opendeed?'

'Ik denk het.'

'Je hebt misschien willen weglopen, maar je hebt het toch niet gedaan toen je bij de deur was. Is het zo gegaan?'

'Ik weet het niet meer, het kan best. Ik herinner me alleen dat ik mijn mobieltje vond en direct mijn vader heb gebeld.'

'Denk je dat Runólfur de deur opengedaan heeft?'

'Ik weet het niet,' zei Nína, en haar stem ging hoger klinken. 'Ik zweer het, ik kan me maar zó weinig herinneren van wat er gebeurd is. Hij had me gedrogeerd. Wat wil je dan dat ik zeg? Ik weet het niet meer. Ik weet niks meer!'

'Zou het volgens jou ook kunnen dat je nog voor Runólfur stierf je vader hebt gebeld? Dat je vader je te hulp is gekomen om Runólfur te lijf te gaan?'

'Nee.'

'Ben je daar zeker van?'

'Dat heb ik je verteld, ik werd wakker in het appartement – alleen. Ik ging naar de kamer, en daar lag Runólfur. Daarna heb ik mijn vader gebeld. Waarom geloof je me nou niet? Dat is het enige wat ik me kan herinneren. Ik moet het wel geweest zijn die Runólfur aangevallen heeft, en...'

'Er is maar weinig waar je uit kunt opmaken dat er in het appartement gevochten is,' zei Elínborg. 'De moord is, als ik het zo zeggen mag, keurig netjes uitgevoerd. Afgezien dan van al dat bloed. Het is je gelukt naar hem toe te sluipen en hem heel vakkundig de keel door te snijden. Denk je dat je tot iets dergelijks in staat bent?'

'Misschien wel. Als je helemaal klem zit. Als je je moet verdedigen. Als je gedrogeerd bent.'

'Toch zat je niet onder het bloed. Dat heeft je moeder nog gezegd.'

'Ik herinner me er niks meer van. Toen ik thuiskwam ben ik onder de douche gegaan. Daar weet ik trouwens ook al weinig meer van.'

'Heb je gezien of Runólfur iets gedronken heeft of drugs heeft ingenomen nadat jullie bij hem thuis waren aangekomen?'

'Ik geloof dat ik steeds maar hetzelfde zeg. Ik weet niet meer dat we bij hem thuis zijn aangekomen. Ik herinner me vaag iets van onderweg en daarna pas weer dat ik in zijn bed wakker werd.'

'Heb jij hem rohypnol gegeven voor hij stierf? Zodat het makkelijker voor je zou zijn om hem met een mes te bewerken?'

Nína schudde het hoofd alsof ze eenvoudig niet wist waar Elínborg het over had. Alsof ze de vraag niet begreep.

'Of ik hem rohypnol…?'

'We weten dat hij toen hij stierf die drug had ingenomen. Dezelfde drug waarvan jij zegt dat hij jou ermee vergiftigd heeft. Dat kan ervoor gezorgd hebben dat hij zich niet meer kon verdedigen. Dat is iets wat je ons niet wilt vertellen. Misschien omdat je je vader wilt beschermen. Misschien ergens anders om. Maar je probeert nog steeds achter je ouders weg te kruipen. Je speelt nog steeds verstoppertje. Volgens mij bescherm je je vader. Zou dat kunnen?'

'Ik heb die man niks gegeven. En ik zit niemand te beschermen.'

'Je hebt niet de politie gebeld toen je uit de slaapkamer kwam en Runólfur op de vloer zag liggen. Waarom niet?'

'Dat heb ik je toch verteld?'

'Was dat om het aandeel van je vader in de zaak weg te moffelen?'

'Nee. Er valt helemaal niks weg te moffelen. Hij heeft er geen enkel aandeel in.'

'Maar…'

'Je moet echt niet denken dat mijn vader hem vermoord heeft,' zei Nína ongerust. 'Zoiets zou hij nooit kunnen. Jij kent hem niet, je weet niet wat hij vanaf zijn kindertijd allemaal heeft moeten doormaken.'

'Zijn kinderverlamming, bedoel je?'

Nína knikte. Elínborg zweeg.

'Ik had hem nooit moeten bellen,' zei Nína. 'Ik zou hem ook nooit gebeld hebben als ik van tevoren had geweten wat jullie dachten. Dat híj die man had aangevallen.'

'Kun je nog eens wat preciezer uitleggen waarom jullie geen contact met de politie hebben opgenomen?'

'Ik…'

'Ja?'

'Ik schaamde me,' zei Nína. 'Ik schaamde me omdat ik daar was. Omdat ik daar terechtgekomen was zonder dat ik me er iets van kon herinneren, en omdat ik daar naakt in een vreemd huis lag. Omdat ik verkracht was. Ik merkte direct wat hij met me gedaan had. Ik vond dat… ik vond dat zo gênant. Ik wilde dat niemand het zou weten. Ik wilde er niet over praten. Ik vond het zoiets afschuwelijks. Ik zag dat condoom op de vloer liggen. Ik hoorde al wat de mensen zouden zeggen. En wie weet had ik hem zelf nog aangemoedigd ook! Had ik er zelf aan meegedaan? Was het allemaal mijn eigen schuld? Had ik het allemaal zelf veroorzaakt? Toen ik hem daar op de vloer zag liggen heb ik even gedacht dat ik gek was geworden. Ik weet niet hoe ik het beter kan zeggen. Ik was bang, bang voor wat ik zag en bang voor de schande. Ik kon mijn vader al bijna niet vertellen wat ik daar binnen had gedaan, alleen, zonder kleren aan, met een man die ik helemaal niet kende. Wat moest ik dan de politie bellen?'

'Alle schande is voor de verkrachter,' zei Elínborg.

'Nou kan ik ze beter begrijpen,' fluisterde Nína. 'God, wat kan ik ze nou goed begrijpen.'

'Wie?'

'Vrouwen die tegen zulke mannen oplopen. Nou kan ik begrijpen wat ze moeten doormaken, denk ik. Je hoort van die verkrachtingen, maar er is zoveel rottigheid op het nieuws dat je het maar een beetje van je laat afglijden. Ook die verkrachtingen. Maar nou weet ik dat er verschrikkelijke verhalen achter zitten. Achter ieder bericht als dat van mij en van vrouwen zoals ik. Die te maken hebben gekregen met geweld dat niet te dragen is, zo erg. En die kerels! Wat zijn dat voor klootzakken? Ik…'

'Wat?'

'Ik weet dat ik dit niet moet zeggen, en zeker niet tegen jou. En al helemaal niet hier. Maar dat zal me worst wezen. Ik kan zo razend worden als ik denk aan wat hij me heeft aangedaan. Wat hij met me gedaan heeft!'

'Maar wat wilde je nou zeggen?'

'En dan de straffen die die kerels krijgen! Belachelijk! Een puur schandaal. Zo straf je die lui toch niet in een rechtssysteem? Dat is schouderklopjes uitdelen.'

Nína haalde diep adem.

'Het komt voor dat…'

Ze barstte in huilen uit.

'Soms wou ik dat ik het me nog kon herinneren. Dat ik hem zijn keel doorsneed.'

Ongeveer een uur later was Konráð aan de beurt. Net als Nína was hij in het begin rustig en bedachtzaam, zoals hij daar met zijn advocaat in de verhoorkamer zat. Hij zag er onuitgeslapen uit; hij had geen oog dichtgedaan, zei hij.

'Hoe gaat het met Nína?' waren zijn eerste woorden.

'Niet zo heel goed, natuurlijk,' zei Elínborg. 'Maar we willen proberen dit zo gauw mogelijk af te sluiten.'

'Ik begrijp niet hoe je op het idee komt dat ik een aandeel zou hebben in de dood van die man. Ik weet wel dat ik zoiets gezegd heb. Dat ik hem liever zelf vermoord had dan dat mijn dochter het gedaan had. Maar ik denk dat alle vaders hetzelfde zouden zeggen als ze in mijn schoenen stonden. Ik denk dat jij dat ook zou zeggen.'

'Het gaat hier niet om mij,' zei Elínborg.

'Nee, maar ik hoop dat je mijn woorden niet hebt opgevat als een soort bekentenis.'

'Waarom heb je geen contact met de politie opgenomen toen je zag wat er bij Runólfur thuis was gebeurd?'

'Dat was fout,' zei Konráð. 'Ik weet het. En we zouden er ook nooit mee hebben kunnen leven. Dat wisten we eigenlijk al direct. Ik weet dat je dat moeilijk vindt om te begrijpen, maar verplaats je eens in mijn positie. Ik vond dat Nína wel genoeg had doorgemaakt en ik dacht dat het allemaal wel los zou lopen zolang de politie niks van haar wist. Er was niks wat die twee met elkaar verbond. Ze hadden elkaar in een kroeg ontmoet. Ze had tegen niemand gezegd waar ze geweest was, of met wie. Ik heb geprobeerd alles van haar op te ruimen. Alleen die sjaal heb ik niet gezien.'

'Zullen we het er nu nog eens over hebben hoe je bij Runólfur bent binnengekomen? Ik heb daar nog geen helder beeld van.'

'Ik ben gewoon naar binnen gegaan. De deur was niet helemaal dicht. Volgens mij moet Nína hem opengedaan hebben omdat ze me verwachtte. Het kan wel zijn dat we het er onderweg door de telefoon over gehad hebben dat ik er wel in moest kunnen komen. Ik heb het niet zo helder voor me.'

'Zij herinnert het zich ook niet.'

'Ze was er ook zó erg aan toe. En ikzelf niet veel beter, eerlijk gezegd. Ik dacht trouwens dat hij bezig was geweest iets te verbranden, die man. Zo'n soort lucht rook ik.'

'Een brandlucht?'

'Of… hebben jullie gezien of hij petroleum in huis had?'

'Hoezo?'

'Hebben jullie geen petroleum bij hem gevonden?'

'Nee. Niks van dien aard.'

'En hebben jullie ook niks geroken? Zo'n petroleumlucht?'

'We hebben geen petroleum gevonden,' zei Elínborg. 'Waarom vraag je dat?'

'Er hing een petroleumlucht toen ik daar binnenkwam,' zei Konráð.

'Het is ons niet bekend dat hij iets verbrand zou hebben. Hij had waxinelichtjes in huis, dat was alles. Wat hebben jullie met het mes gedaan?'

'Welk mes?'

'Dat je dochter gebruikte om Runólfur mee te doden.'

'Ze had helemaal geen mes in haar handen toen ik kwam. Ik heb er ook niet echt aan gedacht. Misschien is ze het in de verwarring op de een of andere manier kwijtgeraakt.'

'Hoe scheer jij je? Waar doe je dat mee? Met een scheerapparaat? Met een krabbertje? Een mes?'

'Met een krabbertje.'

'Heb je een scheermes?'

'Nee.'

'Heb je ooit een scheermes gehad?'

Konráð dacht na.

'We kunnen zo huiszoeking bij je te doen, hoor,' zei Elínborg. 'En bij je dochter in de Fálkagata ook.'

'Ik heb nooit een scheermes gehad,' zei Konráð. 'Daar kan ik niet mee overweg. Is dat het wapen geweest? Een scheermes?'

'Er is nog iets anders dat we niet begrijpen,' zei Elínborg zonder hem te antwoorden. 'Nína, je dochter, zegt dat ze Runólfur heeft aangevallen, hoewel ze zich dat niet meer helder kan herinneren. Ze zegt dat omdat iets anders gewoon niet mogelijk is. Ze waren met z'n tweeën in het appartement. Vind jij het waarschijnlijk dat ze in haar eentje een man als Runólfur aankon? Terwijl hij haar gedrogeerd had? Terwijl ze totaal willoos was?'

Konráð dacht over de vraag na.

'Ik kan me geen voorstelling maken van haar toestand,' zei hij.

'Ze had het misschien nog gekund als ze volledig bij haar positieven was geweest, als ze snel en geruisloos had toegeslagen en als Runólfur niet op haar aanval verdacht was. Maar dan moest ze eerst toch echt een mes te pakken krijgen. Én ze moest erop voorbereid zijn.'

'Dat denk ik ook, ja.'

'Was ze dat?'

'Hoe bedoel je?'

'Was ze daarop voorbereid toen ze met Runólfur mee naar huis ging?'

'Ben je nou gek geworden? Hoe zou ze daarop voorbereid moeten zijn? Ze kende hem niet eens. Waar héb je het over?'

'Ik heb het over moord,' zei Elínborg. 'Ik zeg jou dat je dochter Runólfur met voorbedachten rade gedood heeft. En ik wil erachter komen waarom. Wat voor reden had ze daarvoor? Hoe kreeg ze jou zover dat je haar hielp?'

'Ik heb nog nooit zulke wartaal gehoord,' zei Konráð. 'Meen je dat nou serieus?'

'We kunnen de zaak ook nog vanuit een heel ander gezichtspunt bekijken,' zei Elínborg. 'Een van de dingen die niet in het nieuws zijn geweest is dat hij zelf kort voor hij stierf rohypnol had geslikt. Ik heb er mijn twijfels over of hij dat vrijwillig heeft gedaan. Iemand moet hem gedwongen hebben. Of hem erin geluisd hebben, zoals hij jouw dochter erin geluisd heeft.'

'Heeft hij die verkrachtingsdrug geslikt?'

'We hebben er resten van in zijn mond aangetroffen, een behoorlijke dosis. Nou gaat het verhaal van je dochter er toch wel anders uitzien, vind je ook niet?'

'Hoe bedoel je?'

'Wel, iemand moet hem er toch toe gedwongen hebben die drug in te nemen.'

'Ik niet.'

'Als je dochter de waarheid zegt kan ik maar moeilijk begrijpen hoe ze dat voor elkaar heeft kunnen krijgen. En zoveel anderen zijn er ook al niet in het spel. Dus denk ik dat jíj je dochter gewroken hebt. Zoals ik het zie is het een typische vergeldingsmoord geweest. Het is zo gegaan: Nína kreeg het voor elkaar om je op te bellen en om hulp te vragen. Jij ging zo vlug als je kon naar Þingholt. Het lukte haar de deur voor je open te doen. Misschien was Runólfur in slaap gevallen. Jij werd razend toen je zag wat hij gedaan had. Je gaf hem een koekje van eigen deeg en sneed hem toen de keel door, onder de ogen van je dochter.'

'Dit slaat echt nergens op. Ik was het niet,' herhaalde Konráð, wiens stem steeds verder de hoogte inging.

'Wie dan?'

'Ik was het niet en Nína was het ook niet,' zei hij opgewonden. 'Ik weet dat ze geen mens ooit iets zou kunnen aandoen. Zo is ze niet, zelfs al heeft hij haar gedrogeerd. Zelfs al was ze zichzelf niet.'

'Een kat in het nauw maakt rare sprongen.'

'Zij was het niet.'

'Iemand moet hem toch gedwongen hebben die drug te slikken.'

'Dan is er iemand anders daar in huis geweest.'

Konráð boog zich naar voren over de tafel van de verhoorkamer.

'Nína kan het niet gedaan hebben en ik heb het ook niet gedaan. Dat weet ik. Dus dan is er iets anders aan de hand. Er moet nog iemand in het appartement van Runólfur zijn geweest.'

25

Het idee dat er nog iemand in het spel was geweest was voor de politie niet nieuw. Elínborg had Eðvarð tot twee keer toe gevraagd waar hij was geweest op de avond waarop Runólfur was aangevallen en ze had beide keren hetzelfde antwoord gekregen: dat hij alleen thuis was gebleven en tv had gekeken. Niemand kon zijn verklaring bevestigen. Het was niet uitgesloten dat hij loog, maar Eðvarð leek geen motief te hebben gehad om zijn vriend te doden. Elínborgs vermoeden dat hij een aandeel had gehad in Lilja's verdwijning was trouwens ook maar op weinig gebaseerd. Er was geen enkel bewijs dat het meisje van hem een lift naar de stad had gekregen, en zelfs áls hij haar naar Reykjavík had gereden zei dat nog niets. Hij kon altijd zeggen dat hij haar ergens, waar dan ook, had laten uitstappen en dat ze daarna verdwenen was.

Toch was Elínborg nog niet klaar met Eðvarð. De dag ging voorbij met het verhoren van vader en dochter, die niet afweken van hun oorspronkelijke verklaringen. Nína was er sterker dan daarvoor van overtuigd dat ze Runólfur gedood had, ze wílde zelfs dat het zo was. Konráð kwam met een tegengestelde kijk op de zaak. Hij geloofde niet dat ze daartoe in staat was en ontkende ook vierkant dat hijzelf Runólfur te lijf was gegaan. Maar het was nu onmogelijk meer te beoordelen of Nína gedrogeerd was geweest en in die staat Runólfur had aangevallen. De politie had alleen Nína's woord dat ze zich niets meer kon herinneren. Het kon dus best zijn dat ze al die tijd volledig bij haar positieven was geweest. Dan was er nog het probleem met Runólfur. Die kon de rohypnol toch niet vrijwillig geslikt hebben. Iemand moest hem daartoe gedwongen hebben, iemand die wilde dat hij een koekje van eigen deeg kreeg. Zou dat Nína geweest kunnen zijn? Er waren nog heel wat vragen die op een antwoord wachtten. Naar Elínborgs oordeel bleven vader en dochter de hoofdverdachten. Nína had de daad niet met zoveel woorden toegegeven, maar Elínborg dacht dat er wel gauw een volledige bekentenis zou komen en dat de twee haar het moordwapen zouden aanwijzen. Ze verheugde zich daar niet op. Runólfur had een paar goede mensen met zich mee de modder in getrokken.

's Middags had ze haar auto weer op veilige afstand van Eðvarðs huis geparkeerd en op iedere beweging in het huis gelet. Zijn auto stond op zijn vaste plaats. Elínborg had op de website gekeken van de school waar hij lesgaf en zijn rooster ingezien. In het algemeen was hij rond drie uur klaar. Wat voor zin het had om Eðvarð te bespioneren wist ze niet. Misschien had ze wel te veel sympathie voor Konráð en zijn dochter en was ze te zeer uit op een andere ontknoping van deze zaak.

Vanaf de plaats waar ze zich bevond kon ze op de scheepswerf kijken. Die zou algauw moeten wijken voor de bouw van appartementen aan de haven. Historisch belang verdween als sneeuw voor de zon. Ze moest ineens aan Erlendur denken. Die wilde alles bij het oude laten. Ze was dat niet altijd met hem eens, de dingen veranderden nu eenmaal. Erlendur had heftig gefoeterd over het Gröndalshuis, dat van de Vesturgata, dicht bij de plaats waar ze nu in haar auto zat, moest worden verplaatst naar het openluchtmuseum in Árbær. Hij was kwaad geweest dat dat huis niet mocht blijven staan waar het stond, midden in het Reykjavík van vroeger, waar het met heel zijn geschiedenis deel van uitmaakte. Het was een heel belangrijk huis, zei hij. Het was genoemd naar de negentiende-eeuwse schrijver Benedikt Gröndal, die er zijn *Tijdverdrijf* had geschreven, het werk waar Erlendur het meest van hield. Het Gröndalshuis was een van de weinige negentiende-eeuwse huizen die er nog stonden in de stad. 'Moet je dat met zijn wortels uit de grond trekken,' zei Erlendur, 'en het in Árbær op een of andere hoop neersmijten?'

Elínborg had al bijna een uur in de auto gezeten toen ze eindelijk iets zag bewegen in Eðvarðs huis. De deur ging open, hij kwam naar buiten en reed in zijn auto weg. Ze volgde hem op een afstand. Eerst ging hij naar de supermarkt. De volgende bestemming was een wasserette. Daarna reed Eðvarð naar een videotheek die ermee ophield. 'Alles Moet Weg. Wij Sluiten' stond er op de winkelruit. Eðvarð bleef lang in de zaak en kwam naar buiten met twee volle tassen video's en dvd's, die hij in de kofferbak legde. Hij praatte buiten voor de winkel nog geruime tijd met de man van de videotheek, voordat ze eindelijk afscheid namen. Toen volgde een stop bij een telecomwinkel die deel uitmaakte van het bedrijf waarvoor Runólfur gewerkt had. Elínborg zag door het raam dat Eðvarð een nieuwe gsm bekeek. Iemand van het personeel kwam hem helpen. Ze praatten lang, totdat Eðvarð een mobieltje uitzocht en betaalde. Hij reed weer in westelijke richting, maar op weg naar huis kwam hij langs een hamburgertent, waar hij ging eten. Dat duurde een dik uur en Elínborg was bijna zover dat ze het schaduwen wilde staken. Ze wist eigenlijk niet waar ze naar op zoek was en had de indruk dat ze achter een totaal onschuldige man aan zat.

Ze belde naar huis; Theodóra nam op. Ze praatten maar heel even. Er waren twee vriendinnen met haar meegekomen uit school en Theodóra had geen tijd zich met haar moeder bezig te houden. Teddi was nog niet thuis en van haar broers wist het meisje niets.

Eðvarð kwam uit de hamburgertent en stapte in zijn auto. Elínborg zei Theodóra gedag en volgde hem. Hij reed in westelijke richting door de Tryggvagata en de Mýrargata en minderde vaart bij de scheepswerf, waar hij stopte en de auto half op het trottoir zette. Het leek of hij over de scheepswerf heen en over de zee in de richting van de Esja keek. Nu werd het moeilijk, zag Elínborg. Ze kon de auto niet achter de zijne neerzetten en reed langs hem heen de parkeerplaats van het Héðinshuis op. Daar wachtte ze tot hij heel langzaam wegreed, op huis aan.

Elínborg parkeerde op dezelfde plaats als tevoren en zette de motor af. Eðvarð droeg de schone was en de boodschappen naar binnen en sloot de deur achter zich. Het was inmiddels avond en ze had last van een slecht geweten omdat haar gezin zich weer eens moest voeden met de snelle snacks van Teddi. Ze overdacht dat ze toch echt meer thuis zou moeten zijn, er meer zou moeten zijn voor Theodóra en de jongens, en voor Teddi, die vaak aan de televisie gekluisterd zat. Hij zei dat hij meestal naar informatieve programma's, documentaires en natuurfilms keek, maar dat was pure nonsens. Ze had vaak genoeg gezien dat hij naar het slechtste soort amusement zat te staren, naar Amerikaanse reality-tv, en dat het niet uitmaakte of die programma's over bruiloften, over modellen of over gestrande passagiers gingen. Dat waren Teddi's nieuwe natuurprogramma's.

Ze zag een van Eðvarðs buren uit het huis naast het zijne komen en de garage opendoen. Daarbinnen stond een oude auto, die de man begon te poetsen. Het was een oldtimer die Elínborg niet kon thuisbrengen. Hij was groot en breed, echt een auto uit de jaren vijftig, lichtblauw, met glimmende chroomstrips en vinnen vanuit de achterspatborden, die hem een prachtig uiterlijk gaven. Teddi noemde deze auto's sleeën of ruimteschepen en was er helemaal weg van, in het bijzonder van Cadillacs. Dat waren de beste auto's die ooit waren gemaakt, zei hij.

Elínborg had er geen idee van of de auto in de garage een Cadillac was, maar ze wist nu hoe ze met de man aan de praat kon komen. Ze stapte uit haar auto en liep in de richting van de garage.

'Goeienavond,' zei ze toen ze bij de garagedeur kwam.

De eigenaar van de auto keek op van zijn werk en groette terug. Hij was ongeveer vijftig jaar oud; zijn bolle gezicht had een vriendelijke uitdrukking.

'Is die auto van jou?' vroeg Elínborg.

'Ja,' zei de man. 'Dat is nou míjn auto.'

'Is dit niet een Cadillac?'

'Nee, het is een Chrysler New Yorker '59. Ik heb hem een jaar of wat geleden uit Amerika laten komen.'

'O ja, is dit een Chrysler? zei Elínborg. 'Is hij nog een beetje goed?'

'Hij is prima,' zei de man. 'Ik hoef er eigenlijk niks aan te doen dan af en toe een beetje poetsen. Ben je geïnteresseerd in oldtimers? Dat zie je niet vaak, vrouwen die daar belangstelling voor hebben.'

'Mijn man is geïnteresseerd in zulke slagschepen. Die is automonteur en hij heeft vroeger ook zo'n oldtimer gehad. Heeft hem uiteindelijk weer verkocht. Hij zou het best leuk vinden als hij deze eens kon zien.'

'Nou kind, dan stuur je hem toch naar me toe,' zei de man. 'Dan maak ik een rondje met hem door de stad.'

'Woon je hier al lang?' vroeg Elínborg.

'Vanaf dat we getrouwd zijn,' zei de man. 'Zo'n vijfentwintig jaar. Ik wilde graag vlak bij de zee wonen. We wandelen vaak langs de scheepswerf, en dan naar Örfirisey.'

'Dat moet nu allemaal verdwijnen omdat ze langs de havenkant gaan bouwen. Ben jij het eens met wat ze hier allemaal willen doen?'

'Ik niet,' zei de man. 'Wat anderen ervan denken weet ik niet, maar ik vind niet dat je altijd maar weer de geschiedenis, de plekken waar de mensen gewerkt hebben, onder moet schoffelen. Zoveel hebben we er al niet meer van. Kijk naar de Skúlagata. Is er daar nou nog iets wat aan gebouwen als Völundur of Kveldúlfur of aan de Coöperatieve Slachterij herinnert? En nou gaat de scheepswerf ook nog voor de bijl.'

'Ik kan me zo voorstellen dat je buren daar ook niet erg blij mee zijn.'

'Nee, dat denk ik niet.'

'Ken je ze goed?'

'Redelijk, ja.'

'Ik moest hier in de buurt zijn, en ik dacht: die man in dat gele huis daar, waar die els overheen hangt, die ken ik. Maar nou ben ik even zijn naam kwijt.'

'Je bedoelt Eðvarð?' zei de man.

'Ach ja, Eðvarð, natuurlijk,' zei Elínborg, alsof nu het raadsel opgelost was dat haar een tijdje had beziggehouden. 'Dat is hem. Ik heb nog met hem gewerkt. Is hij nog leraar, of...'

'Ja, hij is leraar. Hij geeft les op een gymnasium, welk weet ik niet.'

'We hebben allebei lesgegeven op het gymnasium aan de Hamrahlíð,' zei Elínborg. Het speet haar dat ze tegen de man moest liegen. Maar dat ze van de politie was en vragen stelde over Eðvarð zou anders snel de buurt door gaan en uiteindelijk bij hemzelf terechtkomen.

'Juist ja,' zei de man. 'Ik zie hem niet zoveel, hoor. Hij is het liefst op zichzelf. Blijft een beetje op de achtergrond.'

'Ja, dat weet ik. Het is een beetje een rare vogel. Woont hij hier al lang?'

'Hij zal zo'n tien jaar geleden hierheen verhuisd zijn, denk ik. Hij zat toen nog op school.'

'Kon hij dat dan betalen?'

'Dat zou ik niet weten,' zei de man. 'Ik geloof dat hij een aantal jaren geleden wel eens een tijdlang een kamer verhuurd heeft. Misschien heeft dat wat geholpen.'

'Ja, daar heeft hij wel eens over verteld,' loog Elínborg. 'En hij heeft ook nog een tijd lesgegeven in Akranes, dacht ik.'

'Dat klopt, ja.'

'Reed hij toen elke dag op en neer?'

'Ja, inderdaad. Hij had toen ook al diezelfde auto. Het is wel een beetje een oud barrel ondertussen. Maar zoals ik zeg, ik ken Eðvarð niet zo heel goed, al zijn we dan buren. We zijn zo'n beetje kennissen. Ik weet niet veel van hem af.'

'Is hij nog steeds ongetrouwd?' vroeg Elínborg, voorzichtig het terrein aftastend.

'O ja, aan Eðvarð zit geen ons vrouwenvlees. Tenminste, ik heb er nooit wat van gemerkt.'

'In de tijd dat ik hem kende ging hij niet veel uit.'

'Dat doet hij nog steeds niet. En ik merk ook nooit dat er in het weekend volk over de vloer komt,' zei de man en hij glimlachte toegeeflijk. 'Of in het algemeen. Het is een echte einzelgänger.'

'Nou, het beste met je Chrysler,' zei Elínborg. 'Hij is echt mooi.'

'Ja,' zei de man. 'Het is een schuit, hè?'

Elínborgs mobieltje ging over toen ze bij haar huis kwam aanrijden. Ze zette de motor uit en keek op het display. Ze kende het nummer niet en had geen zin om op te nemen. Het was een lange dag geweest en voor hij om was wilde ze rustig een paar uurtjes thuis doorbrengen. Ze keek naar het nummer en probeerde zich te herinneren van wie het was. Soms gebruikten de kinderen haar telefoon en het kwam wel eens voor dat hun vrienden haar per ongeluk op haar werk belden. De aanhoudende beltoon werd onverdraaglijk, maar ze wilde haar mobieltje niet uitzetten en besloot dus maar op te nemen.

'Goedenavond,' zei een vrouwenstem. 'Spreek ik met Elínborg?'

'Ja, ik ben Elínborg,' zei ze bits.

'Neem me niet kwalijk dat ik zo laat nog bel.'

'Dat geeft niet. Met wie spreek ik?'

'We hebben elkaar nooit ontmoet,' zei de vrouw. 'Maar ik maak me een beetje zorgen, al is dat misschien nergens voor nodig. Hij kan zich heel goed redden en hij is er ook op gesteld om op zichzelf te zijn.'

'Met wie spreek ik, als ik vragen mag?'

'Ik heet Valgerður,' zei de vrouw. 'Ik geloof niet dat we al eens met elkaar gesproken hebben.'

'Valgerður?'

'Ik ben de vriendin van Erlendur, die bij jullie werkt. Ik heb geprobeerd Sigurður Óli aan de lijn te krijgen, maar die nam niet op.'

'Is er iets aan de hand?' vroeg Elínborg.

'O nee, niks, dank je. Ik wilde alleen maar weten of Erlendur soms contact met jullie opgenomen heeft. Hij is een aantal dagen geleden naar de Oostfjorden gegaan en sindsdien heb ik niks meer van hem gehoord.'

'Ik heb ook niks van hem gehoord,' zei Elínborg. 'Hoe lang geleden is hij vertrokken?'

'Bijna twee weken nu. Hij was met een moeilijke zaak bezig, die hem geloof ik erg in beslag nam, en ik maak me eigenlijk een beetje zorgen over hem.'

Erlendur had geen afscheid genomen van Elínborg en Sigurður Óli. Ze hadden op het bureau gehoord dat hij vakantie had genomen. Net voor hij wegging had hij de stoffelijke resten gevonden van een man en een vrouw, mensen die een kwarteeuw daarvoor verdwenen waren. Ze wisten ook dat hij voor eigen rekening onderzoek gedaan had in een onopgeloste zaak.

'Wil Erlendur niet gewoon alleen zijn?' zei Elínborg. 'Als hij van plan was voor een tijdje naar het oosten te gaan is hij toch nog niet zo lang weg? En ik weet dat hij het de laatste periode erg druk gehad heeft.'

'Het zou kunnen. Hij heeft zijn mobieltje uitgezet of hij zit ergens waar geen bereik is.'

'Die komt wel weer opdagen,' zei Elínborg. 'Hij heeft wel vaker vakantie genomen zonder van zich te laten horen.'

'O, goed dat ik dat weet. Als je van hem hoort, zou je hem dan willen zeggen dat ik naar hem gevraagd heb?'

26

Theodóra sliep nog niet. Ze maakte plaats in haar bed en Elínborg ging naast haar liggen. Een hele poos lagen ze zo rustig naast elkaar. Elínborg was met haar gedachten bij Lilja. Ze dacht aan de jonge vrouw die was aangetroffen aan de Nýbýlavegur en in haar ellende elk contact met de buitenwereld vermeed. Ze zag Nína voor zich, in tranen in de verhoorkamer; ze zag haar voor zich terwijl ze met een mes in de hand Runólfur de keel doorsneed.

Het was stil in huis. De jongens waren niet thuis en Teddi werkte in de garage aan de boekhouding.

'Je moet je niet zoveel zorgen maken,' zei Theodóra, die gemerkt had dat haar moeder gespannen was, moe en afwezig. 'In ieder geval niet over ons. We weten heus wel dat je het soms erg druk hebt. Tob nou maar niet.'

Elínborg glimlachte.

'Volgens mij heeft er niemand zo'n lieve dochter als ik,' zei ze.

Ze zwegen. Het was begonnen te waaien en een sterke wind zong buiten aan het raam. De herfst moest langzamerhand plaatsmaken voor de winter, die zijn tijd afwachtte, donker en koud.

'Wat is het ook weer dat je nooit mag doen?' vroeg Elínborg. 'Nooit?'

'Iets aannemen van onbekenden,' zei Theodóra.

'Goed zo,' zei Elínborg.

'Geen uitzonderingen,' zei Theodóra, alsof ze die regel lang geleden voor haar moeder vanbuiten geleerd had. 'Het doet er niet toe wat ze zeggen, en of het een man of een vrouw is. Nooit bij onbekenden in de auto stappen.'

'Het is naar om...'

Theodóra had haar dat al vaak horen zeggen en maakte de zin voor haar af.

'...dit te zeggen, omdat onbekende mensen meestal goede mensen zijn. Er zijn er alleen altijd een paar die het voor alle anderen verpesten. Daarom mag je niet bij vreemden in de auto stappen. Zelfs niet als ze zeggen dat ze van de politie zijn.'

'Heel goed, Theodóra.'

'Ben je met zo'n soort zaak bezig?'

'Ik weet het niet,' zei Elínborg. 'Het zou kunnen.'

'Gaat het om iemand die een lift kreeg?'

'Ik vertel je liever niet waar ik de laatste dagen mee bezig ben,' zei Elínborg. 'Soms is het helemaal niet zo leuk om als je thuiskomt nog over je werk te praten.'

'Ik heb in de krant gelezen dat er twee zijn aangehouden, een man en zijn dochter.'

'Dat klopt.'

'Hoe heb je die gevonden?'

'Met mijn neus,' zei Elínborg met een glimlachje, terwijl ze met haar wijsvinger naar haar neus wees. 'Ik denk echt dat het mijn fijne neus was die de zaak heeft opgelost. De dochter vindt tandoori even lekker als ik.'

'Hangt er bij haar net zo'n etensluchtje als hier?'

'Ja. Net zo.'

'Was het gevaarlijk voor je?'

'Nee hoor, meid, het was echt niet gevaarlijk voor me. Zulke mensen zijn het niet. Maar dat hoef ik je toch niet elke keer te vertellen? Politiemensen lopen zelden groot gevaar.'

'Maar er worden vaak genoeg politieagenten aangevallen. In het centrum.'

'Dat is het werk van hufters, lui van niks,' zei Elínborg. 'Maak je over dat spul maar niet druk.'

Theodóra dacht lang na. Al lang voor ze geboren werd had haar moeder bij de politie gewerkt. Toch wist ze niet zo heel veel van haar werk af, omdat Elínborg haar ervan afschermde. Theodóra's leeftijdgenootjes wisten in het algemeen wel wat hun ouders voor de kost deden. Zíj had er geen duidelijk beeld van. Een paar keer – als Elínborg geen andere mogelijkheid zag dan haar mee te nemen – was ze met haar moeder op het politiebureau aan de Hverfisgata geweest. Ze had in een kantoortje gezeten terwijl haar moeder haastig een of ander karwei afmaakte. Vrouwen en mannen, sommige in uniform, sommige in burger, hadden hun neus naar binnen gestoken en haar gegroet, naar haar geglimlacht, en verwonderd gezegd dat ze al zo groot geworden was. Maar er was één oudere man geweest, in een overjas, die met gefronste wenkbrauwen naar haar gekeken had en Elínborg stuurs had gevraagd wat ze híér met dat kind deed. Theodóra zou

nooit vergeten hoe die man dat gezegd had. Híér. Ze had haar moeder gevraagd wat voor man dat was geweest, maar Elínborg had alleen maar haar
hoofd geschud en gezegd dat ze er maar niet meer aan moest denken, het
was iemand die het moeilijk had.

'Wat is dit voor werk, mamma?' vroeg ze.

'Gewoon, net als ze op andere kantoren ook doen, lieverd. Ik ben zo
klaar.'

Toch wist Theodóra wel dat dit geen gewoon kantoor was. Ze meende
wel het een en ander te weten van wat politiemensen deden, en ze wist
heel goed dat haar mamma een politievrouw was. Elínborg was nog maar
nauwelijks uitgesproken of er was een geweldig kabaal op de gang te horen
geweest. Een man die geboeid tussen twee politieagenten liep, kreeg een
aanval van razernij. Hij sloeg en schopte om zich heen en slaagde erin de
ene agent een kopstoot te geven, zodat die met een bloedend gezicht op de
grond viel. Elínborg haalde Theodóra bij de deur weg en deed hem dicht.

'Verdomde idioten,' fluisterde ze in zichzelf en ze glimlachte verontschuldigend tegen Theodóra.

Theodóra wist nog wel wat Valþór een keer laat op de avond, terwijl hun
moeder nog aan het werk was, tegen haar had gezegd. Hij zei dat ze met de
zwaarste misdadigers op IJsland te maken had. Dat was een van de weinige
keren dat Theodóra merkte dat haar oudste broer trots was op hun moeder.

Terwijl ze met haar moeder in bed lag vormden Theodóra's lippen opnieuw de vraag die ze als klein meisje gesteld had: 'Wat is dit voor werk,
mamma?'

Elínborg wist niet wat ze het kind moest antwoorden. Theodóra had altijd belangstelling gehad voor het werk dat ze deed, was nieuwsgierig naar
de details: waar ze aan werkte, met wat voor mensen ze te maken had, met
wie ze samenwerkte. Elínborg had geprobeerd haar zo goed als ze kon antwoord te geven, zonder daarbij te praten over moorden en verkrachtingen,
geweld tegen vrouwen en kinderen of over barbaars lichamelijk geweld. Ze
had in haar werk veel gezien wat ze graag gemist zou hebben, dingen die ze
hoe dan ook niet kon beschrijven voor een kind.

'We helpen mensen,' zei ze tot slot. 'Mensen die het nodig hebben. We
proberen te zorgen dat ze in alle rust hun leven kunnen leiden.'

Elínborg stond op en legde het dekbed over haar dochter heen.

'Ben ik niet goed genoeg voor Birkir geweest?' vroeg ze.

'Ja, dat was je wel.'

'Wat is er dan gebeurd?'

'Birkir heeft jou nooit als zijn moeder gezien,' zei Theodóra. 'Dat heeft hij tegen Valþór gezegd. Je mag niet zeggen dat ik je dat verteld heb, hoor.'

'Valþór zegt maar rare dingen tegen je.'

'Hij zei dat Birkir genoeg had van dat pleeggezin van hem.'

'Was er iets wat we anders hadden kunnen doen?' vroeg Elínborg.

'Nee, echt niet,' zei Theodóra.

Elínborg kuste haar dochter op haar voorhoofd.

'Nacht, kindje.'

De verhoren van Konráð en Nína gingen door, hoewel Elínborg er niet aan deelnam. Ze werden herhaaldelijk ondervraagd over wat ze gedaan hadden in de nacht waarin Runólfur werd aangevallen. Hun verklaringen waren ongewijzigd gebleven. Het verhaal van de een kwam sterk overeen met dat van de ander. Er werd op gewezen dat ze ook wel voldoende tijd hadden gehad om hun verhalen op elkaar af te stemmen. Aan de man die zich bij de politie had gemeld – degene die had gezegd dat hij op weg naar zijn huis in de Njarðargata in Þingholt een vrouw op de passagiersplaats van een auto had zien zitten – werd gevraagd of hij Konráðs vrouw herkende. Hij wist zeker, zei hij, dat het dezelfde vrouw was die hij die bewuste nacht in de buurt van Runólfurs huis in de auto had gezien.

Elínborg ging 's middags bij Konráð in de verhoorkamer zitten. Hij was duidelijk moe geworden, door zijn afzondering, door de oneindige stroom vragen en door de zorgen over zijn familie, in het bijzonder over Nína. Hij vroeg Elínborg hoe het met zijn dochter ging en Elínborg verzekerde hem dat ze het naar omstandigheden goed maakte. Iedereen wilde dat er een eind aan de zaak kwam.

'Had er dan geen bloed op de kleren en aan de handen van mijn dochter moeten zitten?' vroeg Konráð na een serie vragen die gericht waren op de rol die Nina gespeeld had in de moord. 'Ik heb geen bloed op haar gezien. Niet op haar kleren en niet aan haar handen. Er wás geen bloed.'

'En je zei dat het je niet was opgevallen.'

'Ik herinner het me nu.'

'Maar kun je het ook bewijzen?'

'Nee, bewijzen kan ik dat niet. Ik weet dat het fout was dat ik niet direct de politie gebeld heb. Dan hadden ze bewijsmateriaal kunnen verzamelen, en hadden ze gezien dat Nína die man gewoon niet had kúnnen vermoorden. Het was fout Nína niet naar die spoedbalie te sturen waar je bij verkrachting terechtkunt. En er niet voor te zorgen dat ze psychologische begeleiding kreeg. Dat hadden we allemaal moeten doen natuurlijk. We hadden niet moeten vluchten. Dat was fout en nu zitten we ermee. Maar jullie moeten me geloven. Nína zou dit gewoon nooit gekund hebben. Nooit.'

Elínborg keek naar de politiemensen die het verhoor leidden. Ze gaven haar een teken dat ze er wel tussen mocht komen.

'Ik denk dat je dochter zover is dat ze wil bekennen,' zei ze. 'Nína heeft me eigenlijk al zo'n beetje gezegd dat ze Runólfur vermoord heeft. Het enige wat haar spijt is dat ze er niks meer van weet.'

'Hij heeft haar verkracht,' zei Konráð. 'Die godvergeten klootzak heeft haar verkracht.'

Het was voor het eerst dat ze Konráð hoorde vloeken.

'Daarmee wordt het allemaal nog waarschijnlijker. Ze kwam weer bij haar positieven en toen gaf ze hem op de een of andere manier dezelfde drug die hij haar ook gegeven had. Daarna kon ze hem wel aan en heeft ze hem de keel doorgesneden. Misschien dat het haar gelukt was om het spul stiekem in een glas te doen, dat ze later afgewassen heeft. Volgens ons is er veel dat in die richting wijst.'

'Wat een waanzin. Hier kan ik niet goed tegen.'

'Tenzij je het zelf geweest bent,' zei Elínborg.

'Wie was die Runólfur eigenlijk?' vroeg Konráð. 'Wat was dat voor een man?'

'Ik weet niet of ik daar wel antwoord op moet geven,' zei Elínborg. 'Hij is in elk geval nooit met de politie in aanraking geweest. Je ziet wel dat jullie het jezelf behoorlijk moeilijk maken. Je dochter kan wel zeggen dat ze verkracht is, maar daar weten we feitelijk niks van. Waarom zouden we haar moeten geloven? Waarom zouden we jou moeten geloven?'

'Jullie kunnen alles geloven wat ze zegt.'

'Ik zou het graag willen,' zei Elínborg. 'Maar er is zo het een en ander waardoor dat niet kan.'

'Ik weet dat ze nooit liegt. Niet tegen mij, niet tegen haar moeder, of tegen wie dan ook. Het is verschrikkelijk om te weten dat ze in deze ellende terechtgekomen is, deze nachtmerrie. Het is gewoon verschrikkelijk. Ik zou alles doen om dit te laten ophouden. Wat dan ook.'

'Je weet dat hij Nína's shirt aanhad.'

'Dat heb ik me later pas gerealiseerd. Ik had een jack aan en dat heb ik direct om haar heen geslagen. Ik heb nog wat kleren bij elkaar geraapt. Niet erg secuur, blijkt nu. Ik wist dat je ons op het spoor was toen je naar San Francisco vroeg. Jij kwam echt niet zomaar een beleefdheidsbezoekje brengen aan een onschuldige getuige.'

'Je wou wel dat jij degene was die hem vermoord had, heb je gezegd. Nína zegt dat ze zich graag zou herinneren dat ze hem met dat mes bewerkte. Wie van jullie tweeën heeft het gedaan? Ben je bereid me dat te vertellen?'

'Heeft Nína gezegd dat ze het gedaan heeft?'

'Zo goed als.'

'Ik ben niet van plan je iets te gaan bekennen,' zei Konráð. 'We zijn onschuldig. Geloof dat nou toch eens. En hou op met deze waanzin.'

27

Elínborg gebruikte het resterende gedeelte van de dag om inkopen te doen. Ze kocht verschillende gezonde dingen, helaas zonder dat er kans was dat haar jongens en hun vader die zouden opeten. Ze vond het heerlijk om zich in de winkel wat te ontspannen en probeerde niet te denken aan de zaak die haar de laatste tijd zo had beziggehouden. In de mand ging een pot artisjokken. Columbiaanse koffie. IJslandse yoghurt. Ook kocht ze een kleine, maar heel goede runderbiefstuk. Daarmee wilde ze haar belofte nakomen gebraden rundvlees op tafel te zetten, waar Valþór het meest van hield. Hij had de biefstuk graag heel licht aangebraden. Zelf was ze niet echt dol op zulk bloederig vlees. Ze hield meer van rendiervlees.

Toen ze thuiskwam nam ze een warm bad en kwam zo volkomen tot rust dat ze als een blok in slaap viel. Ze had zich niet gerealiseerd hoe moe ze was na alles wat de afgelopen dagen van haar gevergd hadden. Ten slotte werd ze wakker omdat ze iemand in huis hoorde lopen en wist dat een van de jongens was thuisgekomen. Haar werk bleef door haar hoofd spoken, of ze nu wilde of niet. Eðvarð verstoorde constant haar rust. Zijn rommelige huisje aan de Vesturgata, de oude roestbak die voor de deur stond, de gekromde takken die zich als een spookachtige klauw over het huis strekten. Naarmate ze meer aan Lilja dacht werd het huis akeliger, net als de man die erin rondliep, een beetje gebogen, met piekerige haren en baardpunten, onzeker en slecht op zijn gemak. Ze kon zich werkelijk niet voorstellen dat hij ook maar een vlieg kwaad zou doen, maar dat zei niets. Het uiterlijk zei niet veel over de mens die Eðvarð in zichzelf verborgen hield, toonde alleen maar dat hij een sjofel kereltje was.

Ze wilde wel weer naar Akranes, om er met nog meer mensen te spreken die Lilja en Eðvarð gekend hadden. Zijn mededocenten op het vwo zouden nog wel eens iets kunnen weten waar ze zelf het bijzondere niet van inzagen maar waar zij zeer mee geholpen zou zijn. Ze wilde Lilja's moeder, die steun gevonden had in het geloof, nog een keer ontmoeten. Misschien moest ze ook met de vader praten, die zijn verdriet met koud zwijgen te lijf gegaan was. Het zou wel moeilijk worden een gesprek met hen te voeren zonder dat ze iets van betekenis in handen had; Elínborg kon niet eens precies zeggen hoeveel tijd ze nog nodig zou hebben. Het laatste wat ze wilde was verwachtingen wekken. Met prachtige vergezichten schoot geen mens wat op.

Ze wilde ook nog meer over Runólfur te weten komen. Konráð had gevraagd wie hij was en wat de politie over hem wist. Feitelijk was dat maar heel weinig. Misschien zou ze weer een binnenlandse vlucht moeten boeken om zijn oude woonplaats te bezoeken en diepgaander met dorpsgenoten te spreken.

Ze trok iets makkelijks aan voor binnenshuis en ging naar de keuken. Theodóra was met twee vriendinnen thuisgekomen en zat nu op haar kamer. Valþór zat op de zijne. Ze besloot niet met hem te gaan praten. Ze wilde niet graag aan het eind van de dag nog ruzie krijgen.

Voordat ze met de biefstuk begon, haalde ze twee lamsfilets tevoorschijn. Die had ze gekocht voor de keukenexperimenten waarmee ze zich in haar vrije tijd bezighield. Ze ging naar de achtertuin en maakte de barbecue aan, zodat die flink heet zou zijn als ze hem nodig had. Ze haalde haar tandooripot voor de dag en begon de kruidensaus met allerlei IJslandse kruiden te mengen. Ze sneed het lamsvlees in tamelijk grote stukken, die ze onderdompelde in de marinade, en liet dit een halfuur staan. De barbecue was al erg heet toen ze de tandooripot erin zette, samen met een paar grote aardappelen, die ze pofte om bij het rundvlees op te dienen. Toen belde ze Teddi op, die zei dat hij op weg was naar huis.

Elínborg kwam tot rust, elke keer als ze zich de tijd gunde om voor het eten te zorgen. Ze stond zichzelf toe van ritme te veranderen, zich los te maken van het gejaag en de problemen van alledag, haar gedachten vrij te maken van haar werk, uit te rusten bij haar gezin. Ze maakte haar geest leeg, zodat er alleen de vraag overbleef hoe ze intuïtie en creativiteit zou kunnen gebruiken om uit de verschillende ingrediënten een eenheid te scheppen. In het koken vond ze een uitlaatklep voor haar scheppingsdrang, via het transformeren van een ingrediënt: het een andere natuur geven, een andere smaak, structuur en geur. Ze bekeek de drie stadia van de kookkunst – de voorbereiding, het koken en het tafelen – alsof die een soort recept voor het leven vormden.

Alles wat ze deed sloeg ze consciëntieus in haar geest op, met het oog op haar toekomstige kookboek. Dat moest het vervolg worden van *Gerecht en wet*. Theodóra vond die verwijzing naar haar werkterrein amusant. Het boek was goed ontvangen. Elínborg was in een praatprogramma op televisie geweest en de kranten hadden haar geïnterviewd. Ze wist al hoe het nieuwe boek moest gaan heten, als ze er tenminste ooit in zou slagen het af te krijgen: *Gerechten en wetten*.

Ze hoorde dat Teddi thuiskwam. Ze kende het geluid waarmee ieder van hen door het huis liep. Valþór sloeg meestal de deur met een geweldige dreun dicht, schopte zijn schoenen uit, gooide zijn boekentas op de vloer en verdween zonder te groeten naar zijn kamer. Zijn jongere broer trad de laatste tijd in zijn voetsporen. Hij was ook al een flink uitgegroeide tiener, die een voorbeeld nam aan zijn grote broer. Bij de voordeur gooide hij altijd zijn jack op de vloer, hoezeer ze er ook op hamerde dat hij het in de kast moest hangen. Theodóra liep stilletjes door het huis, sloot de deuren behoedzaam, hing haar jas in de kast en ging, als haar ouders thuis waren, in de keuken zitten om even met hen te praten. Teddi kwam soms met tamelijk veel lawaai door de garage naar binnen, meestal opgewekt kijkend, terwijl hij een melodietje humde dat hij op weg naar huis op de radio had gehoord. Onderweg ruimde hij nog verschillende dingen op, borg de jacks van de jongens weg, gooide hun tassen in een kast en zette de schoenen van de kinderen op een rij op de schoenenplank, waarna hij binnenkwam en Elínborg kuste.

'Ben je zomaar thuis?' vroeg hij.

'Ik had beloofd dat ik rundvlees zou braden,' zei Elínborg. 'En voor ons heb ik ook nog tandoori op het vuur. Zou jij de rijst even willen doen?'

'Heb je die zaak nu helemaal rond?' vroeg Teddi en hij snorde een pak rijst op.

'Ik weet niet, het zal wel gauw blijken.'

'Genie dat je bent,' zei Teddi, blij dat Elínborg op een fatsoenlijk tijdstip thuis was. Hij was rond dit uur van de dag een vaste verschijning geworden in een armzalig kiprestaurant en hij miste zijn vrouw en de aandacht waarmee ze voor de maaltijden zorgde. 'Wat denk je, moeten we dat niet eens vieren met een glaasje rode wijn?'

Elínborg hoorde haar mobieltje, in haar jas bij de voordeur. Teddi keek haar aan en zijn glimlach trok weg. Hij kende het geluid van het mobieltje dat ze voor haar werk gebruikte.

'Ga je hem nemen?' zei hij, en hij pakte een fles wijn uit de kast.

'Kan ik het ooit laten?' zei Elínborg en ze ging naar de voordeur. Het liefst zou ze haar mobieltje uitzetten, en ze overwoog dat nog serieus terwijl ze het uit haar jaszak tevoorschijn haalde.

Ze ontdekte dat Teddi's jasje in de hal op een stoel lag. Gewoonlijk hing hij het in de garage, omdat het op zijn werk de hele dag aan een haak hing, waar het de lucht van de werkplaats aannam.

'Ben je thuis?' vroeg Sigurður Óli.

'Ja,' zei Elínborg geprikkeld. 'Waar bel je voor? Wat is er aan de hand?'

'Ik wou je alleen maar even feliciteren, maar als je zo chagrijnig doet kan ik het net zo goed...'

'Feliciteren? Waarmee?'

'Hij heeft bekend.'

'Wie heeft er bekend?'

'Wel, de man die jij in voorlopige hechtenis genomen hebt,' zei Sigurður Óli. 'Je vriend met die voet. Dat stalen been. Hij bekent dat hij de dood van Runólfur op zijn geweten heeft.'

'Konráð? Wanneer?'

'Zonet.'

'En hoe ging dat? Geen problemen?'

'Nee, eigenlijk niet. Ze waren voor vandaag aan het afronden en ineens zei hij dat hij het opgaf. Ik ben er zelf niet bij geweest, maar zoiets heeft hij gezegd. Hij gaf toe dat hij de moord gepleegd had. Zei dat hij razend geworden was toen hij zag wat er gebeurd was. Hij zei dat hij Runólfur niet gedwongen heeft iets te slikken, maar dat die wel vreemd had gedaan. Hij zei dat hij een van de messen uit de keuken gepakt had en dat hij het op de terugweg in zee had gegooid. Hij wist niet meer precies waar.'

Elínborg was nog niet overtuigd.

'Het laatste wat hij tegen míj gezegd heeft was dat ze onschuldig waren.'

'Hij zag het niet meer zitten. Ik weet ook niet wat er in hem omgaat.'

'En zijn dochter? Weet die al dat hij heeft bekend?'

'Nee, dat hebben we haar niet verteld. Ik denk dat we daar een nacht overheen laten gaan. Je hebt het gefikst, meid,' zei Sigurður Óli. 'Nooit gedacht dat die Indiase prut van je de zaak uiteindelijk nog op zou lossen.'

'Tot morgen.'

Elínborg verbrak de verbinding. Ze was diep in gedachten toen ze Teddi's jasje pakte om het in de garage op te hangen. Er kwam een sterke lucht vanaf, een lucht van olie en banden, die zich al helemaal door de hal verspreid had. Meestal was Teddi in zulke dingen heel zorgvuldig; hij wilde niet dat er vuil van de werkplaats in huis kwam. Deze keer was hij het vergeten. Zo erg had hij er misschien wel naar uitgekeken om haar te zien. Ze had nogal eens op hem gemopperd als hij zijn jasje bij de deur liet liggen, omdat ze het huis net als Teddi netjes wilde houden en die werkplaatslucht niet binnen wilde hebben.

Ze hing het jasje aan een haak in de garage en kwam in de keuken terug.

'Wat was dat?' vroeg Teddi.

'Er is een bekentenis,' zei Elínborg. 'In verband met die man in Þingholt.'

'Tja,' zei Teddi, die de fles rode wijn nog ongeopend in zijn hand had. 'Ik wist niet of ik hem nog open moest maken of niet.'

'Gewoon opentrekken,' zei Elínborg, maar er klonk geen blijdschap in haar stem door. 'Je had je jasje in de hal laten liggen.'

'Ach ja, ik wou een beetje opschieten. Maar waarom kijk je zo somber? Is de zaak dan nog niet rond?'

Ze hoorden een luide plop toen de kurk uit de fles schoot. Teddi schonk twee glazen in. Hij reikte Elínborg er een aan.

'Proost,' zei hij.

Elínborg toostte met hem, met haar gedachten ver weg. Teddi zag dat er binnen in haar iets woelde. Ze keek naar de pan rijst. Teddi nam een slok wijn en keek zwijgend naar zijn vrouw. Hij durfde haar niet te storen.

'Zou dat kunnen?' zei ze opeens.

'Wat kunnen?'

'Daar klopt helemaal niks van,' zei Elínborg.

'Nee?' zei Teddi, die er totaal niets van begreep. 'Is er wat met de rijst? Ik heb hem maar heel even opgezet, net als anders.'

'Hij dacht dat het petroleum was, maar het was wat anders,' zei Elínborg.

Elínborg staarde naar Teddi, liep toen naar de hal en vandaar naar de garage, waar ze Teddi's jasje pakte. Ze kwam ermee terug en reikte het Teddi aan.

'Wat voor lucht is dit precies?'

'Aan dat jasje?'

'Ja. Is dat petroleum?'

'Nee, dat ruikt een beetje anders...' zei Teddi en hij snoof aan het jasje. 'Dit is een olielucht, zo ruikt smeerolie.'

'Wie was die Runólfur?' fluisterde Elínborg. 'Wat was dat voor een man?

Dat vroeg Konráð vandaag en ik had er geen antwoord op, omdat ik het niet weet, terwijl ik het zou móéten weten.'

'Wat zou je moeten weten?'

'Het was geen petroleumlucht, die Konráð rook. Mijn god, we hadden beter onderzoek naar hem moeten doen. Ik wist het. We hadden veel, veel beter naar die Runólfur moeten kijken.'

28

Elínborg zat al een tijdje in haar auto voor ze naar het benzinestation reed. Ondanks haar gejakker had ze zich de tijd gegund om op de radio te luisteren naar het laatste stukje van een programma met oude IJslandse populaire muziek. Ze was met die oude IJslandse liedjes opgegroeid en ze vond het heerlijk om ze weer te horen, ook al was ze er al sinds lang achter dat ze in verreweg de meeste gevallen uit het buitenland kwamen en van een IJslandse tekst waren voorzien. De ene na de andere melodie weerklonk in de auto, 'Lente in Vaglaskógur', 'Kleine Lóa uit Brú' en 'Simbi de zeeman'. Ze herinnerden haar aan een andere wereld, ze deden haar denken aan Bergsteinn. Hij was altijd een groot liefhebber geweest van die oude populaire liedjes en hij had het vaak over de overgang van de oude naar de nieuwe tijd, toen onschuldiger, eenvoudiger melodieën en liedjes moesten wijken voor een onbuigzamer muziek, vol kritiek en woede. De muziek deed haar ook denken aan Erlendur, die naar de Oostfjorden was gereisd, zijn geboortestreek, met rust gelaten wilde worden, waarschijnlijk ook zijn mobiele telefoon niet had meegenomen, en die met niemand contact had. Zo was het de schaarse keren dat hij vakantie nam en naar de Oostfjorden reisde ook al geweest. Ze had zich afgevraagd wat hij daar toch deed in het oosten. Eén keer had ze het gewaagd bij een pension in Eskifjörður naar hem te informeren, maar daar kende niemand hem. Met dat bellen had ze nogal geaarzeld: ze kende Erlendur misschien beter dan wie ook en wist dat hij van een dergelijke bemoeizucht niet gediend was.

Ze stapte uit en ging het benzinestation binnen. Ze had oude rapporten over dodelijke verkeersongevallen doorgekeken en de naam gevonden van de vrachtwagenchauffeur die betrokken was geweest bij het ongeluk waarbij Runólfurs vader om het leven was gekomen. Hij was in dienst geweest van een transportonderneming in Reykjavík. Elínborg was hem daar gaan opzoeken en had de chef gesproken.

'Ik zou graag weten of Ragnar Þór ook in de stad is. Ik heb alleen maar zijn telefoonnummer, maar hij neemt niet op,' zei Elínborg, nadat ze haar komst uitgelegd had.

'Ragnar Þór?' zei de man. 'Die werkt hier allang niet meer.'

'Nee? Voor wie rijdt hij dan nu?'

'Rijden? Raggi? Die rijdt helemaal niet meer. Na dat ongeluk.'

'Dat dodelijke ongeluk, bedoel je?'

'Ja, toen is hij gestopt met rijden.'

'Vanwege dat ongeluk?'

'Ja,' zei de man, die in zijn kantoor vrachtbrieven stond door te bladeren. Hij had nauwelijks opgekeken toen Elínborg hem kwam onderbreken.

'Weet je waar Ragnar nu werkt?'

'Bij het benzinestation in Hafnarfjörður. De laatste keer dat ik hem daar gezien heb zal zo'n twee maanden geleden zijn. Volgens mij is hij daar nog wel.'

'Heeft dat ongeluk hem zo'n knauw gegeven?'

'Je ziet het, hij is zelfs gestopt met rijden. Gewoon, helemaal gestopt.'

Elínborg ging direct van de chef naar het door hem genoemde benzinestation. Er was weinig te doen. Er stond iemand zelf te tanken om zo een paar kronen uit te sparen. Aan de kassa zaten twee personeelsleden, een vrouw van rond de dertig en een man, een zestiger. De vrouw nam geen nota van haar en zat uit te kijken over het terrein. De man echter stond op, glimlachte en vroeg of hij iets voor haar kon doen.

'Ik ben op zoek naar Ragnar Þór,' zei Elínborg.

'Dat ben ik,' zei de man.

'Je mobieltje doet het niet.'

'O, heb je geprobeerd me te bellen? Ik ben er nog niet aan toegekomen om een nieuwe telefoon te kopen.'

'Kunnen we even rustig met elkaar praten?' vroeg Elínborg, en ze keek naar de vrouw bij de kassa. 'Ik wou je graag een paar dingen vragen. Het zal niet lang duren.'

'Oké,' zei de man en hij keek ook naar de vrouw. 'We kunnen wel even naar buiten lopen. Wat... wie ben je?'

Ze gingen samen naar buiten en Elínborg legde hem uit dat ze van de politie was en bezig was met het onderzoek van een gevoelige zaak. Om een lang verhaal kort te maken, ze wilde hem wat vragen stellen over het ongeluk, een aantal jaren geleden, toen er een auto pal op hem was gereden, en de chauffeur ervan om het leven was gekomen.

Ragnar Þór was meteen zeer op zijn hoede.

'Ik heb de rapporten gelezen,' zei Elínborg, 'maar ik weet dat daar nooit alles in staat. Daarom wilde ik jou graag eens spreken. Je rijdt niet meer, klopt dat?'

'Ik... ik weet niet hoe ik je kan helpen,' zei Ragnar Þór en hij ging een stap verder van haar af staan. 'Ik heb nooit over dat ongeluk gepraat.'

'Dat begrijp ik helemaal, het is vast geen pretje om zoiets mee te moeten maken.'

'Met alle respect, ik geloof niet dat je dat zou kunnen begrijpen, tenzij je het zelf ervaart. Ik denk niet dat ik je kan helpen en ik zou het op prijs stellen als je me met rust liet. Ik heb er nog nooit met iemand over gepraat en ik doe het nu ook niet. Ik hoop dat je dat kunt begrijpen.'

Hij wilde het benzinestation weer binnengaan.

'De zaak die ik aan het onderzoeken ben is de moord in Þingholt,' zei Elínborg. 'Heb je daarvan gehoord?'

Ragnar Þór bleef staan. Een auto reed naar een van de pompen toe.

'De man die vermoord is, dat was de zoon van degene die bij het ongeluk om het leven is gekomen.'

Ragnar Þór keek haar aan alsof het niet direct tot hem doordrong.

'Zijn zoon?'

'Runólfur heette hij. Hij heeft bij dat ongeluk zijn vader verloren.'

De man die naar de pomp was gereden zat als vastgebakken in zijn auto te wachten tot hij bediend werd. De vrouw aan de kassa verroerde zich niet.

'Het was mijn schuld niet,' zei Ragnar Þór zachtjes. 'Dat ongeluk was niet mijn schuld.'

'Volgens mij is iedereen het daar wel over eens, Ragnar. Hij zwenkte jouw weghelft op.'

De man in de auto toeterde. Ragnar Þór keek in zijn richting. De vrouw aan de kassa had zo te zien geen plannen om iets te gaan doen. Hij liep naar de auto; Elínborg kwam hem achterna. De chauffeur draaide het raampje omlaag, gaf hem zonder iets te zeggen een biljet van vijfduizend kronen en draaide het raampje weer omhoog.

'Wat wil je weten?' vroeg Ragnar Þór toen hij begon te tanken.

'Was er bij dat ongeluk iets ongewoons aan de hand, iets wat je niet tegen de politie gezegd hebt, iets wat verklaart hoe dit kon gebeuren? Het enige wat het rapport erover zegt is dat het leek alsof je tegenligger de macht over het stuur was kwijtgeraakt.'

'Ik weet het.'

'Zijn vrouw zegt dat hij in slaap was gevallen. Is dat waar of is er iets anders gebeurd? Was hij ergens van geschrokken? Was zijn sigaret op zijn stoel gevallen? Wat is er gebeurd?'

'Was hij de vader van die knul in Þingholt?'

'Ja.'

'Dat wist ik niet.'

'Nu wel.'

'Als ik je iets vertel wat niet in het rapport staat, dan moet dat wel helemaal onder ons blijven.'

'Ik zal er met niemand over praten. Daar kun je van op aan.'

Ragnar Þór was klaar met de bediening van de chauffeur. Ze stonden bij de pomp. Het was intussen middag geworden. Het was koud.

'Het was zelfmoord en niks anders,' zei Ragnar Þór.

'Zelfmoord? Hoe weet je dat?'

'Je praat er met niemand over?'

'Nee.'

'Hij glimlachte tegen me.'

'Hij glimlachte?'

Ragnar Þór knikte.

'Hij had een lachje op zijn gezicht toen we op elkaar knalden. Hij had mij speciaal uitgekozen. De wagen waar ik in reed was heel groot en zwaar met die aanhanger. Die man zwenkte ineens mijn weghelft op. Ik kon niks doen. Ik kon op geen enkele manier meer reageren. Hij reed recht op me af en net voor we op elkaar knalden was hij een en al glimlach.'

Het toestel steeg 's middags op vanaf het vliegveld van Reykjavík. Het was maar half vol, en het klom snel op tot vlieghoogte. Omdat het aantal passagiers terugliep was er sprake van dat men in de nabije toekomst met deze vluchten zou stoppen, tenzij de regering ze nog meer zou subsidiëren. De vlucht had wegens mist op de plaats van bestemming vertraging opgelopen en het was al twee uur geweest toen men het eindelijk verantwoord achtte te vertrekken.

De piloot begroette de passagiers door de intercom, verontschuldigde zich voor de vertraging en vermeldde de duur van de vlucht. Hij zei dat er op de plaats van bestemming zware bewolking hing en dat er een krachtige wind stond, bij vier graden vorst. Daarna wenste hij de passagiers een goede vlucht. Elínborg trok haar veiligheidsgordel strakker aan en dacht aan de vlucht van een paar dagen geleden. Ze meende dat toen dezelfde piloot het toestel vloog. Het grootste gedeelte van de vlucht vlogen ze boven het wolkendek en Elínborg genoot van de zon, die ze links van zich zag. Die had zich deze donkere herfstdagen niet vaak in Reykjavík laten zien.

Ze had documenten bij zich die betrekking hadden op de 101-moord, zoals de kranten het nu waren gaan noemen. De naam Þingholtmoord was niet langer in zwang. Volgens de media was er een jonge yup in de wijk met postcode 101 van het leven beroofd. Dat de mediamensen het etiket 101 op de misdaad gingen plakken was slechts een kwestie van tijd geweest. Elínborg las een uitgeprinte versie van Konráðs bekentenis door. Hij bleef bij zijn verklaring en zei dat hij er niets in wilde veranderen. Elínborg wist dat voorlopige hechtenis een heel bijzondere en onvoorspelbare invloed op mensen had.

'Ik wil mijn dochter graag zien,' zei hij ergens in het verslag. 'Ik weiger antwoord te geven op verdere vragen als ik haar niet te zien krijg.'

'Dat gebeurt niet,' was het antwoord van de politieman. Elínborg dacht dat het Finnur geweest moest zijn, de man die op de connectie tussen Eðvarð en Lilja had gewezen.

'Hoe gaat het met haar?' vroeg Konráð.

'We denken dat ze op het punt staat te breken. Het is alleen nog maar een kwestie van tijd.'

Elínborg trok een pijnlijk gezicht toen ze dit las. Konráð vroeg constant naar zijn dochter en ze vond de psychologische oorlogsvoering van de politieman onnodig en kinderachtig.

'Is alles goed met haar?'

'Op het ogenblik gaat het goed met haar.'

'Wat bedoel je daarmee, "op het ogenblik"?'

'Het is natuurlijk geen lolletje, die voorlopige hechtenis.'

Even daarna leek het erop dat Konráð zou capituleren. De vragen gingen over zijn aankomst bij het huis. Ze hadden hem steeds maar weer hetzelfde gevraagd, tot hij zich ineens vermande. Elínborg zag voor zich hoe hij zich in de verhoorkamer in zijn stoel oprichtte en diep zuchtte.

'Ik geloof niet dat het zin heeft hiermee door te gaan. Ik weet niet hoe ik ermee weg heb willen komen. Toen ik hem aangevlogen was, had ik direct met jullie moeten praten. Dan zou Nína niet onnodig hebben hoeven lijden. Het was een ellendige vergissing dat ik dat niet gedaan heb. Wat ik wél zwart op wit wil is dat ik het uit zelfverdediging gedaan heb.'

'Zeg je...?'

'Ik ben degene geweest die hem vermoord heeft. Jullie moeten Nína met rust laten. Ik was het. Het ergste spijt het me dat ik haar heb meegetrokken in dat verstoppertje spelen van me. Dat was mijn schuld. Helemaal mijn schuld. Ik was helemaal door het dolle heen toen ik zag in wat voor een toestand Nína was en wat ik daar aantrof toen ik binnenkwam. Ze had me gezegd waar ze was, waar hij woonde. Ik had die afschuwelijke noodkreet van haar gekregen. Ik ben er zo snel als ik kon naartoe gegaan. Nína had het voor elkaar gekregen de deur open te doen. Ik ging naar binnen en zag direct dat mes op tafel liggen. Ik dacht dat hij Nína daarmee bedreigd had. Ik wist ook niet wat er aan de hand was. Nína zat op de vloer en die halfnaakte kerel hield haar in de gaten. Ik had hem nog nooit gezien. Toen draaide hij mij zijn rug toe. Ik dacht dat hij Nína wat wilde doen, en ik pakte het mes en heb hem ermee bewerkt. Gezien heeft hij me nooit. Wat ik aan kleren zag heb ik meegepakt en toen heb ik haar door de tuin weggebracht naar de straat er vlakbij, en vandaar naar de auto. Onderweg ben ik gestopt en heb het mes in zee gegooid. Waar kan ik me niet precies meer herinneren. Zo is het gegaan en dat is de waarheid.'

's Morgens had de politie gepraat met Konráðs vrouw, die medeschuldig was, als zijn verklaring klopte. Ze bevestigde dat hij met hun dochter weer bij de auto was teruggekomen, maar ze zei zich niet te kunnen herinneren dat Konráð gestopt was om zich van het moordwapen te ontdoen. Ze had, net als de anderen trouwens, in grote opwinding verkeerd om wat er gebeurd was, en ze wist niet zeker meer of ze de volgorde van de gebeurtenissen, of wát er allemaal was voorgevallen, nog goed in haar hoofd had. Het werd vooralsnog niet nodig geacht haar in hechtenis te nemen.

Elínborg schrok toen het toestel ineens in een luchtzak terechtkwam, een duik nam en heen en weer schudde. Ze greep de armleuningen vast en haar papieren vielen op de vloer. Het trillen hield een paar minuten aan; daarna kwam het vliegtuig weer tot rust. De piloot gaf uitleg over de luchtzak en verzocht de passagiers rustig te blijven zitten. Elínborg raapte haar papieren bij elkaar en legde ze op volgorde. Ze vond het niet prettig met deze propellermachines te moeten vliegen.

Ze verdiepte zich weer in het verhoor. Konráð was ondervraagd over alle mogelijke details, en had tamelijk heldere antwoorden gegeven. Eén vraag kon hij echter niet beantwoorden: de vraag die Elínborg het meest bezighield, die over de rohypnol die in Runólfurs mond en keel was aangetroffen. Konráð had geen geweld gebruikt om hem de drug te laten slikken; Nína herinnerde zich bijna niets meer van wat er gebeurd was.

Elínborg merkte dat het vliegtuig begon te dalen. Beneden lag nog een dunne sneeuwlaag, die de verbleekte herfstkleur van de begroeiing meer deed uitkomen. Ze wist dat er op het vliegveld twee politiemensen op haar wachtten en haar net als de vorige keer naar de plaats van bestemming zouden brengen. Haar gedachten dwaalden af naar haar keuken thuis. Ze zag voor zich hoe Teddi gekeken had toen ze zo zat te piekeren over Konráðs woorden en over de lucht van smeerolie aan Teddi's jasje in de hal.

'Wat praat je nou toch over petroleum?' had Teddi gezegd.

'Konráð zei dat hij dacht dat Runólfur bezig was geweest iets te verbranden,' zei Elínborg. 'Maar hij hééft niks verbrand. Het was ook geen petroleumlucht die Konráð geroken heeft.'

'En wat zou dat?' vroeg Teddi.

'Konráð heeft verteld dat hij een petroleumlucht in het appartement van Runólfur had geroken. We hebben nergens petroleum gevonden, en dus is Konráðs beschrijving ook niet zo nauwkeurig geweest. Tenminste, ik dénk dat die dat niet geweest is. Ik denk dat hij dezelfde lucht geroken heeft als die aan jouw jasje zit. Meer is er waarschijnlijk ook niet voor nodig. Als jij je jasje bij de voordeur op de stoel laat liggen, ruikt de hele hal ernaar.'

'En wat dan nog?' had Teddi gevraagd.

'Dat maakt alle verschil,' zei Elínborg en ze pakte haar mobieltje. Ze belde Sigurður Óli.

'Die bekentenis is niks waard,' zei ze.

'Wat krijgen we nou?'

'Konráð denkt dat hij de enige goede keus maakt: de schuld van zijn dochter op zich nemen. Maar volgens mij hebben die twee part noch deel aan de dood van Runólfur.'

'Nou moet je het niet gekker maken. Als zij het niet gedaan hebben, wie dan wel?'

'Ik moet er nog beter naar kijken,' zei Elínborg. 'En ik moet morgenochtend met Konráð praten. Ik geloof in alle ernst dat hij zit te liegen.'

'Maak de dingen toch niet zo ingewikkeld,' zei Sigurður Óli. 'Ik had je al gefeliciteerd omdat je de zaak rond had.'

'Dat is dan gewoon te vroeg. Helaas.'

Ze verbrak de verbinding en keerde zich naar Teddi.

'Mag ik morgen jouw jasje lenen?'

's Morgens vroeg ging ze met Konráð in de verhoorkamer van het politiebureau zitten. Hij zei dat hij die nacht weinig had geslapen; hij zag er vermoeid uit, onverzorgd, verscheurd. Hij groette Elínborg nauwelijks terug
en vroeg zoals steeds naar Nína. Elínborg zei dat haar toestand niet veranderd was.

'Ik denk dat je tegen ons liegt,' zei Elínborg. 'De hele tijd heb je de waarheid gezegd, maar we geloofden je niet. En hetzelfde kunnen we van je
dochter zeggen. Die geloofden we evenmin. Toen heb je het besluit genomen de misdaad voor je rekening te nemen. Je vindt het beter dat jij een
tijd vastzit dan dat zij dat doet. Jij bent van middelbare leeftijd, zij is jong
en heeft haar toekomst nog voor zich. Maar je verhaal gaat op twee punten
niet op, en volgens mij heb je daar niet goed over nagedacht. Wat Nína ervan zegt komt beslist niet overeen met jouw versie van het verhaal. En ze
zal ook niet accepteren dat jij de schuld op je neemt. En dus lieg je.'

'Wat weet jij daarvan?'

'Dat weet ik gewoon,' zei Elínborg.

'Je wilt niet geloven wat ik zeg.'

'Jawel, sommige dingen wel, feitelijk het meeste. Totdat je gaat doen alsof
je Runólfur bent aangevlogen.'

'Nína heeft het niet gedaan.'

'Ik weet niet of je het je nog herinnert, maar je hebt gezegd dat je zoiets
als een petroleumlucht rook toen je bij Runólfur binnenkwam. Je dacht
dat hij bezig was geweest iets te verbranden. Hing er daarbinnen ook een
brandlucht?'

'Nee, het was geen brandlucht.'

'Dus het was alleen maar de lucht van olie die je rook?'

'Ja.'

'Ken je de lucht van petroleum?'

'Nou ja, gewoon. Voor mij was het zo'n beetje een olielucht.'

'Was die erg sterk?'

'Nee, eigenlijk niet. Je kon het net ruiken.'

Elínborg pakte een plastic zak en haalde er het jasje uit dat Teddi de vorige avond had gedragen, en dat hij thuis in de hal had gelegd. Ze legde het
op de tafel van de verhoorkamer.

'Dat jasje heb ik nooit eerder gezien,' zei Konráð direct, alsof hij wilde voorkomen dat hij nog verder in de problemen kwam.

'Dat weet ik,' zei Elínborg. 'Ik wil je vragen er niet dichter bij te komen en er niet je neus in te steken. Kun je de lucht ervan ruiken?'

'Nee.'

Elínborg nam het jasje, zwaaide er een paar keer mee, vouwde het toen op en stopte het weer in de zak. Ze stond op en zette de zak op de gang. Toen ging ze weer tegenover Konráð zitten.

'Ik weet dat dit niet erg wetenschappelijk is, maar ruik je nu een bepaalde lucht?'

'Ja,' zei Konráð. 'Nu ruik ik iets.'

'Is dit de petroleumlucht die je bij Runólfur thuis geroken hebt?'

Konráð snoof twee keer diep.

'Ja, dit is precies de lucht die ik bij Runólfur rook toen ik daar binnenkwam,' zei hij. 'Iets zwakker misschien.'

'Weet je het zeker?'

'Ja. Dit is die lucht. Wat is dit voor een jasje? Van wie is dit jasje?'

'Van mijn man,' zei Elínborg. Hij is automonteur en voor de helft eigenaar van een garagebedrijf. Dat jasje van hem hangt daar de hele dag in het kantoor en de lucht van smeerolie is er helemaal ingetrokken. In alle garages van het land ruikt het zo. Die geur is heel erg hardnekkig en trekt in je kleren.'

'De lucht van smeerolie?'

'Ja, de lucht van smeerolie.'

'En? Wat is daarmee?'

'Dat weet ik niet, ik ben er nog niet helemaal zeker van. Maar ik zou toch maar even wachten voor je nog meer bekentenissen doet.'

De piloot deed geen speciale moeite om een zachte landing te maken en Elínborg, diep in gedachten, keerde met een schok in de werkelijkheid terug toen het toestel met een harde klap op de baan landde.

29

Ze kreeg dezelfde kamer in hetzelfde pension en installeerde zich op haar gemak. Ze haastte zich niet, want het liep tegen de avond. Onderweg vanaf het vliegveld had ze telefonisch contact gehad met Sigurður Óli in Reykjavík en met anderen die aan de zaak werkten. Ze had geprobeerd aanvullende inlichtingen te krijgen over Runólfurs familie, de moeder, de vader die glimlachend de dood was ingegaan, de vrienden die Runólfur in het dorp had en hun gezinnen. Er was nog maar mondjesmaat informatie binnengekomen, de termijn was ook nog te kort, maar als haar voorgevoel haar niet bedroog zou er de komende dagen wel het een en ander bij komen.

De vrouw die het pension dreef herkende haar direct en was verwonderd haar zo gauw terug te zien. Ze deed geen moeite haar nieuwsgierigheid te verbergen.

'Had je een speciale reden om terug te komen?' vroeg ze toen ze met Elínborg naar de kamer ging en de deur voor haar openmaakte. 'Dit is geen beleefdheidsbezoek, mag ik wel aannemen?'

'Ik heb meen ik wel eens iemand horen zeggen dat hier nooit wat gebeurde,' zei Elínborg.

'Ja, dat klopt, er gebeurt hier bijna nooit wat,' zei de vrouw.

'Dan hoef je je over mij dus ook al niet druk te maken,' zei Elínborg.

Ze liep naar het enige restaurant van het dorp en ging daar zitten. Weer bestelde ze de vis. Deze keer was ze de enige gast. De vrouw die Lauga heette, de spil waar alles om draaide daarbinnen, nam de bestelling in volledig stilzwijgen op en verdween naar de keuken. Óf ze herinnerde zich Elínborg niet meer, óf ze had geen zin in een beleefdheidspraatje. Bij het eerste bezoek was ze spraakzamer geweest. Algauw kwam ze eraan met de vis, die ze bij Elínborg op tafel zette.

'Heerlijk,' zei Elínborg. 'Ik weet niet of je je het nog herinnert, maar ik ben hier een paar dagen geleden ook geweest, en toen vond ik die vis van jou zo lekker.'

'Die is bij mij altijd vers,' zei Lauga, die zich er niet over uitliet of ze zich Elínborg nog herinnerde. 'Dank je.'

Ze wilde weer naar de keuken, maar Elínborg vroeg haar nog eventjes te blijven.

'Toen ik de laatste keer hier was heb ik met een meisje gepraat dat daar in de hoek de video's doorkeek,' zei ze en ze wees op het rekje met video's bij de buitendeur. 'Waar zou ik haar kunnen vinden?'

'Tja, er is toch nog een heel stel meisjes op het dorp gebleven,' zei Lauga. 'Ik zou echt niet weten over wie je het hebt.'

'Ze was ongeveer twintig jaar, dacht ik, blond, met een smal gezicht, niet onknap. Ze was slank en ze had een blauw gewatteerd jack aan. Ik dacht ineens: die zal hier best af en toe langskomen. Ik stel me zo voor dat dit de enige plek in het dorp is waar je video's kunt huren.'

Lauga antwoordde haar niet direct.

'Ik zou het fijn vinden als je me zou kunnen...' ging Elínborg verder, maar Lauga viel haar in de rede.

'Weet je hoe ze heet?'

'Nee.'

'Ik zou niet weten wie het is,' zei Lauga en ze haalde de schouders op. 'Het kan best dat ze uit een dorp hier in de buurt komt.'

'Ik had ineens het idee dat jij me wel zou kunnen helpen,' zei Elínborg. 'Nou ja, niks aan te doen.' Ze wijdde zich aan haar vis. Die smaakte, net als de eerste keer, buitengewoon goed: helemaal goed gebakken, vers en naar behoren gekruid. Lauga kon koken, en Elínborg vroeg zich af hoe haar bekwaamheid in deze uithoek tot ontwikkeling had kunnen komen. Diep in zichzelf excuseerde ze zich. Tegenover alles van buiten de stad stond ze al snel met haar vooroordelen klaar. Ze had beter kunnen denken dat de mensen op het dorp goed af waren met zo'n voortreffelijke kokkin in hun midden.

Elínborg gunde zich royaal de tijd voor haar maaltijd en nam als nagerecht een stuk pas gebakken chocoladecake, waarbij ze koffie dronk die uitstekend was.

Er kwamen drie kinderen binnen, twee jongens en een meisje, van een jaar of veertien. Ze keken welke video's er te huur waren. Een van hen zette een groot televisietoestel boven de bar aan en zapte naar een sportwedstrijd. Hij zette het geluid onnodig hard en Lauga kwam naar hem toe: of die tv niet een beetje zachter kon alsjeblieft. Hij gehoorzaamde ogenblikkelijk.

'Zeg maar tegen je moeder dat ik haar morgenmiddag wel kan knippen,' zei ze tegen de jongen, die knikte. Hij keek naar Elínborg, die glimlachte, maar reageerde verder niet. Het meisje uit het clubje ging zitten om tv te kijken, en algauw staarden ze alle drie naar het scherm. Elínborg glimlachte voor zichzelf uit. Ze was in tweestrijd of ze nog een sterke likeur zou nemen. Uiteindelijk gunde ze die zichzelf toch maar. Ze vermoedde dat ze een zware dag voor de boeg had.

Ten slotte stond ze op en betaalde de rekening aan de bar. Lauga bediende de kassa, zwijgend. Elínborg had de indruk dat de kinderen iedere beweging van haar volgden. Ze bedankte Lauga en groette de kinderen, maar die beantwoordden haar groet niet. Alleen het meisje gaf haar een knikje.

Elínborg liep diep in gedachten in de richting van het pension, overwegend hoe ze de volgende dag het onderzoek zou aanpakken, toen ze aan de overzijde van de dorpsstraat iemand gehaast langs het trottoir zag lopen. Het was een blond meisje van rond de twintig in een blauw, gewatteerd jack. Elínborg bleef staan om naar haar te kijken, onzeker of dit hetzelfde meisje was. Ze meende uiteindelijk van wel en riep haar. Het meisje ging minder snel lopen en keek naar Elínborg.

'Wacht eens even!' riep Elínborg en ze zwaaide naar haar.

Ze stonden tegenover elkaar, de straat tussen hen in.

'Weet je niet meer wie ik ben?' vroeg Elínborg.

Het meisje staarde haar aan.

'Laat ik nou net naar je gevraagd hebben,' zei Elínborg en ze stak de straat over.

Het meisje liep weg, zonder iets tegen haar te zeggen. Elínborg wilde naar haar toe lopen, maar toen begon ze te hollen en rende weg zo snel als haar voeten haar konden dragen. Elínborg zette een sprint in en riep haar toe dat ze moest stoppen. Het meisje begon nog harder te rennen. Elínborg had goede schoenen aan en ze ging haar zo snel ze kon achterna, maar ze was niet goed in vorm en algauw nam de afstand tussen hen toe. Ten slotte verminderde Elínborg haar snelheid, totdat ze weer gewoon wandelde. Het meisje zag ze tussen de huizen verdwijnen.

Elínborg draaide zich om en liep weer in de richting van het pension. De reactie van het meisje verwonderde haar. Waarom wilde ze nu niet met haar praten, terwijl ze eerder wél had willen helpen? Waar liep ze voor weg? Elínborg was er ook van overtuigd dat Lauga heel goed wist wie ze bedoelde toen ze het meisje in het blauwe gewatteerde jack beschreef.

Maar om de een of andere reden wilde ze haar niet helpen. Wat verborgen ze? Was het Elínborgs fantasie die haar op een dwaalspoor zette? Of was het de plaats zelf, zwijgend en donker, die zo'n invloed op haar had?

Ze had haar eigen sleutel voor het pension – voor de buitendeur en voor de kamer – en hoefde niemand lastig te vallen. Ze belde Teddi, die vertelde dat thuis alles pais en vree was en als altijd vroeg wanneer ze thuiskwam. Dat wist ze niet, zei ze. Ze namen afscheid en ze maakte aanstalten naar bed te gaan met een boek dat ze had meegenomen. Het ging over de oosterse keuken en hoe die met de oosterse wijsbegeerte samenhing.

Ze zou net met het boek in haar handen in slaap vallen toen er zacht op het raam getikt werd.

Ze sprong op toen ze voor de tweede keer het tikken hoorde, duidelijk resoluter nu.

Ze had een kamer op de begane grond. Elínborg liep naar het raam, trok voorzichtig de gordijnen open en tuurde het donker in. Haar raam was aan de achterkant van het huis. Eerst zag ze niets, toen verscheen er vanuit het donker een menselijk wezen en keek ze in de ogen van het meisje met het blauwe gewatteerde jack.

Het meisje gebaarde haar naar haar toe te komen en verdween toen weer in het nachtelijke duister. Elínborg kwam snel bij het raam vandaan, kleedde zich haastig aan en ging naar buiten. Ze sloot de deur zorgvuldig achter zich om de eigenaars op de bovenste verdieping geen overlast te bezorgen. Ze tuurde de nacht in, maar kon weinig onderscheiden. Ze ging terug naar de kant van het huis waar het slaapkamerraam zich bevond, maar nergens zag ze het blauwe jack. Roepen durfde ze niet. Het gedrag van het meisje wees erop dat ze extra voorzichtig wilde zijn en niet wilde opvallen. Het was duidelijk dat ze ergens bang voor was en dat ze niet samen met haar gezien wilde worden.

Elínborg stond op het punt het zoeken maar op te geven en weer naar binnen te gaan, toen ze op de weg iets zag bewegen. De straat was spaarzaam verlicht, maar toen ze dichterbij kwam zag ze het meisje op haar staan wachten. Snel liep ze haar kant op, maar het meisje ging ervandoor en liep een stukje verder, tot ze weer stopte en achterom keek. Elínborg bleef staan. Ze had geen zin in spelletjes. Het meisje kwam een eindje naar haar toe en Elínborg begon te lopen, maar toen stapte het meisje opnieuw achteruit en liep van haar weg. Eindelijk begreep Elínborg dat het meisje wilde dat ze haar achterna kwam, maar dat ze een behoorlijke afstand tussen hen beiden zou aanhouden. Ze voegde zich naar haar wensen en liep rustig op enige afstand achter haar aan.

Het was koud weer. Vanuit het noorden was een snijdende wind opgestoken, die door haar kleren heen drong en steeds sterker werd. Ze liepen tegen de noordenwind in; Elínborg huiverde en trok haar jas dichter om zich heen. Ze liepen evenwijdig met de zee, langs de huizengroep aan de haven die de kern van het dorp uitmaakte, en daarna in noordelijke richting verder aan de andere kant van de huizen. Elínborg vroeg zich af hoe lang deze wandeling zou gaan worden en waar het meisje haar naartoe bracht. Ze hadden de zee nu weer achter zich gelaten. Elínborg vocht zich moeizaam vooruit, langs de weg die het dorp uit leidde, langs een groot huis dat naar ze dacht wel eens het plaatselijke dorpshuis zou kunnen zijn. Het werd beschenen door het licht van één lamp boven de buitendeur. Ze hoorde het droevige murmelen van een rivier in het donker, liep een brug over en verloor het meisje telkens weer uit het zicht. De maan verlichtte de nachtelijke hemel. Ze rilde van kou, want de harde wind was flink in kracht toegenomen en nu een gierende storm geworden.

Plotseling zag Elínborg op de weg voor zich een lichtstraal en liep erop af. Het meisje stond stil langs de kant van de weg; ze had haar zaklantaarn aangedaan.

'Moet dat nou echt zo?' zei Elínborg buiten adem toen ze bij haar was. 'Kun je me niet gewoon zeggen wat je te zeggen hebt? Het is nacht en ik sterf van de kou.'

Het meisje keek niet naar haar, maar ging snel verder in de richting van de zee. Elínborg liep haar achterna. In het donker kwamen ze bij een muur van gestapelde stenen, die tot Elínborgs middel reikte; ze volgden deze tot ze bij een hek kwamen, dat het meisje opende. Het hek piepte een beetje.

'Waar zijn we nu?' vroeg Elínborg. 'Waar breng je me eigenlijk naartoe?'

Daar kreeg ze snel antwoord op. Ze liepen over een smal pad, langs een grote boom. Elínborg zag in het licht van de zaklantaarn stenen traptreden naar een huis; wat voor soort huis wist ze niet. Het meisje sloeg rechts af en liep een wat lager gelegen stukje grond op. Elínborg zag in het schijnsel van de lantaarn een wit kruis. Vervolgens zag ze een bewerkte steen, helemaal scheef gezakt. Op de steen stond een inscriptie.

'Zijn we hier op een kerkhof?' fluisterde Elínborg.

Het meisje antwoordde niet en bleef doorlopen tot ze bij een eenvoudig wit kruis gekomen was. In het midden zat een schildje met een opschrift in kleine letters. Op de deksteen lag een tamelijk vers boeket.

'Wie ligt hier?' vroeg Elínborg en ze probeerde bij het zwenkende licht van de zaklantaarn het opschrift te lezen.

'Ze was een paar dagen geleden jarig,' fluisterde het meisje.

Elínborg staarde naar de grafsteen. Het licht van de zaklantaarn ging uit, ze hoorde zich verwijderende voetstappen, en begreep dat ze alleen gelaten werd op het kerkhof.

30

Eindelijk sliep Elínborg in. Ze had een korte en slechte nacht en was de volgende dag weer vroeg op de been. De wind was na de gebeurtenissen van die nacht gaan liggen en terwijl het zachtjes sneeuwde was ze weer naar het dorp teruggelopen. Ze wist niet of ze het meisje nog zou terugzien, noch waarom die haar naar het kerkhof had meegelokt. Het was Elínborg gelukt het opschrift op het kruis te lezen, een meisjesnaam. Lang verbleef ze met haar gedachten bij de vrouw die daar in de aarde lag, de bloemen die iemand kortgeleden op het graf had gelegd, de hele geschiedenis die onder dat kruis lag begraven en die ze niet kende.

Ze bleef 's morgens op haar kamer, belde met Reykjavík en bereidde zich voor op de dag. Het was al na twaalven toen ze kalmpjes naar het restaurant wandelde. Het was daar nog niet helemaal uitgestorven, hoewel de lunchdrukte al achter de rug was. Lauga stond met een hulp in de keuken. Elínborg bestelde eieren met spek en nam er koffie bij. Ze meende dat de mensen naar haar keken en voelde zich een vreemde eend in de bijt, maar ze trok zich daar weinig van aan. Ze maakte geen haast, at rustig haar maaltijd, dronk nog een tweede kop koffie en keek naar de mensen om zich heen.

Lauga nam het bord bij Elínborg weg en veegde de tafel schoon.

'Wanneer denk je weer naar de stad te gaan?' vroeg ze.

'Dat hangt ervan af,' zei Elínborg. 'Dit dorp heeft wel het een en ander te bieden, al gebeurt er dan nooit wat.'

'Ik hoor dat je er de hele nacht op uit geweest bent.'

'Hoe kom je daarbij?'

'Dorpsroddels,' zei Lauga. 'Die hebben we hier genoeg. Je moet niet alles geloven wat er op zo'n dorp beweerd wordt. Ik hoop niet dat je achter een of ander kletspraatje aan gaat.'

'Nee, dat is niks voor mij,' zei Elínborg. 'Weet je of het gaat sneeuwen vandaag?' vroeg ze en ze keek door het raam van het restaurant. De betrokken lucht beviel haar niet.

'Het weerbericht zegt van wel,' zei Lauga. 'Ze zeggen dat er storm komt, vanavond en vannacht.'

Elínborg stond op. Ze was nu de enige in het restaurant.

'Je helpt er niemand mee als je te veel in het verleden roert,' zei Lauga. 'Dat is allemaal afgelopen, uit.'

'Over het verleden gesproken,' zei Elínborg, 'jij moet een meisje gekend hebben dat hier heeft gewoond en dat Aðalheiður heette. Twee jaar geleden gestorven.'

Lauga aarzelde.

'Die heb ik gekend, ja,' zei ze ten slotte.

'Waar is ze aan gestorven?'

'Waaraan? Daar praat ik liever niet over.'

'Waarom niet?'

'Gewoon, omdat ik daar niet van hou.'

'Kun je me dan mensen noemen die met haar bevriend waren, of familie, mensen met wie ik kan praten?'

'Nee, daar kan ik je niet mee helpen. Ik leid dit restaurant. Dat is mijn taak. En het is niet mijn taak om verhaaltjes te vertellen aan vreemden.'

'Dank je,' zei Elínborg. Ze liep naar de deur en opende die. Lauga bleef midden in het vertrek staan en keek naar haar alsof ze nog iets wilde zeggen.

'Ik denk dat je ons allemaal een dienst bewijst als je weer naar Reykjavík gaat en hier nooit meer terugkomt,' zei ze toen.

'Wie precies zou ik daar een dienst mee bewijzen?'

'Ons allemaal,' zei Lauga. 'Je hebt hier niks te zoeken.'

'We zullen zien,' zei Elínborg. 'Maar bedankt voor de maaltijd. Het is goed eten bij jou.'

Ze wilde weer naar het kerkhof, maar ze besloot onderweg nog ergens anders langs te gaan. Ze ging naar het rijtjeshuis waar Runólfurs moeder woonde en belde aan. Ze hoorde het zwakke geluid van de bel binnenshuis. De deur ging open. Kristjana herkende haar direct en liet haar binnen.

'Wat wil je nou weer?' vroeg ze en ze ging in dezelfde stoel zitten als bij Elínborgs eerste bezoek. 'Wat moet jij toch allemaal hier in het dorp?'

'Ik probeer antwoorden te vinden,' zei Elínborg.

'Nou, ik weet niet of je hier wat zult vinden,' zei Kristjana. 'Dit is een saai dorp. Echt een oersaai dorp. Ik zou hier allang vertrokken zijn als ik maar een greintje meer pit had gehad.'

'Is het dan niet goed wonen hier?'

'Goed wonen?' zei Kristjana, die een papieren zakdoekje tussen haar vingers had. Ze streek zichzelf ermee over de lippen en trok het daarna weer glad. 'Je moet niet naar de leugenpraatjes van de mensen luisteren.'

'Waarover zouden die dan moeten liegen?' Elínborg herinnerde zich wat Lauga gezegd had over dorpsroddels.

'Over van alles,' zei Kristjana. 'Je moet weten dat er hier een hoop onbetrouwbaar volk woont. Onbetrouwbare lui, die de mensen zwartmaken als ze kunnen. Heb je wat over mij gehoord? Ze moeten er wel van smullen, van wat er met mijn Runólfur gebeurd is. Ze genieten, ze smullen van het verhaal van die jongen. Maar je moet niet alles geloven wat er verteld wordt.'

'Ik ben hier nog niet zo lang,' zei Elínborg, die merkte dat de vrouw zich anders en afwerender gedroeg dan bij hun eerste ontmoeting. Ze wilde het niet met haar over de dood van haar man hebben, ze wist niet of Kristjana op de hoogte was van wat er werkelijk gebeurd was. Wel wilde ze iets anders weten. Elínborg dacht even na en besloot het maar zonder omwegen te zeggen. 'Het enige wat ik gehoord heb,' zei ze, 'is iets over een heel strenge opvoeding. Dat je heel erg streng was voor de jongen.'

'Streng? Voor Runólfur? Kom nou, zeg! Wat een verdomde kletspraat! Alsof je zulke jongens niet een paar tikken mag verkopen! Wie heeft dat gezegd?'

'Dat weet ik niet meer,' zei Elínborg.

'Streng voor Runólfur? O, dat waren natuurlijk die lui die zelf van dat tuig grootbrengen. Tuig, ja! Een paar dagen geleden hebben ze de ruiten bij me ingegooid. En niet een die ervoor uit wou komen. Ik had zo mijn vermoedens wie het waren en ik ben met hun ouders gaan praten, maar die luisterden niet naar me. Zoveel respect hebben ze nou voor ouderen.'

'Maar wás je dan streng voor hem?' vroeg Elínborg.

Kristjana keek haar een ogenblik aan.

'Wil je mij er soms de schuld van geven dat hij zo was?'

'Ik weet niet hoe hij was,' zei Elínborg. 'Kun jij me dat vertellen?'

Kristjana zat zwijgend in haar stoel, wreef haar lippen droog met het papieren zakdoekje, dat ze daarna opnieuw glad trok.

'Je moet niet alles geloven wat er hier in het dorp beweerd wordt,' zei ze. 'Hebben ze zijn moordenaar al gevonden?'

'Nee, helaas,' zei Elínborg.

'Er zijn er een paar gearresteerd, zag ik op het journaal.'

'Ja.'

'Kwam je me dat vertellen?'

'Nee, eigenlijk niet. Ik wilde weten of het volgens jou iemand hier uit het dorp geweest zou kunnen zijn die je zoon dit aangedaan heeft.'

'Je hebt me laatst gevraagd of hij ook vijanden had, hier. Ik denk van niet. Maar als het zo'n schoft was als jij denkt dat hij geweest is, dan kan ik daar ook weer niet zo zeker van zijn.'

'Ik heb ook gevraagd of hij vrouwen kende,' zei Elínborg, en ze probeerde haar woorden behoedzaam te kiezen.

'Dat klopt, maar van vrouwen is me niks bekend,' zei Kristjana.

'Eigenlijk is het er maar één over wie ik het speciaal wil hebben. Een vrouw hier uit het dorp, die Aðalheiður heette.'

'Aðalheiður?'

'Ja.'

'Die herinner ik me wel, ja, al heb ik haar niet echt gekend. Een zus van die uit de garage.'

'Uit de garage?'

'Ja.'

'Bedoel je dat ze Valdimars zus was?'

'Ja, of zijn halfzuster. Die moeder van haar was een ontzettende del. Vaak met de zeelui aan de zwier, vroeger. Ik zal maar niet vertellen hoe ze haar noemden. Dat was niet zo mooi. Die twee kinderen waren van haar. Onwettig natuurlijk. Twee buitenbeentjes. En toen begon ze nog te drinken ook. Ze stierf, als je het zo wilt zien, in haar beste jaren, maar ze was totaal afgeleefd. En toch ook wel weer flink. Ik heb nog samen met haar in de vis gewerkt. Een meid die van wanten wist.'

'Kende jouw zoon haar? Die Aðalheiður, bedoel ik?'

'Runólfur? Ze waren ongeveer even oud en ze hebben hier nog samen op school gezeten. Ík kende haar niet echt, al hing ze in de vis wel om haar moeder heen, altijd met een paar snottebellen uit haar neus. Een erg pittig kind was het niet. Een beetje sullig eerder, en ziekelijk.'

'Had Runólfur contact met haar?'

'Wat bedoel je met contact?'

Elínborg aarzelde.

'Waren ze meer dan alleen maar kennissen, was er zoiets als… hadden ze een ander soort contact?'

'Nee, niet op die manier. Waarom vraag je dat? Runólfur is nooit met meisjes thuisgekomen.'

'Heeft hij hier in het dorp meisjes leren kennen?'

'Eigenlijk niet, nee.'

'Ik begreep dat die Aðalheiður een of twee jaar geleden gestorven is?'

'Ze heeft zichzelf van kant gemaakt,' zei Kristjana plompverloren, en ze streek door haar grijze haar. Elínborg vroeg zich af of dat in haar jonge jaren donker was geweest. Haar bruine ogen wezen in die richting.

'Wie? Aðalheiður?'

'Ja. Ze hebben haar op het strand gevonden, hier bij het kerkhof,' zei Kristjana, alsof ze het over het weer had. 'Ze was de zee in gelopen.'

'Heeft ze zelfmoord gepleegd?'

'Ja. Daar zag het wel naar uit.'

'Weet je ook waarom?'

'Waarom? Dat dat kind er een eind aan gemaakt heeft? Geen idee. Ze heeft het ergens moeilijk mee gehad, het arme schaap. Ze moet het wel ergens moeilijk mee gehad hebben, dat ze dat gedaan heeft.'

31

Bij daglicht kreeg Elínborg een beter beeld van het kerkhof. Het lag aan de zee, aan de noordkant van het dorp, en was omgeven door een lage muur van gestapelde stenen, die in geen tijden onderhoud had gekend. Er waren stenen uit gevallen en op sommige plaatsen was de hele muur verdwenen onder het verdorde gras. Een vriendelijk dorpskerkje met een lage toren stond aan de achterzijde van het kerkhof. Het was wit geschilderd en had een rood golfplaten dak. Het hekje naar het kerkhof stond half open. Het kostte Elínborg geen moeite het kruis op het tweede graf terug te vinden. Verspreid over de koude aarde lagen er met mos begroeide grafstenen, met inscripties die bijna onleesbaar waren geworden van ouderdom. Andere stonden opgericht in het gras, verwikkeld in een eeuwig gevecht met weer en wind. En daartussenin stonden armelijke kruisen, zoals dat op Aðalheiðurs graf.

Het was een heel eenvoudig kruis, met het gebruikelijke zwarte vlak waarop het opschrift was aangebracht. 'Rust in vrede' stond er onder de geboorte- en de sterfdatum. Elínborg zag dat Aðalheiður jarig was op dezelfde dag als waarop Runólfur werd vermoord. Ze keek omhoog. De hemel was somber, maar het was windstil op deze plek, en de zee was kalm. Het uitzicht over de fjord, met zijn herfstkleuren zover het oog reikte, bracht een grote rust over haar, alleen verbroken door een verdwaalde lijster, die een ogenblik op de kerktoren ging zitten voor hij zijn weg vervolgde en in de bergen verdween.

Elínborg merkte dat ze niet meer alleen was. Ze keek omhoog naar de weg, waar het meisje in het blauwe gewatteerde jack naar haar stond te kijken. Een hele tijd stonden ze zwijgend naar elkaar toe gekeerd, tot het meisje naar het kerkhof liep en schrijlings op de gestapelde stenen ging zitten.

'Prachtig is het hier,' zei Elínborg.

'Ja,' zei het meisje. 'Dit is de mooiste plek van het hele dorp.'

'Ze wisten wel wat ze deden toen ze die voor het kerkhof hebben uitgekozen,' zei Elínborg. 'En nog bedankt dat je me hier vannacht alleen achtergelaten hebt,' voegde ze eraan toe.

'Je moet het me maar niet kwalijk nemen,' zei het meisje. 'Ik wist niet meer wat ik moest doen, ik weet het trouwens nog steeds niet. Toen jij terugkwam in het dorp...'

'Wist jij dat ik terug zou komen?' vroeg Elínborg.

'Het verbaasde me niks. Ik verwachtte je al. Ik heb ervoor gebeden dat je terug zou komen.'

'Maar vertel me dan wat je zo dwarszit. Je wilt duidelijk iets aan me kwijt.'

'Ik zag dat je naar het huis van Kristjana ging.'

'Er blijft ook niet veel onopgemerkt hier in het dorp.'

'Ik heb je niet bespioneerd, hoor, ik zag het gewoon. Zíj weet heel goed wat er is gebeurd. Heeft ze het je verteld?'

'Maar wát is er dan gebeurd?'

'Dat weten ze allemaal.'

'Wat dan? En wie ben jíj eigenlijk? Hoe heet je bijvoorbeeld?'

'Ik heet Vala.'

'En waarom al die geheimzinnigheid, Vala?'

'Ik denk dat de meeste mensen wel weten wat er gebeurd is, alleen zullen ze er nooit hun mond over opendoen. En ik ook niet, ik wil hem niet in de problemen brengen. Daarom... ik weet eigenlijk niet of ik wel met je moet praten. Het is alleen... dat zwijgen is ook niet te verdragen, ik hou dat niet meer vol.'

'Waarom zeg je me dan niet wat je zo zwaar op het hart ligt? Dan zien we daarna wel weer verder. Waar ben je bang voor?'

'Er is geen mens hier die erover praat,' zei Vala. 'En ik wil niemand in de problemen brengen.'

'Waarover praat? En wie dan?'

'Ze houden allemaal hun mond, en ze doen alsof er niks gebeurd is, alsof er hier nooit wat gebeurt. Als alles maar soepel verloopt, en fatsoenlijk is, en mooi.'

'En dat is niet zo?'

'Nee, niet bepaald.'

'Maar wat is het dan? Waarom heb je me hierheen gebracht?'

Het meisje gaf haar geen antwoord.

'Wat wil je dat ik doe?' vroeg Elínborg.

'Ik ben geen roddeltante, ik wil geen kwaad spreken van de mensen. En zeker niet van mensen die gestorven zijn.'

'Niemand hoeft te weten wat wij hier bepraten,' zei Elínborg.

Vala veranderde van onderwerp.

'Ben jij al lang bij de politie?'

'Ja, lang genoeg.'

'Dat is zeker wel een rotbaan?'

'Nee, hoor. Nou ja, soms. Als ze je naar een dorp sturen vol met raadsels, zoals dit. Maar er komen altijd weer betere tijden. Bijvoorbeeld als je een meisje als jij tegenkomt, en je denkt dat je haar wel kunt helpen. Wie zijn die gestorven mensen over wie jij geen kwaad wilt spreken?'

'Ik heb het gymnasium niet afgemaakt,' zei het meisje en ze aarzelde nog met haar antwoord. 'Misschien doe ik dat nog eens, en dan ga ik studeren. Ik wil graag wat leren.'

'Wie was die Aðalheiður die hier ligt?' vroeg Elínborg en ze keek neer op het kruis.

'Ik was nog maar klein toen het gebeurde.'

'Wat gebeurde?'

'Ik zal toen een jaar of acht geweest zijn, maar ik heb er pas van gehoord toen ik twaalf of dertien was. Toen gingen er alle mogelijke verhalen rond, en ik weet nog wel dat we die droevig vonden, maar tegelijk vreselijk spannend. Ze zou geestelijk gestoord zijn geweest. Ze zou een of andere ziekte in haar hoofd gekregen hebben. Ze had geen volledige baan, ze zorgde voor haar broer, en ze was mysterieus, heel erg op zichzelf, ze praatte niet met anderen. Ze leefde hier zo'n beetje in een isolement, los van alles en iedereen. Met andere mensen had ze bijna geen contact, afgezien van haar broer. Die heeft fantastisch voor haar gezorgd toen ze ziek werd. Tenminste, ik heb altijd gedácht dat ze ziek was geworden. Dat was het enige wat je als klein meisje hoorde. Addý was ziek, arme meid. In mijn ogen was ze volwassen: ze was twaalf jaar ouder dan ik. We waren in dezelfde maand jarig. Vijf dagen na elkaar. Toen het gebeurde was ze even oud als ik nu.'

'Heb je haar ook gekend?'

'Jawel, we hebben samen in de vis gewerkt. We verschilden natuurlijk in leeftijd en het was heel moeilijk om haar te benaderen. Ze liet niemand toe. Ik heb gehoord dat ze altijd al zo geweest was, een beetje apart, een eenzelvig type dat zich nooit veel met anderen had bemoeid, anderen trouwens ook niet veel met haar. Dat ze weinig wilskracht had en eigenlijk gevoelig was. Je merkte nauwelijks dat ze bestond. Makkelijke prooi, denk ik.'

Vala haalde diep adem. Het leek Elínborg dat ze het moeilijk had.

'Later, toen ik wat ouder werd, hoorde ik verschillende andere dingen over Addý en wat er met haar gebeurd was. Er waren wel mensen die ervan wisten, maar die hielden hun mond. Misschien omdat ze het ongepast vonden. Misschien omdat ze het pijnlijk vonden. Beschamend. Ellendig. Het heeft jarenlang geduurd voordat het dorp op de hoogte was. Ik denk dat ze het nu allemaal wel weten. Ik heb geen idee waar die verhalen in het dorp vandaan kwamen, want Addý zei nooit wat. Klaagde nooit ergens over. Misschien dat híj erover is gaan kletsen als hij 'm om had. Het is nog best mogelijk ook dat hij de grote jongen heeft willen uithangen met wat hij gedaan had. Waarom weet ik niet, maar ik betwijfel of hij er spijt van gehad heeft.'

Vala zweeg. Elínborg wachtte rustig tot ze verder zou gaan met haar verhaal.

'Addý heeft nooit iets verteld over wat er gebeurd is. Alleen aan haar broer waarschijnlijk, vlak voor ze stierf. Volgens mij heeft die er toen pas voor het eerst wat over gehoord. Ze leefde met een gevoel van schaamte dat ze om zichzelf opgetrokken had. Ik heb nogal wat gelezen over vrouwen zoals zij. De meeste, misschien wel al die vrouwen, hebben een speciale behandeling nodig. Er wordt van ze gezegd dat ze zichzelf verwijten maken. Leven met hun woede. Geïsoleerd raken.'

'Wat is er gebeurd?'

'Hij heeft Addý verkracht.'

Vala staarde naar het kruis.

'Langzamerhand begonnen er praatjes rond te gaan dat ze verkracht was, en door wie, maar zíj zei nooit iets. Er werd niemand aangeklaagd. Niemand in staat van beschuldiging gesteld. En niemand die iets deed om haar te helpen,' herhaalde Vala.

'Wie heeft het gedaan?' vroeg Elínborg. 'Wie was het die haar verkracht heeft?'

'Ik ben er zeker van dat Kristjana weet wat hij gedaan heeft. Weet wat haar zoon gedaan heeft. Zij leeft in een krankzinnige ontkenning. Ze heeft het ontzettend zwaar hier. De kinderen pesten haar. Gooien de ruiten bij haar in.'

'Je hebt het over Runólfur?'

'Ja. Hij heeft Addý verkracht en daar is ze nooit overheen gekomen. Ze

hebben haar hier in zee gevonden, precies bij de kerk. Ze was hierheen gedreven, naar de plek waar ze rust gekregen heeft.'

'En Runólfur?'

'Iedereen hier weet wie hem vermoord heeft.'

Elínborg keek lang naar Vala en zag een man van middelbare leeftijd
voor zich, die rustig naar de verkeerde weghelft afboog en glimlachte naar
de zware vrachtwagen die hem tegemoet reed.

32

Nadat Elínborg in het pension was teruggekomen werkte ze een paar uur op haar kamer, die ze provisorisch als kantoor had ingericht. Ze voerde nog veel telefoongesprekken met Reykjavík en kreeg daarbij verdere informatie. Onder anderen sprak ze met Sigurður Óli; met hem trof ze een aantal noodzakelijke maatregelen. Er zouden politiemensen naar het dorp gestuurd worden, maar het kon wel even duren voor die er waren. Sigurður Óli drukte Elínborg op het hart niets te doen voor ze gearriveerd waren. Ze verzocht hem vriendelijk zich over haar vooral niet druk te maken. Konráð en Nína zaten nog in voorlopige hechtenis. Elínborg vond het niet vreemd dat Konráð van gedachten was veranderd en nu ontkende dat hij Runólfur van het leven beroofd had. Hij ontkende ook beslist dat zijn dochter Nína het had gedaan.

Het begon al donker te worden toen Elínborg op haar gemak vanaf het pension de weg naar het dorp af wandelde en vervolgens via de hoofdstraat in de richting van de haven liep. De eerste keer was ze die weg ook gelopen. De garage stond helemaal aan de noordkant van het dorp. Terwijl ze erheen liep, dacht ze aan de sneeuw die voorspeld was; ze hoopte maar dat ze daar niet van de buitenwereld afgesloten zou raken. Ze keek naar het bord boven de deur van de garage; ze wist nu dat er ooit met een jachtgeweer op geschoten was. Dat had Vala haar verteld. De eigenaar van de garage, Valdimar, had dat zelf gedaan, toen hij nog dronk. Daar was hij een aantal jaren geleden mee gestopt.

Ze ging naar het kantoortje. Daar was nog niets veranderd. Elínborg stelde zich voor dat het al vanaf de openingsdag van de garage zo was geweest. Een kalender met een schaars gekleed meisje hing aan de muur achter de balie. Hij was van 1998. Het leek of dag, week of jaar er niet meer toe deden. Of de tijd stilstond. Over alles, de balie, de oude leren stoel, de rekenmachine, het orderboek, lag een dunne sluier van vuil, zwartsel van automotoren, reserveonderdelen, olie en banden.

In de garage liet ze haar stem horen, maar ze kreeg geen antwoord en stapte naar binnen. De Ferguson-tractor stond op zijn plaats. Verder was de werkplaats leeg, net als de laatste keer dat Elínborg er geweest was. Tegen de muur stonden twee gereedschapskasten, open.

'Ik had al gehoord dat je was teruggekomen,' hoorde ze achter zich zeggen.

Elínborg draaide zich rustig om.

'Je verwachtte me, hè?' zei ze.

Valdimar stond achter haar in een geruit shirt en een versleten spijkerbroek. Hij had zijn overall in zijn handen en begon hem aan te trekken.

'Ben je maar alleen?' vroeg hij.

Valdimar wist dat ongetwijfeld. Er lag geen dreigende ondertoon in de vraag. Die diende om vertrouwen te scheppen, geen vrees.

'Ja,' zei ze zonder aarzelen. Ze wilde eerlijk tegen hem zijn. Toen hij de overall over zijn schouders trok en zijn handen door de mouwen naar buiten kwamen, deed hij haar aan Teddi denken.

'Ik woon hierboven,' zei Valdimar en hij wees met zijn vinger naar het plafond. 'Er was hier niet veel te doen, dus ik ben maar even gaan liggen. Hoe laat is het nu?'

Elínborg zei het hem. Ze geloofde niet dat het gevaarlijk voor haar kon worden. Valdimar was beleefd en rustig.

'Je woont dicht bij je werk,' zei ze en ze glimlachte.

'Ja, dat is erg handig,' zei Valdimar.

'Ik ben op het kerkhof geweest,' zei Elínborg. 'Ik heb daar het graf van je zus gezien. Ik heb begrepen dat ze twee jaar geleden zelfmoord heeft gepleegd.'

'Heb jij wel eens in zo'n dorp gewoond?' vroeg Valdimar, en hij ging plotseling zo staan dat Elínborg was ingesloten tussen hem en een van de gereedschapskasten.

'Nee, ik heb nooit in een dorp als dit gewoond.'

'Nou, dat kunnen hele wonderlijke wereldjes zijn, hoor.'

'Dat kan ik me best voorstellen.'

'En toch zullen mensen van buiten, zoals jij, er nooit helemáál achter komen.'

'Dat zou kunnen, ja.'

'Op een paar dingen na begrijp ik het zelf nauwelijks, al woon ik dan hier. Zelfs al zou ik het je uitleggen, dan nog was het maar een stukje van de waarheid. En dat kleine beetje waarheid is in de ogen van Haddi van het benzinestation verderop nog een leugen. Al praatte je met iedereen die hier woont en al deed je er twintig jaar over, dan kreeg je nog maar een miniem stukje te pakken van wat er in zo'n plaatsje leeft. Hoe de mensen denken. Hoe ze onderling met elkaar verbonden zijn. Wat voor een jarenlange en levenslange banden de mensen met elkaar verbinden, én van elkaar scheiden. Ik heb hier mijn hele leven gewoond en nog is er ongelooflijk veel waar ik niks van snap. Terwijl ik hier woon! Je vrienden die schoften worden, zomaar, in een vloek en een zucht. En de mensen die hun geheimen bewaren tot het bittere einde.'

'Ik weet niet zeker...'

'Jij snapt niet wat ik bedoel, hè?'

'Ik weet wel iets van wat er hier zoal gebeurt.'

'Ze weten dat je hier in de garage bent,' zei Valdimar. 'Ze weten waarom je naar het dorp terug bent gekomen. Ze weten dat je hier bent om met mij te praten. Ze weten allemaal wat ik gedaan heb. Maar ze zeggen niks. Er is er geen een die wat zegt. Dat is toch wel weer goed van ze, vind je niet?'

Elínborg gaf hem geen antwoord.

'Addý was een halfzuster van me,' zei Valdimar. 'Ze was vier jaar ouder dan ik en we hadden een heel hechte band als broer en zus. Mijn vader heb ik nooit gekend. Ik weet niet wie het is en het interesseert me niet ook. Mijn zus had een Noorse vader, een zeeman, die alleen maar eventjes langs geweest is om onze moeder zwanger te maken. Mamma had hier op het dorp nou niet zo'n beste naam. Dat is een van die dingen die het dorp al veel eerder weet dan jijzelf. Langzamerhand kom je erachter, omdat je ermee gepest wordt. Anders zou je er nog geen weet van hebben. Ze heeft ons goed opgevoed en we hadden nergens over te klagen, al hadden we soms een sociaal werker over de vloer, zo'n vreemde gast met een aktetas in zijn hand. Die kwam dan naar mij en mijn zus kijken en belachelijke vragen stellen. Kritiek had hij nooit, want mamma was een zeer fatsoenlijke vrouw, al had ze dan nogal wat moeilijkheden. Ze heeft altijd heel hard in de vis gewerkt, en we hadden nergens gebrek aan, al waren we arm. Maar met die twee bastaarden, wij dus, kreeg ze op het dorp een bijnaam die ik je maar niet zal noemen. Drie keer heb ik er serieus om moeten vechten. Eén keer heb ik zelfs mijn arm gebroken. Uiteindelijk is ze heel rustig gestorven. Ze ligt aan de noordkant van het kerkhof begraven, bij haar dochter.'

'Rond je zus is het niet bepaald rustig,' zei Elínborg.

'Met wie heb je gepraat?'

'Dat doet er niet toe.'

'Er zijn ook goeie mensen hier in het dorp, hoor, begrijp me niet verkeerd.'

'Ik heb het gemerkt,' zei Elínborg.

'Addý heeft me pas wat verteld toen het te laat was,' zei Valdimar, en de lijnen in zijn gezicht werden scherper. Hij pakte een grote moersleutel die op de voorband van de tractor lag, en woog hem op zijn hand. 'Hoe gaan die dingen? Ze sloot zich af. Toen hij haar te pakken nam was ze alleen. We hadden geld nodig en ik ging op een vriesschip werken. Die blijven lang op zee. Het was mijn eerste keer op zee toen het gebeurde.'

Valdimar zweeg, neerslachtig, en sloeg met de sleutel zachtjes in zijn handpalm.

'Ze heeft me niks verteld. Ze heeft niemand iets verteld. Alleen, toen ik terugkwam was ze totaal anders. Onbegrijpelijk hoe ze veranderd was. Ik mocht nauwelijks bij haar in de buurt komen. Ik wist niet wat er aan de hand was, ik was nog maar een tiener, zestien jaar. Ze durfde bijna niet naar buiten. Sloot zich af. Wilde de twee goeie vriendinnen die ze hier op het dorp had niet meer zien. Ik wilde dat ze naar de dokter ging, maar dat weigerde ze pertinent. Ze vroeg me haar met rust te laten, het zou wel weer goed komen met haar. Wát er weer goed zou komen wou ze me niet zeggen. En in zeker opzicht vond ze haar evenwicht ook wel terug. Het duurde één jaar, twee jaar, maar de oude is ze nooit meer geworden. Altijd was ze bang. Soms werd ze helemaal woedend om iets wat ik niet begreep. Soms zat ze alleen maar te huilen. Ze werd zwaarmoedig en bezorgd. Sinds die tijd ben ik erover gaan lezen. Ze was een schoolvoorbeeld.'

'Wat is er gebeurd?'

'Ze is door een man hier uit het dorp op een buitengewoon smerige manier verkracht, zo smerig dat ze nooit heeft kunnen vertellen wat er precies is gebeurd, niet aan mij en niet aan anderen.'

'Runólfur?'

'Ja. Er werd een bal gehouden. Hij kreeg Addý met een smoes mee naar de rivier die hier aan de noordkant van het dorp loopt, dicht langs het dorpshuis. Argwaan had ze niet, ze kende hem goed. Op de lagere school had ze altijd bij hem in de klas gezeten. Hij had natuurlijk het idee dat ze makkelijk te pakken was. Toen hij klaar was ging hij terug naar het bal.

Ging door met lol maken alsof er niks gebeurd was. Zwetste een beetje over wat hij met zijn vriendinnetje had uitgehaald, en zo is het langzamerhand in het dorp bekend geworden, al heb ík het nooit te horen gekregen.'

'Daar ligt het begin,' zei Elínborg zacht, alsof ze tegen zichzelf sprak.

'Weten jullie van anderen die hij verkracht heeft?'

'Ja, de vrouw die nu voorlopig vastzit. Anderen hebben zich nog niet gemeld.'

'Er zijn er misschien nog wel meer net als Addý,' zei Valdimar. 'Hij heeft gedreigd dat hij haar zou vermoorden als ze erover praatte.'

Valdimar sloeg niet langer met de sleutel in zijn handpalm, keek op en zag Elínborg in de ogen.

'Ze was gebroken, al die jaren. Er zijn zoveel jaren overheen gegaan, en toch is ze nooit meer dezelfde geworden.'

'Dat kan ik me goed indenken,' zei Elínborg.

'En toen ze dan uiteindelijk zover was dat ze me in vertrouwen zou nemen over wat er was gebeurd, toen was het al te laat.'

Lange tijd zaten broer en zus stil in het appartement boven de garage, nadat Addý haar verhaal verteld had. Valdimar hield haar hand vast en streek haar over het haar. Hij had naast haar gezeten, terwijl het verhaal verderging en steeds moeilijker en drukkender werd.

'Het is zo verschrikkelijk moeilijk geweest,' zei ze rustig. 'Ik heb vaak op het punt gestaan om het maar helemaal op te geven.'

'Waarom heb je mij er niks van gezegd?' vroeg Valdimar en hij staarde als versteend naar zijn zus. 'Waarom heb je niet eerder met mij gepraat? Ik had je toch kunnen helpen.'

'Wat had jij kunnen doen, Valdi? Je was nog zo jong. Ik was zelf nog maar een kind. Wat had ik moeten doen? Wie had ons kunnen helpen tegen dat onmens? Zou het er soms beter op geworden zijn als hij een maand of wat had vastgezeten? Het wordt niet als een ernstige zaak gezien, Valdi. Zo kijken de mensen die het voor het zeggen hebben er niet tegenaan. Dat weet je.'

'Hoe heb je dat al die tijd allemaal voor jezelf kunnen houden?'

'Ik heb geprobeerd ermee te leven. De ene dag gaat dat beter dan de andere. Je hebt me eindeloos geholpen, Valdi. Ik geloof niet dat er iemand een betere broer heeft dan ik.'

'Runólfur,' fluisterde Valdi.

Zijn zus draaide zich naar hem toe.

'Je gaat geen domme dingen doen hoor, Valdi! Ik wil niet dat er wat met jou gebeurt. Anders zou ik het je nooit verteld hebben.'

***

'Ze heeft me dat pas verteld op de dag dat ze het opgegeven heeft,' zei Valdimar en hij keek Elínborg aan. Even heb ik haar losgelaten, maar dat was al genoeg. Ik had me niet gerealiseerd dat ze op het punt stond te bezwijken, dat hij haar zó diep verwond had. Ze hebben haar 's avonds op het strand bij het kerkhof gevonden. Runólfur was naar Reykjavík verhuisd, kort nadat hij mijn zus had verkracht. En daarna is hij hier nooit meer terug geweest, behalve als logé. En dan bleef hij elke keer maar heel kort.'

'Je hebt hulp nodig, je moet met een advocaat praten,' zei Elínborg. 'Ik wil je vragen om verder niets meer te zeggen.'

'Een advocaat heb ik niet nodig,' zei Valdimar. 'Recht – dat was wat ik nodig had. Ik ben naar hem toe gegaan, ik wou hem spreken, en toen kwam ik erachter dat hij ermee doorgegaan was.'

33

Het begon sneller te werken dan Runólfur gedacht had, en onderweg naar zijn huis in Þingholt moest hij Nína ondersteunen. Het leek wel of ze over-gevoelig was voor dat spul. Ze hing tegen hem aan en het laatste stukje moest hij haar bijna dragen. Hij liep niet de straat in, maar ging door de tuin. Hij verwachtte niet dat iemand hem zou opmerken. Hij deed het licht niet aan toen ze binnenkwamen en legde haar voorzichtig in de kamer op de bank.

Hij deed de deur dicht, ging naar de keuken, waar hij een waxinelicht-je aanstak, zette er een stel in de slaapkamer en stak er twee aan in de woonkamer. Daarna trok hij zijn jasje uit. De lichtjes wierpen een somber schijnsel door het appartement. Hij had dorst, dronk een groot glas water en zette de soundtrack op van een van zijn lievelingsfilms. Hij boog zich over Nína heen, frommelde de sjaal tot een prop en gooide die de slaapka-mer in. Hij begon haar San Francisco-shirt uit te trekken. Ze droeg geen bh.

Runólfur bracht haar naar de slaapkamer, waar hij haar op het bed legde en zichzelf uitkleedde. Ze was volkomen bewusteloos. Hij wrong zich in haar shirt en keek naar het naakte, bewegingloze lichaam. Hij glimlachte en beet in de hoek van een condoomverpakking.

Op dat moment bestond voor hem alleen die vrouw nog maar.

Hij ging over haar heen liggen, bewusteloos als ze was, streelde haar bor-sten en ging met zijn tong door haar mond.

Een halfuur later liep hij de slaapkamer uit om de cd te wisselen. Hij was helemaal op zijn gemak en durfde het wel aan om het geluid wat harder te zetten.

Runólfur wilde net de slaapkamer weer binnengaan toen hij op zijn deur hoorde kloppen. Hij geloofde zijn eigen oren niet. Twee keer sinds hij naar Þingholt verhuisd was, had hij het meegemaakt dat er lui dronken uit het centrum waren gekomen en hem kwamen storen, omdat ze uit waren op een afzakkertje. Ze waren dan een adres vergeten of ze waren verdwaald, en hij raakte ze pas kwijt als hij aan de deur gekomen was. Hij stond in de kamer, keek de slaapkamer in en daarna in de richting van de deur. Er werd nog nadrukkelijker geklopt. De nachtelijke gast leek niet van plan het zomaar op te geven. De tweede keer dat hij 's nachts zo gestoord werd was de bewuste figuur om ene Sigga gaan roepen, die volgens hem in het huis woonde.

Runólfur schoot snel zijn broek aan, deed de deur naar de slaapkamer half dicht en trok voorzichtig de buitendeur een eindje open. Er was geen buitenverlichting. Heel vaag zag hij een menselijk wezen op de stoep staan.

'Wat...?' begon hij, maar verder kwam hij niet. Iemand gaf een snelle duw tegen de deur, drong zich naar binnen en sloot de deur direct weer.

Runólfur was zo overdonderd dat hij geen kans had zich te verzetten.

'Ben je alleen?' vroeg Valdimar.

Op hetzelfde ogenblik herkende Runólfur hem.

'Jij?' zei hij. 'Hoe? Wat... wat wil je van me?'

'Is er iemand bij je?' vroeg Valdimar.

'Eruit jij!' siste Runólfur.

Hij zag het heft van een scheermes in Valdimars hand en een ogenblik later flitste het lemmet. Voor hij het wist had Valdimar zijn andere hand om zijn nek gelegd en hem naar de muur van de kamer gedreven, terwijl hij hem het mes op de keel hield. Valdimar was veel groter en steviger dan hij. Runólfur was verlamd van angst. Valdimar keek haastig om zich heen en zag door de halfopen deur van de slaapkamer Nína's voeten.

'Wie is daar?' vroeg hij.

'Mijn vriendin,' stotterde Runólfur. Hij kon maar moeilijk spreken, want Valdimar had sterke handen. Het was of zijn keel in een bankschroef vastzat. Hij kreeg haast geen adem meer.

'Je vriendin? Zeg tegen haar dat ze weg moet gaan!'

'Ze slaapt.'

'Dan maak je haar wakker!'

'Dat... dat kan ik niet,' zei Runólfur.

'Hé, jij daar!' riep Valdimar de slaapkamer in. 'Hoor je me?'

Nína bleef bewegingloos liggen.

'Waarom zegt ze niks?'

'Ze slaapt nogal vast,' zei Runólfur.

Valdimar veranderde van positie en stond ineens achter hem, met het scheermes op Runólfurs keel. Met zijn andere hand had hij hem bij zijn haar gepakt. Zo duwde hij hem naar de slaapkamer en schopte de deur open.

'Ik kan je zo een jaap geven als ik daar zin in heb,' fluisterde hij Runólfur in het oor. Met een voet stootte hij Nína aan. Ze bleef bewegingloos liggen.

'Wat is er met haar? Waarom wordt ze niet wakker?'

'Gewoon, ze slaapt,' zei Runólfur.

Valdimar kerfde de huid van zijn keel, wat hem een brandende pijn bezorgde.

'Doe me geen pijn,' zei Runólfur.

'Zo vast slapen doet geen mens. Zit ze onder de drugs? Heb je haar wat gegeven?'

'Niet snijden,' zei Runólfur met trillende stem.

'Heb je haar wat gegeven?'

Runólfur gaf geen antwoord.

'Is het door jou dat ze er zo aan toe is?'

'Ze...'

'Waar is het?'

'Niet meer snijden. Het zit in de zak van mijn jasje, in de kamer.'

'Ik wil het hebben.'

Valdimar duwde hem voor zich uit de kamer in.

'Je bent er nóg niet mee opgehouden, hè?' zei hij.

'Zij wil dat zo.'

'Net als mijn zus zeker,' siste Valdimar. 'Vroeg die er ook niet om? Vroeg die er ook niet om of je haar wou verkrachten? Klootzak. Lul.'

'Ik... ik weet niet wat ze je verteld heeft,' steunde Runólfur. 'Ik wou niet... sorry, ik...'

Runólfur pakte de pillen uit de zak van zijn jasje en wilde ze aan Valdimar geven.

'Wat is dit?' vroeg Valdimar.

'Dat weet ik niet,' zei Runólfur in panische angst.

'Wat is dit!'

Weer liet hij het mes over Runólfurs keel gaan.

'Ro... rohypnol,' steunde Runólfur. 'Een slaapmiddel.'

'Van dat spul waar verkrachters mee rondlopen?'

Runólfur gaf hem geen antwoord.

'Inslikken,' beval Valdimar.

'Niet…'

'Inslikken dit!' siste Valdimar en hij gaf Runólfur nog een kerf in zijn keel. Het bloed begon langs zijn hals te stromen.

Runólfur deed één pil in zijn mond.

'Nog een!' beval Valdimar.

Runólfur was nu in tranen.

'Wat… wat ben je aan het doen?' vroeg hij, en hij stak een tweede pil in zijn mond.

'Nog een,' zei Valdimar.

Runólfurs verzet was gebroken. Hij stopte de derde pil in zijn mond.

'Niet doen,' zei hij.

'Hou je mond.'

'Van te veel kun je doodgaan.'

'Trek je broek uit.'

'Valdi, je…'

'Broek uit,' zei Valdimar, en hij gaf nog een sneetje in zijn keel. Runólfur schreeuwde het uit van pijn. Hij maakte zijn broek los en liet hem op de vloer vallen.

'Wat voor gevoel is het?' vroeg Valdimar.

'Welk gevoel?'

'Wat voor gevoel is het?'

'Wat…?'

'Hoe vind je het nou om verkracht te worden?'

'Niet…'

'Vind je het niet spannend?'

'Niet doen,' smeekte Runólfur.

'Hoe denk je dat mijn zus zich gevoeld heeft?'

'Niet…'

'Vertel op. Al die jaren?'

'Niet doen…'

Vertel op! Denk je dat ze zich gevoeld heeft zoals jij nu?'

'Sorry, ik wist niet… ik wou niet…'

'Zwijn,' fluisterde Valdimar in zijn oor.

Dat was het laatste wat Runólfur hoorde.

Met één snelle haal sneed Valdimar diep vanaf het linkeroor dwars over de keel; tegelijk liet hij Runólfur los, zodat die op de vloer zakte. Het bloed stroomde uit de wond. Valdimar bleef een ogenblik stilstaan boven het lijk, liep toen naar de deur en verdween in het donker.

Elínborg luisterde zwijgend naar het relaas en observeerde Valdimar, zijn gelaatsuitdrukking en zijn stemnuances. Ze kon niet zien dat hij berouw had. Het leek meer of hij een opdracht had uitgevoerd om voor zijn ziel weer vrede te verwerven. Het had hem twee jaar gekost, en nu zat zijn taak erop. Als er íéts merkbaar was, vond Elínborg, dan vooral de opluchting die doorklonk in wat hij zei.

'Je hebt nergens spijt van?' zei ze.

'Runólfur heeft zijn verdiende loon gekregen,' zei Valdimar.

'Je bent rechter en beul tegelijk geweest.'

'In het geval van mijn zus was hij ook rechter en beul,' zei Valdimar on- middellijk. 'Ik zie geen verschil in wat ik hem heb aangedaan en wat hij Addý aangedaan heeft. Het enige waar ik me zorgen over gemaakt heb, was dat ik uiteindelijk niet zou durven. Ik had gedacht dat het moeilijker zou zijn, dat ik hem geen kwaad zou kunnen doen. En ik verwachtte meer te- genstand. Maar Runólfur was een lafbek. Ik vermoed dat lui als hij dat in het algemeen wel zijn.'

'Er zijn andere wegen om je recht te krijgen.'

'Welke dan? Addý had gelijk. Lui als Runólfur krijgen misschien één of twee jaar cel. Als het al tot een aanklacht komt. Addý… ze zei me dat Runólfur haar net zo goed had kunnen doodmaken. Het had geen verschil gemaakt. Ik vind niet dat ik een bijzonder zware misdaad gepleegd heb. Uiteindelijk zul je zelf moeten handelen. Je moet iets doen om met jezelf in het reine te komen. Was het soms beter om niks te doen en hem zijn gang te laten gaan? Ik heb met die vraag geworsteld tot ik het niet langer meer kon verdragen. Wat moet je, als het systeem de kant van de schoften kiest?'

Elínborg moest ineens denken aan Nína en Konráð en hun familie, hoe de fundamenten onder hun bestaan waren weggeslagen. Ze herinnerde zich Unnurs familie, die niets anders kon doen dan in stilte lijden.

Valdimar had er geen genoegen mee kunnen nemen.

'Had je dit al lang voorbereid?' vroeg ze.

'Heel snel nadat Addý me vertelde wat er gebeurd was. Ze wilde niet dat ik iets zou doen. Ze wilde niet dat ik in moeilijkheden zou komen. Ze is al- tijd heel bezorgd geweest om mij, haar broertje. Ik weet niet of je het goed kunt begrijpen. Wat ze doorgemaakt heeft, toen hij haar onteerde, en de jaren daarna. Al die lange jaren. Eigenlijk hield Addý op te bestaan. Ze was mijn zus niet meer, ze was Addý niet meer, ze was nog maar een schim van wat ze geweest was, die al die tijd verder ineenschrompelde, en stierf.'

'Door jou zitten een vader en zijn dochter onschuldig in voorlopige hechtenis,' zei Elínborg.

'Dat weet ik en daar voel ik me slecht over,' zei Valdimar. 'Ik heb de zaak gevolgd en ik wou mezelf aangeven. Ik wil helemaal niet dat onschuldige mensen te lijden hebben van wat ík gedaan heb. En ik zóú me ook hebben aangegeven. Ik was me al aan het voorbereiden, ik moest alleen nog het een en ander afmaken hier. Daar ben ik de afgelopen dagen mee bezig geweest. Ik denk niet dat ik hier ooit nog terug zal komen.'

Valdimar legde de moersleutel neer.

'Hoe ben je mij op het spoor gekomen, hoe kwam je bij mij terecht?' vroeg hij.

'Mijn man is automonteur,' zei Elínborg.

Valdimar keek haar aan; zijn blik liet zien dat hij totaal niet begreep wat ze bedoelde.

'De vader van het meisje dat in voorlopige hechtenis zit, dacht dat hij bij Runólfur een petroleumlucht geroken had. Het meisje moet wakker zijn geworden direct nadat jij bent weggegaan, want toen haar vader binnenkwam rook hij in het appartement nog de lucht van jouw kleren. Hij dacht dat Runólfur iets verbrand had met petroleum. Ik dacht dat ik die lucht wel kende van thuis, en ik heb de vader er nog een keer vragen over gesteld. Het kon wel eens smeerolie geweest zijn, het luchtje van een garage. En jij was de eerste aan wie ik moest denken, iemand die altijd in zijn garage aan het werk was. En toen begon ik na te denken over Runólfurs voorgeschiedenis, en over dit dorp, en toen heb ik het een en ander onderzocht.'

'Ik ben vanuit de garage naar Reykjavík gegaan, gewoon in de kleren die ik aanhad,' zei Valdimar. 'Addý zou zondag jarig zijn geweest. Dat leek me een goed moment om haar te wreken. Ik denk niet dat iemand hier gemerkt heeft dat ik het dorp uit was. Ik ben vroeg in de avond vertrokken en ik was alweer terug toen het 's morgens licht begon te worden. Voorbereid had ik niks, geen enkel plan gemaakt, ik wist eigenlijk nauwelijks wat ik zou gaan doen. Ben met mijn overall aan vertrokken. En ik had zo'n ouderwets scheermes meegenomen.'

'Ze zeggen dat het een elegante snede was, bijna vrouwelijk.'

'Voor mij is het tamelijk gewoon om in een beest te snijden,' zei Valdimar.

'Hoezo?'

'Ik heb in de herfst wel geholpen bij het slachten, toen dat hier op het dorp nog gebeurde.'

'De mensen hier zullen hun conclusies wel getrokken hebben toen ze hoorden dat Runólfur dood was.'

'Dat zou kunnen, maar ik heb er niks van gehoord. Misschien vonden ze wel dat de rekening vereffend was.'

'Denk je dat Runólfurs vader wist wat zijn zoon gedaan heeft?'

'Die wist het. Dat weet ik wel zeker.'

'Je zei dat je Runólfur een keer hebt opgezocht toen hij in Reykjavík woonde,' zei Elínborg. 'Wist je toen nog niet van de verkrachting?'

'Nee. Ik heb hem een keer in Reykjavík ontmoet, in het centrum, en toen heeft hij me bij hem thuis uitgenodigd. Dat was volkomen toevallig. Ik ben er maar even geweest. We kwamen uit dezelfde omgeving, maar ik kende hem niet echt goed en… nou, ik vond het ook geen aardige vent.'

'Huurde hij toen wat in Reykjavík?'

'Hij woonde bij een vriend van hem. Ene Eðvarð.'

'Eðvarð?'

'Eðvarð, ja.'

'Wanneer was dat?'

'Vijf of zes jaar geleden.'

'Kun je wat nauwkeuriger zijn? Hoeveel jaar geleden?'

Valdimar dacht na.

'Het is nu zes jaar geleden; in 1999 was het. Toen ben ik naar de stad geweest om een tweedehands auto te kopen.'

'Woonde Runólfur zes jaar geleden bij Eðvarð in?' vroeg Elínborg. Ze dacht aan het gesprek met Eðvarðs buurman, die iets over een verhuurde kamer had gezegd.

'Ja, dat vertelde hij me tenminste.'

'Was dat aan de Vesturgata?'

'Het was niet zo ver van het centrum, vlak bij de scheepswerf. Daar werkte Runólfur.'

'Werkte Runólfur op de scheepswerf?'

'Ja. Hij zei dat hij een baan had naast zijn studie.'

'En die Eðvarð, heb je die ook gezien?'

'Nee, hij heeft me alleen maar over hem verteld. Maakte geintjes over hem. Daarom weet ik het ook nog goed: het viel me op dat Runólfur zo hatelijk deed toen hij over die Eðvarð praatte. Zei dat het zo'n eikel was. Maar Runólfur was natuurlijk…'

Valdimar maakte zijn zin niet af. Elínborg had haar mobieltje gepakt. Op hetzelfde moment kwam er een politieauto bij de garage aanrijden. Er stapten twee politiemensen uit. Elínborg keek naar Valdimar.

Hij aarzelde een ogenblik, keek de garage rond, streek met zijn eeltige hand over het zadel van de tractor en keek naar de halfopen gereedschapskasten.

'Gaat het lang duren?' vroeg hij.

'Dat weet ik niet,' zei Elínborg.

'Ik heb geen spijt van wat ik gedaan heb,' zei Valdimar. 'En ik zal het niet krijgen ook.'

'Kom,' zei Elínborg. 'We zullen dit maar afsluiten.'

34

Eðvarð zat zeven uur lang in de verhoorkamer, terwijl er – zonder resultaat – bij hem thuis huiszoeking gedaan werd. Elínborg ondervroeg hem bij herhaling over de periode waarin Runólfur bij hem had ingewoond. Eðvarð gaf al snel toe dat Runólfur, toen hij op zoek was naar een appartement, een tijdje bij hem een kamer had gehuurd. Dat was in dezelfde tijd dat Lilja verdwenen was. Eðvarð bevestigde ook dat Runólfur op de scheepswerf had gewerkt, die maar een paar stappen van zijn huis lag, maar zei niet te weten of Lilja in zijn huis was geweest en of ze Runólfur daar ontmoet had. Hij wist niet of Runólfur iets met haar had uitgespookt, zei hij. Zelf zou hij het meisje niets aangedaan hebben.

'Heb jij Lilja een lift gegeven naar Reykjavík?'

'Nee.'

'Heb je haar afgezet bij Kringlan?'

'Nee, dat heb ik niet gedaan.'

'Waar heb je het met Lilja over gehad, onderweg naar de stad?'

'Ik héb haar helemaal niet gereden.'

'Ze moest een cadeautje voor haar opa kopen. Heeft ze het daar nog over gehad?'

Eðvarð gaf geen antwoord.

'Waar dan over? Zei ze nog dat ze bij je langs zou komen?'

'Eðvarð schudde het hoofd.

'Heb je haar een lift terug naar Akranes aangeboden?'

'Nee.'

'Waarom heb jij meisjes uit een vwo-klas een lift naar de stad aangeboden? Wat zit daar achter?'

'Dat héb ik niet gedaan.'

'We weten in elk geval dat het één keer gebeurd is.'

'Dat is stomweg gelogen. Het is niet waar wat ze zegt.'

'Was het op verzoek van Runólfur dat je Lilja een lift aangeboden hebt?'

'Nee. Ik héb haar nooit een lift aangeboden.'

'Heeft Runólfur wel eens, waar jij bij was, over Lilja gepraat?'

'Nee,' zei Eðvarð. 'Nooit.'

'Heb jij met hem over Lilja gepraat?'

'Nee.'

'Heb jij Lilja bij jou thuis vermoord?'

'Nee. Ze is daar nooit geweest.'

'Gedroeg Runólfur zich in die tijd vreemd, of anders dan anders?'

'Nee. Hij was altijd eender.'

'Heb jij Lilja bij je thuis uitgenodigd? Als ze klaar zou zijn met winkelen?'

Eðvarð gaf geen antwoord.

'Had ze een of andere reden om je op te zoeken?'

Eðvarð bleef zwijgen.

'Wist ze waar je woonde in Reykjavík?'

'Dat kan ze wel opgezocht hebben. Ik weet het niet.'

'Heeft Runólfur Lilja in jouw huis vermoord?'

'Nee.'

'Heeft hij haar lijk naar de scheepswerf gebracht?'

'Hoezo?'

'Daar werkte hij toch?'

'Ik weet niet waar je het over hebt.'

'Heb jij hem geholpen met het wegwerken van het lijk?'

'Nee.'

'Had jij er een vermoeden van dat hij zijn klauwen in Lilja had geslagen? Heb je je daar later zorgen over gemaakt?'

Eðvarð aarzelde.

'Had jij een vermoeden…?'

'Ik weet niet wat er met Lilja gebeurd is. Ik heb er geen idee van.'

Zo ging Elínborg door, uren achtereen, zonder dat ze ook maar iets uit Eðvarð loskreeg. Ze had geen bewijzen, niets dat haar vermoedens ondersteunde dat Lilja zes jaar geleden in Eðvarðs huis door toedoen van Runólfur aan haar einde was gekomen. Het was onduidelijk of Eðvarð daar enig idee van had, áls het zo gebeurd was. Hij kon ook hebben zitten liegen, maar het zou moeilijk worden om dat aan te tonen.

Er was één dag voorbijgegaan sinds Elínborg met Valdimar uit het dorp was teruggekomen. Hij was overgebracht naar Reykjavík, waar tot zijn voorlopige hechtenis werd besloten. Konráð en Nína werden vrijgelaten en ontmoetten hun familie in Elínborgs kantoor aan de Hverfisgata. De oudste zoon was uit San Francisco naar huis gevlogen en voegde zich bij de groep. Blijdschap heerste er niet bij hen. Nína was, nadat ze lange tijd had gedacht dat ze een mens gedood had, nog niet zichzelf. Hoewel ze in zekere zin opgelucht was de waarheid te ontdekken over haar en haar vaders onschuld, had ze nog een pijnlijke ervaring te verwerken.

'Je zou eens moeten praten met een vrouw die ik ken; dat zou goed voor je zijn,' zei Elínborg. 'Unnur heet ze.'

'Wie is dat?'

'Ze begrijpt wat jij hebt moeten doormaken. En ik weet zeker dat ze jou ook graag wil leren kennen.'

Ze gaven elkaar een hand.

'Laat het me weten en dan praat ik met haar,' zei Elínborg.

Ze ging na Eðvarð het politiebureau uit en stapte in haar auto. Maar in plaats van naar huis te rijden ging ze naar Þingholt, naar het huis van Runólfur. Ze had de sleutel van het appartement bij zich. Het zou algauw weer aan de huiseigenaar worden overgedragen en dan zou het niet lang meer duren voor er nieuwe huurders introkken. Onderweg zat ze te denken aan Erlendur en aan het telefoontje dat ze 's morgens gekregen had. Daar maakte ze zich wat zorgen over.

'Is dat Elínborg?' zei een vermoeide stem.

'Ja.'

'Ik heb een tip gekregen dat ik met jou moest praten over een huurauto die hier bij ons staat.'

'Bij jullie? Wie zijn dat dan?'

'Hier bij ons in Eskifjörður. De auto staat onbeheerd bij het kerkhof.'

'En…? Wat heb ik daarmee te maken?' vroeg Elínborg.

'Ik heb het nummer opgezocht en toen zag ik dat het om een auto van een verhuurbedrijf ging.'

'Ja, dat zei je al. Zit je bij de politie, daar in het oosten?'

'Ja, sorry, heb ik dat niet gezegd? Hij staat op naam van een man die bij jullie werkt, heb ik begrepen.'

'Wat voor man?'

'De auto staat op naam van Erlendur Sveinsson. Bij het verhuurbedrijf zeiden ze dat hij bij jullie werkte.'

'Dat klopt.'

'Weet jij iets van wat hij hier in het oosten van plan was?'

'Nee,' zei Elínborg. 'Hij is al twee weken met vakantie en hij wilde naar de Oostfjorden. Meer weet ik er niet van.'

'Nou, het is namelijk zo: die auto heeft hier een tijdje onbeheerd gestaan. Hij stond voor het hek van het kerkhof en we moesten hem verplaatsen. Dat hebben we gedaan, maar we krijgen die man maar niet te pakken. Nou is dat verder wel prima hoor, maar opeens dacht ik dat ik wel eens uit kon zoeken waarom hij daar bij het kerkhof achtergelaten is.'

'Ik kan je er helaas niet mee helpen.'

'Nou, dan laat ik het verder ook maar zitten. Bedankt.'

'Tot ziens.'

Elínborg deed het licht in de keuken, de kamer en de slaapkamer aan. Ze dacht na over het gesprek uit Eskifjörður, maar kwam niet tot een heldere conclusie. In Runólfurs huis was nog steeds niets veranderd. Nu wist ze wat zich daarbinnen had afgespeeld, hoe Nína daar was gekomen, hoe Valdimar op zijn wraaktocht Runólfur te pakken had genomen, hoe Konráð op de plek van de moord was aangekomen en daar zijn dochter in diepe wanhoop had aangetroffen. Ze kon het niet met zichzelf eens worden of Runólfur het lot had getroffen dat hij verdiende. Ze geloofde ook niet dat er in dit soort situaties een hogere gerechtigheid bestond.

Elínborg had geen helder idee waar ze naar zocht en hoewel ze niet verwachtte iets te ontdekken, vond ze het toch de moeite van het proberen waard. De technische recherche had alles uitgekamd wat Runólfur aan bergplaatsen had, maar je kon ook naar andersoortige sporen zoeken.

Ze begon in de keuken, trok iedere lade en iedere kast open, rommelde in pannen en schalen en keukengerei. Ze zocht in de koelkast en in het vriesvak, keek in oude doosjes vanille-ijs, bekeek de kleine kapstok bij de voordeur, keek in de meterkast, klopte op het parket op zoek naar holten. Ze stapte door de kamer, draaide de leunstoel om, verschoof kussens, haalde boeken uit de kast. Ze bekeek de beeldjes van de superhelden en schudde ze.

Ze ging de slaapkamer binnen en tilde de matras van het bed op, keek heel goed in de nachtkastjes aan weerszijden van het bed. Ze opende de kleerkast en haalde de kleren eruit, doorzocht ze en legde ze daarna op het bed, zette de schoenen op de vloer, ging de kast in, klopte op de wanden en op de bodem. Ze dacht aan Runólfur en aan het kwaad dat als een donkere rivier door zijn bewustzijn stroomde, diep en koud en onbeheersbaar.

Ze deed kalm aan, ze zocht nauwkeurig, liet niets aan haar aandacht ont-snappen en stopte pas toen het al diep in de nacht was.

Ze vond niet wat ze zocht.

Niets dat een aanwijzing kon geven over het lot van het meisje van Akra-nes.

35

Elínborg ging naast Teddi in bed liggen en probeerde in slaap te komen. Haar geest zocht rust, maar vond alleen kwellend verdriet en droefheid.

'Kun je niet slapen?' fluisterde Teddi in het donker.

'Ben je wakker?' vroeg ze verbaasd.

'Goed om je weer thuis te hebben,' zei Teddi.

Elínborg kuste hem en vlijde zich tegen hem aan. Ze wist dat haar een korte slaap wachtte, die haar geen rust zou brengen.

Ze moest aan Theodóra denken.

'Wat is dit voor werk, mamma?'

Op de achtergrond drong zich een andere vraag op, groter en belangrijker, over de wereld die langzamerhand voor haar dochter openging en die haar angst aanjoeg. In wat voor een wereld leef ik?

Elínborg sloot haar ogen.

Ze zag de plek waar Addý uit de laagte bij de rivier omhoog sloop, in paniek om zich heen spiedend naar de aanvaller. Of hij zou terugkeren. Of hij haar nog meer pijn zou doen. In het dorpshuis dreunde nog steeds de muziek. De enige gedachte die in haar hoofd opkwam was weg te glippen, naar huis, zonder iemand tegen te hoeven komen. Ze wilde niet dat iemand haar zag, ze wilde niet dat iemand het wist en wilde niemand vertellen wat er gebeurd was. Ze deed de deuren op slot en de ramen dicht, ging in de keuken op een stoel zitten en wiegde met haar bovenlichaam naar voor en naar achter. Ze probeerde de walging uit haar geest weg te wissen, ze huilde en trilde en huilde en huilde.

Elínborg drukte haar gezicht in het kussen.

In de verte hoorde ze zachtjes op een deur kloppen, ze zag hoe een kleine vuist opgeheven werd, hoorde harder kloppen, zag Lilja bij Eðvarð op de stoep staan en Runólfur in de deuropening verschijnen.

'O,' zei ze, 'is... woont Eðvarð hier niet?'

Runólfur keek naar haar en glimlachte. Hij keek om zich heen om te zien of ze iemand bij zich had, of iemand hen opmerkte.

'Jawel, hij komt er zo aan, wil je niet op hem wachten?'

Ze aarzelde.

'Ik wou…'

'Over drie minuten is hij er wel.'

Lilja keek uit over zee. Je kon Akranes zien liggen. Ze had geleerd mensen te vertrouwen. Ze was beleefd.

'Kom binnen,' zei Runólfur.

'Goed,' zei ze.

Elínborg staarde naar de deur die achter hen dichtging en met als enige zekerheid dat die nooit meer open zou gaan sliep ze eindelijk in.